# 柠檬炸弹

## 梶井基次郎作品集

［日］梶井基次郎 著
姚奕崴 译

江苏凤凰文艺出版社
JIANGSU PHOENIX LITERATURE AND
ART PUBLISHING

# 目录

## 小说

| | |
|---|---|
| 不幸 | 1 |
| 小小的良心 | 8 |
| 奎吉 | 18 |
| 矛盾一般的真实 | 24 |
| 柠檬 | 31 |
| 有古城的城镇 | 39 |
| 泥泞 | 72 |
| 路上 | 83 |
| 橡树花——一封私信 | 90 |
| 过去 | 106 |
| 雪后 | 110 |
| 以川端康成第四短篇集《殉情》为主题的改写 | 123 |
| 心中的风景 | 129 |
| K的升天——抑或是K的溺亡 | 142 |
| 冬日 | 150 |
| 黑暗之书 | 169 |
| 苍穹 | 173 |
| 引水竹管的故事 | 177 |

| | | | |
|---|---|---|---|
| 冬蝇 | 180 | 编辑后记（一九二六年三月刊） | 282 |
| 乐器的幻觉 | 194 | 编辑后记（一九二六年四月刊） | 283 |
| 山崖上的感情 | 198 | 青空同人印象记 | 284 |
| 樱花树下 | 214 | 编辑后记（一九二六年九月刊） | 287 |
| 海（片段） | 217 | 《新潮》十月新人专刊小说评论 | 291 |
| 黑暗之画卷 | 221 | 编辑后记（一九二七年一月刊） | 297 |
| 温泉 | 227 | 寄"青空"语 | 298 |
| 交配 | 236 | 《亚》的回想 | 300 |
| 悠闲的患者 | 244 | 浅见渊君 | 301 |
| 写给黑暗的书 | 266 | 《战旗》《文艺战线》七月刊作品评论 | 304 |
| 太郎和街 | 273 | 《青空》轶事 | 309 |

## 诗歌

| | | | |
|---|---|---|---|
| 诗两首 | 277 | 诗集《战争》 | 315 |
| | | "亲切"与"拒绝" | 323 |

## 其他

| | | | |
|---|---|---|---|
| 演讲会其他（一九二六年二月刊） | 280 | 译后记 | 327 |

# 不幸

第二稿

那是腊月一个寒冷的夜晚。

每当可怖的风呼啸而过,紧闭的窗户都会随之咣当作响,蓄积着母亲的忐忑不安。

那一天过了午后,就连冬日那孱弱的阳光都隐去了踪迹。雪欲降未降,头顶着铁青色的阴云,瘦骨嶙峋的栎树和橡树在寒风萧瑟中发出凄厉的呐喊。

这是入冬以来的第一个冷天,冷得让这个一直对天气逆来顺受的母亲胸中腾起无名之火。实际上,就是这突如其来的天寒地冻让她大为恼火。她心中明白,面对天气,人的意志有如蚍蜉撼树。既然如此,这种愤懑(注:原稿此处缺失)——大约半个月前,她们一家刚刚从住惯了的大阪搬到了风霜如晦的东京,移居到了那里的一处地势较高的镇子。

她丈夫由于放浪形骸、纵情酒色，毁掉了自己积攒的权威。就这样他被打入了东京总店这座冷宫，担任一个无足轻重的职位。他在她面前暴跳如雷，将这一切归咎于一个同事的造谣中伤。但她早已万念俱灰。她唯一割舍不下的就是生她养她的父亲。

这位老人无论如何都不答应和他们一起搬到东京。他宁肯在大阪诸多知己的陪伴下化为一抔黄土，也不愿意在一片陌生的土地上孤苦伶仃地度过余生。所幸老人家坚定的信仰和远房亲戚帮助了他，让他住进了交情甚密的寺院。当她在大阪站的长廊上与年迈生病的父亲告别的时候，心中是何等凄楚啊。

丈夫说要出发，在约定的时间却不见身影。她和那个孤独的老人承受着前来送行的人们不悦的目光，长长地叹了一口气。左等右等，丈夫终于来了，喝得东倒西歪。一旁是那个中伤他的同事：一个肥硕的男人。那个男人同样一身酒气。还把艺伎也带了过来，正在站外候着。在一片毫无意义的吵嚷声中，老人买来绘本送给了外孙们：小学三年级的清造和七岁的勉。她和老人心照不宣。她知道老人因为她放荡的丈夫和这段不幸的婚姻而备受折磨。

但她早已经认命了。从她生下长女洋子又生下长子敏雄算起，已经有十几年了。这十几年，她一直忍气吞声地过活。当她的长女和长子夭折的时候，她的心就已经碎为齑粉，但她还是咬牙挺了过来。她天生就是一个贤妻良母，心思缜密、任劳任怨、意志坚强。

清造也算是她的老来子，如今已经十岁了。后来出生的勉也七岁了。哥哥争强好胜，弟弟聪明伶俐。她最大的愿望就是他们能够平平安安地长大成人。

勉的病让她肝肠寸断。离开大阪时，勉的白喉病刚刚痊愈。他来到寒冷的东京后因为霜冻哭个不停。她嘴上呵斥着，可是心里却犹如刀绞一般。

她对寒冷的怒气来自她对命运的屈从，但也许她对丈夫的放荡以及放荡所招致的这种不幸的愤怒之情，都已经隐秘地表现在了这种严寒的痛苦之中。

## 第三稿

那是"明治"改元"大正"的两三年前的腊月下旬。

那天格外寒冷。从中午开始，冬日孱弱的阳光就消失了，雪将下未下，在铁青色的阴云下，瘦骨嶙峋的朴树和橡树在萧瑟的寒风中发出凄厉的呐喊。

霜冻融化后，泥泞很快又冻住了，上面留下了行人木屐齿的痕迹。

房子坐落在东京一个地势较高的地方，平日里就行人稀少，在寒风呼啸的夜晚屋外更是不见一个人影。

紧闭着的雨窗咣当作响，令人毛骨悚然的风在虚空中盘旋，母亲心中惶恐不安，竖着耳朵在呼号的风中捕捉她那白天出门后至今未归的孩子们的脚步声。

她的两个孩子——十岁的三郎和才七岁的四郎——那天吃过午饭后就出去玩了，直到现在也没有回来。

天寒地冻，小四郎又是刚刚从白喉病中康复，她提醒他们早点回来，可是左等右等就是不见他们回来。

孩子出去之后，她收拾饭桌，给孩子们准备正月要穿的盛装，就这样到了吃点心的时间，他们却没有回来。就算玩得再疯，孩子们也一定会在吃点心的时间回来拿点什么，然而他们没有像平时那样回来，这让她心里隐隐不安。

因为丈夫的工作调动，她们一家从世代居住的大阪搬到了东京。安家还不到一个月，因此不用说她了，就连比大人更善于交际的孩子们都还没有在附近混熟。

不仅如此，有时候孩子们还会因为被附近的其他孩子戏称为"大阪仔"而向母亲告状。

她心中疑惑，这么冷的天，这样的两个孩子到底在哪里，又是玩什么玩得那么入迷。

然而，随着天光暗淡，这种模糊的、暂时的不安，渐渐变得严肃起来，时时刻刻压在她的心底。

每当她非常担心的时候，她的下腹部往往都会出现硬块。她清理煤油灯的时候发现了这个先兆。由于风太大,她比平时更早地放下了雨窗,并将钉子插入窗户之间的凹槽之中。她住在这个僻静的地方之后,很害怕被小偷盯上。

她走出已经漆黑一团的屋子,向素未谋面的邻居们的房子走去,她并没有什么线索,纯粹是因为内心焦虑不安,她顾不得尴尬,挨家挨户地寻找着,她还去了孩子们所说的"荒野"——附近一处她从未去过的荒芜的宅院。不幸的是,这趟寻找只是给她的不安找回了更加确切的依据。当她回到家,她突然感到,这栋昏暗的、微微散发出石油味的房子是那样恐怖,那样阴冷。

她在屋里转来转去,不知该如何是好。她任由老鼠在那间六张榻榻米大小的房间的饭桌边跑来跑去。

又一阵狂风呼啸而过,她听到屋顶上有一个像枯枝一样的东西掉了下来。

厨房里老鼠把滤酱筛子和饭锅弄得叮当乱响,还传来了自来水滴滴答答的声音。她心想天这么冷,水管下面十有八九是冻住了,那孩子们可怎么办。

他们出门时没有戴帽子,没有围围巾,也没有穿外套。

要是四郎受了风,好不容易才治好的病只要不复发就谢天谢地了;要是迷路了,只要年龄稍大一点的三郎能说出这里的门牌号就好——她胡思乱想着。

只要在思绪隐秘的最底层触碰到了可怕的"死亡",她就会马上抹掉这个念头。

她感觉两个孩子好像快回来了,于是她走到门口,在寒风中怔怔地站着。

咆哮的风中传来了木屐穿过冰冷的马路时发出的清脆声响。最初那个声音非常微弱,但她敏锐的听觉还是捕捉到了。她坐正身子。火盆里盖在火上的白灰落了下来。

随着那个声音越来越近,她所有期盼全都落了空。那也不是她丈夫,这个她退而求其次的愿望也化为了泡影。那清脆的声音渐行渐远,一阵狂风过后,四周又恢复到了深夜的寂静。

丈夫回来得也比平时晚。正点回家,然后在家正儿八经地喝一杯酒,再心满意足地去睡个好觉,这对于吊儿郎当的丈夫而言几乎是不可能的。

她心想起码要给丈夫公司打个电话,找他商量商量。

然后,她觉得还有必要给他们一家搬到这里之前暂住的、品川的一家名叫"若木屋"的旅馆打个电话,于是她出门去附近卖酒和粮食的"武藏屋"借电话。

外面更冷了。云层中一颗硕大的星星发出明亮而苍白的光。

她把脖子缩在粗劣的围巾里,步履匆匆地走在冰冻的路上,心中盘算着孩子们跑去那家旅馆玩耍的可能性有没有百分之一,又有没有千分之一。

她离开还没有五分钟,只见一缕神秘的煤油灯光在屋里一晃,照亮了周围,时钟的表盘显示此时刚过八点十分。四处乱窜的黑影是那些入夜后便开始猖獗的老鼠。

她离开大约十分钟后,屋里已经完全变了模样。

当中坐着一个面相和气的五十来岁秃顶男人,满屋子都是酒味。他的眼睛里没有正常人的那种光芒。既没有思想,也没有智慧,空洞得都不像是真实的眼神。

他面前有一个掀开盖子的纸箱。箱底躺着一个空酒瓶,而他面前是满满一碗金黄色的液体。

油灯越来越亮了。灯芯右边一头越来越长,把黑色的油烟蹭到了灯罩上。这盏灯燃烧的样子仿佛是要表现一个疯子那浑浊而又鲜红的狂乱的心。

房间里神秘的影子消失了,震颤着一股肃杀的气氛,犹如那醉汉的心脏。

他打了个喷嚏。然后他拿过旁边的一升装的酒壶,向茶碗里倒酒。酒壶很重,倒酒时,他的手不停地哆嗦。

第二稿　一九二二年

第三稿　一九二三年

# 小小的良心

**片段**

我避开了人来人往的马路，走在一条昏暗的小路上。

耳朵里发出"吱"的耳鸣声，我神情恍惚地走着，不知道自己是从哪条路来的，也不知道自己是怎样来的。梆、梆，那是突棒[①]的声音。那根粗大的樱木棍刚刚才打过人。

我也不知道这个镇子叫什么。我只是拐弯、再拐弯，沿着一条条昏暗的小路走来。从新京极逃到这里，应该用不了多长时间。但是究竟过去了几分钟，我也说不清楚。

我想起在一个阴暗的十字路口拐弯的时候，曾看见了一个夜行灯上写着"手打荞麦乌冬面"，"手打"二字让我心头一惊。

---

① 突棒：一种日式武器，是江户时代使用较多的逮捕用具。其长约二至三米，头部为T字形，铁制，布满齿状物，可以用来压制犯罪分子。

这惊讶是如此突然，不由得让我联想到了那句"迅雷不及掩耳之势"。

突棒不停地捅着，发出当、当的声音。本以为在殴打他的时候会发出更大的声响。但声音仅此而已，当、当、当。仿佛是两个硬东西磕碰到了一起。声音干净、清脆。它斩断了那种野蛮狂怒和恐惧之间的纠葛。

最后，对方身子向后一歪，扑倒在地。我拔腿便跑。

既没有"他妈的"，也没有"狗日的"，在对人动手的时候我根本无暇去宣泄情绪，就连"傻×"也只是下意识的吆喝声。

迎面走来一个巡警。我胆战心惊，但已经来不及拐弯了。只能硬着头皮，装作若无其事的样子继续往前走。就是这样，我脸上保持镇定，就像什么都没有发生过一样，甚至还吹着口哨。我和巡警擦肩而过。

我为自己的愚蠢而感到懊悔。我不认为自己做错了什么。我殴打的那个男人是个混账东西，他根本不配活着。他应该被千刀万剐。

路上漆黑一片，四下悄然无声。

我对巡警格外讨厌。

我曾因为骑着没上牌的自行车被巡警抓了两回。还有两次进过局子。丁未年那年我抽烟，还被巡警询问了年龄。因此每当我遇到巡警，总会有一种强烈的预感，那就是这巡警又盯上我了。

去年有一次我和我太太花子走在街上，路过派出所门口时，我说我感觉要被巡警痛骂一顿，花子却反问我说，难道你是想作奸犯科吗？

路上漆黑一片。这一带究竟是哪里？空气中弥漫着垃圾的气味。我的心情稍稍平复下来。打人的时候就甭提了，打完之后就更顾不上讲究策略不策略的。我火冒三丈、漫无目的地走着，耳朵里仿佛听到像火焰一样噼里啪啦的声音。我生自己的气，恨自己竟然会为了那种草芥一般的人、为了那样毫无意义的争执而冲动上头。倘若对方镇定自若，那我岂不是亏大了。起码要拼命地诅咒我，咬牙切齿地痛恨我。毕竟那是致命伤。

然而每走一步，我都感觉有什么高高在上的东西正在一点一点地往下走。我为什么会这样亢奋呢？

一群身穿衬衫和短裤的年轻人正在马路中间玩推杆。那边有一条明亮的街道。是一个市场。这是我和太太一起去买银杏果的市场，距离京极不远。直到这一刻我才知道我身在何处。不能走亮道，不能让别人看见我。

每时每刻我都感觉追兵就在身后。其实就算追兵赶到我也不必慌张，但我不明白自己为什么会这样害怕。对于偶遇巡警和被人追捕，我似乎有一种莫名其妙的恐惧感。我是对自己对于正义的认知和自主的行为感到恐惧。这种恐惧说不清道不明，却在不停地滋长。剪不断理还乱，而且不消片刻又蔓延开来。

两个身穿白色运动服的男人肩并肩向这边跑来，彼此断断续续地聊着天。我很羡慕这种亲密友好的状态。

我不擅长处理矛盾，以至于给自己制造了两个对头。而且对方是个手段卑劣、做过坏事之后还面不改色心不跳的主。我眼前甚至浮现出了他策划对我打击报复时那张阴险的笑脸。不知道他会采用哪种报复方式。不行，我死也不能输给那帮家伙。然而，如果你跟那帮家伙闹起矛盾就等同于自甘堕落。可是如果你不对他们痛下杀手，那么他们就会像一条蛇一样缠在你身上，折磨你到死。那个人会一辈子纠缠着我，让我永无宁日。

就好比是一条恶犬在对你狂吠。如果正经八百地和他们干上一架，非但无济于事，而且还会让自己沦为旁人的笑柄。

好朋友们都是怎么处理的呢？

那是我离开公寓后的第三天晚上。每晚我都无酒不欢，结果到了这一晚已是身无分文。就像是饿肚子的时候似的，小腹隐隐作痛。

在刚才那家酒馆，我对 K 说马上就来，然后就和他分开了。我想要去找他，想必他还满心期待地等着我。说是马上去，但又去不得。因为我就是在那家酒馆门前的石板上打的人。K 想必会为那骚动而震惊。或许他也听见了那清脆的硬物碰撞的声音。听到之后他又会作何感想？ K，和我生活在同一个世界。我不想带着这种狂躁的心情返回公寓。我想和 K 聊聊今晚不愉快的心情，让自己的心灵能够多少朝向光明一些。但是我不能直接去那家酒馆。说不定那个可怕的男人还在那里接受治疗。

路上一片漆黑，不知道现在几点钟了。密密麻麻的房屋黑沉沉的，没有一丝声音。心情略微放轻松了一些，但脚下还是和方才一样飞快地走着。

前方很远的地方，一辆电车驶过。我不知道这儿是哪里。一户人家的房檐上贴着一张白晃晃的纸，上面写着"某检阅官御宿泊所"。

一路走来，我始终害怕遇到光亮和路人，这时我鼓足勇气，走上了电车道。这里是四条大道，往来行人每一个看上去都很开心。

我若无其事地站在玩具店门口挑着玩具。我必须要送玩具给三重子和四方子。

一个漂亮姑娘走了过来，旁边那人像是她的母亲。我是不是正铁青着脸？她们会不会因为我拄着这根粗大的樱木棍子，把我当成一个脾气暴躁的学生？

心情又平复了一些。我心想应该找镜子照照刚打过人的这张脸。脸上僵硬的线条应该已经松弛下来了吧。我必须要保持泰然自若的状态。

前面就是京极了。○○堂门前。店员投来异样的目光，我回敬了他一眼，看起了油画。画刷的用法似乎很狂野。我半眯着一只眼睛看，右眼睑一抽一抽。这画属于下品，我心说真是不怎么样。

突然我大吃一惊，连忙不动声色地迅速转向一边。我佯装镇静，脚下却是步履匆匆，又钻入一条黑乎乎的路。刚才是三个男的在站着说话。也不敢靠近仔细观察。其中两个人很像。

心脏一个劲儿地打颤，都快要跳到嗓子眼了。心中响起了"胆小鬼、小尿包"的声音，我恨得是直跺脚。

沿着这条路向前走，就是E子的家，她是我朋友D的恋人。一男一女从我身边经过。

那家眼镜店的时钟显示还不到十点。我是八点半多看完电影的，不到九点就去了酒馆。争执之后才过了一个小时左右。但感觉仿佛已经过了好几个小时。

E子是个多么单纯的女人啊。D在东京孤苦伶仃。我不在家时，想必公寓一定又收到了一封伤感的信，他太可怜了，得赶快给他回信才行。

我因为与那个品行败坏的男人爆发争执而流落街头，最后来到了E子的家门口。如果我在信中这样写，不知道他会作何感想：

前两天，我偶然间路过了你每晚和我一起散步时都会心潮澎湃地经过的那家眼镜店。

自从那件事以来，D一直没有原谅E子。如果让E子和她的家人知道我从她们家门前经过，恐怕会对D产生奇怪的猜疑。但是不过不行。我这是在散步，拄着手杖散步。我笔直地走了过去。

巡警走了过来。如果还是刚才那个巡警，那么他会不会对我起疑心？豁出去了，反正我是在散步。

道路漆黑一片，天空布满星辰。当我向东转弯的时候，东山上空天蝎座的尾巴看上去是那么美。顺着这条路……（注：原稿此处空白）

头顶着灿烂的星辉，在亢奋、恐惧和苦闷的压迫之下，我不停地走着。不知道当我内心的这份苦楚顶着人类的躯壳穿行而过的时候，能否给黑夜里死寂无声的街道带来些许热量。

但我只看到一个面色苍白正在散步的学生。

我的眼睑仍在抽搐。

我分不清什么是善，什么又是恶。

我感觉人分不清善恶，并不妨碍浑浑噩噩、迷迷糊糊的日常生活。但是今晚另当别论。我在盛怒之下打了人。从那之后我始终无法平静。但我自己又想不明白。这让我很痛苦。

我还在为上一个问题而烦恼的时候，新的问题又一个接一个地出现，在我面前堆积如山。可是我每一个问题都无法解答。这更让我痛苦。

普遍规律犹如一柄锋利的手术刀，如果能够把它掌握在自己的手中，那么我就能不费吹灰之力，把这些如同给我上刑一般束缚我的粗草绳子砍得七零八落。

啊，只要掌握在自己手中。

自己好似是在赶往耶路撒冷朝圣。

哈哈哈！这朝圣竟然是去喝酒的。喝完了还用棍子打人。朝圣者非但没有淌着眼泪穿行于一座座葡萄园和古老的城镇，反而在巴比伦东游西逛，用眼神与巡警对峙。真是亵渎中的亵渎。

愚蠢，恶魔。这是我的朝圣。这是一条我不得不走的路。也这样一路走来。这条就是通往圣地的路。

但是我的声音已经喑哑了。

纵然去回顾那段令人作呕的经历，命运也不会对我露出和善的微笑，更不会再为我增添力量，又何必舍却不下这嗜痂之癖？

这里面透露出了胆怯的味道。

原来打人是如此痛苦的一件事。对方劈头盖脸的辱骂，自己能忍就忍了。

越劝，吵得越凶。对方似乎也有些醉意。最后我把他引到了河滩上。捡起了因不堪其辱而扔出的长袍。

之后对方似乎有所收敛，想要与我和解。但是我不想再这么浑浑噩噩地糊弄过去。对方刚走出那家酒馆，就一把揪住了我的衣领子。

就在他把手扬起来的一刹那，我出手了。

这场争执是必然的。因为我说过，我不喝他的酒。平时我就对他没什么好印象。

这场争执一点也不会让你难受。难受的只有你心里的胆小鬼。雄赳赳气昂昂地决斗吧!

不要害怕受伤。你的胆怯会随着你的血一起从伤口流淌出来。

当我回过神来,我发现今晚自己已经在这条路来回走了三趟。派出所就在这条路上。这一趟我是真的被巡警注意到了。

警察先生。我记得这一片应该有一家卖扇子的店,一直没找到。找到了,找到了。

我装作若无其事的样子,在扇子店前停下脚步。然后注视着派出所。这是歌川丰国画的《近江八景图》。没错,丰国是一位家喻户晓的浮世绘大师。

不知道是不是电影散场了,大街上人来人往。对于刚从酒色腐败、幽暗寂静的城镇一路走来的我而言,这情形一看便知。在街上等活儿的车夫在掰手腕,其中一个车夫笑着说了些什么,他的同伴也咯咯地笑了起来。

接着又开始抢帽子。

车夫们真是无忧无虑,我心说。一脸皱纹,戴着学生帽。

快十点了。我已经惊魂未定地在街上走了一个多小时了。为什么自己没有逃到更远的地方去呢?这里不就是京极大道的后街吗?我心中明白,我还一直惦记着和K在酒馆见面的约定。K对我说,去什么地方避一避,摆脱之后再回来,来讲讲离开东京之后的事吧。K能够安抚这种暴躁的情绪。

反正那个男的也不在那家酒馆。他不可能被人打了之后还待在那里。而且我出来的时候看见另一个人替他结了账。

我穿过一条窄路，大着胆子来到了热闹的京极。酒馆就在那一侧的后面。

那个卷着白线的学生是谁来着？如果有个朋友在散步，我很乐意与他同行。

我从放映室旁边走过。耳畔传来三味线的声音。我心想要不把樱木棍子扔了算了，心里的石头算是落了地。夏服摩擦着凉爽的皮肤，我拐过十字路口。酒馆就在第二家，我隔着围墙向内张望。

突然，一个冰凉的物件从我的后心划过。之后发生的事恍如梦中。我听见背后有女人在尖叫，却迈不开步子，呼吸也紧一口慢一口。

连木棍头都颤抖不已。我刚要从石板路横穿过去，结果正撞上一个黑影。木棍掉落在地。紧接着我被捆了起来。罪名是谋杀。隔着围墙张望的时候，我发现酒馆里已经恢复了之前的亮丽风貌。

我做得没错。我做得没错。话卡在喉咙里，发不出声音。我干呕了几声，咽了口唾沫。

黑影一言不发，猛然把我推了出去。

一九二二年

# 奎吉

"最终还是到了要向弟弟借钱的地步啊。"奎吉心里念叨着,他感觉自己那永远是不撞南墙不回头的盲目欲望又涌上了心头。

到了这一步,对他来说,那丑陋的欲望就已经牢牢占据了上风。他自己心知肚明,便也不想再调动意志力去与之抗衡了。

眼下他满脑子都是大把捞钱。然而左看右看,他也没能找到一条赚钱的正路子。

他的父母一分钱也不给他。要说奎吉为什么会沦落到这般田地,这全都拜他的性格所赐。

——由于连续两年落榜,他最近被借读的高中给轰了出来。

与各种美德都无法共存的欲望一次又一次汹涌地冲击着他那不值一提的意志力。他的意志力作为他的理想和他父母对他的期许的忠臣,实在是不堪一击。每一次他都是悔不当初、赌咒发誓。可是一次次的重蹈覆辙反而让他放纵的尺度有增无减。结果自然是自作孽不可活。——他被学校赶出了大门。

"你爸这一次是真的发火了,"奎吉的母亲对他说道,"你爸说了,在你改邪归正之前,你就老老实实地在家待着,零花钱也不会给你,你自己也长点心吧。好好考虑考虑你的未来,反正家里已经不打算送你上学了。"

奎吉连一声"好的"都没说。经济来源断了,他自由的生活也一去不复返了。

他对钱的欲望却越来越强烈了。他每天谎称散步,逃离让他窒息的家庭氛围。然而当个身无分文的小混混只是徒增他的烦忧。

就这样东游西逛到了差不多第二十天头上,他抓耳挠腮,心想今天非要弄到钱不可。没一样东西能拿到当铺当掉换钱。就算有,充其量也只能换一枚五十钱的银币。于是乎当他最后忽然想起弟弟的积蓄的时候,他激动得一蹦三尺高。

明知极其卑劣,却又屈服于欲望。奎吉此时的心情想必每个人都体会过。不管怎样,奎吉当时的感受很是微妙。他仅仅是有一种感觉,未必有什么主观上的动机,但是我认为人总会本能地去掩饰自身的卑劣行径,这一点不以人的意志为转移。证据就是我们会给自己的所作所为找台阶:"起码我意识到了自己的卑劣,这就说明我不是真的卑劣。"

总之，当奎吉终于忍不住要做这件坏事的时候，"我这就要动手了啊。"——奎吉突然产生一种幻觉，就好像平地冒出一个奎吉二号，三下五除二把事办完，根本不容正牌奎吉分辩，而正牌奎吉只是一个旁观者。

奎吉的弟弟庄之助是父亲和外妾的孩子，但是庄之助十岁上下的时候那个女人就去世了，于是父亲便把庄之助带回家中，一同抚养他们兄弟二人，父亲希望庄之助能够尽早长大成人，照顾他自己的姥姥。

然而人无完人，家里并没有像父亲想象的那般和睦。很多时候，家庭成员之间都会向彼此表现自己的小心眼和不尽如人意的地方。结果，庄之助就成了那个最不幸的人。

庄之助最近才从高等小学毕业，刚刚去父亲熟人的店铺里实习了没多久。可是他体弱多病，也没有什么上进心，父亲心疼他，给他做了一身绀飞白和服，让他在家里玩，不再出门做工。奎吉灵机一动，便惦记上了向庄之助借钱。

庄之助离开最近实习的店铺时，店主人给了他一包钱。这样一来庄之助的积蓄里就多了一份他和他的姥姥无数次期待的真正属于他自己的钱。

发自内心来说，奎吉并不想借用这样一笔积蓄。奎吉心里跟明镜似的，他一贯对弟弟无所顾忌地吆五喝六，如果现在向弟弟借钱，十有八九在弟弟面前抬不起头。奎吉犯了愁。不过这时候的奎吉已经想钱想到了不择手段的程度。这种欲望不断膨胀，奎吉的良心几乎要被这庞大的欲望扼死。他苦闷不堪。总觉得有什么沉甸甸的东西压在他的心里。然而，欲望最终还是占了上风。就在奎吉招呼庄之助的那一瞬间，他又产生了幻觉，仿佛自己在旁观即将犯下丑陋行径的奎吉二号，甚至还旁听着自己的说话声。

"喂，庄之助，你过来一下。"

话音刚落，他便觉得这个声音格外沉闷，让他心里很不痛快。

庄之助正在津津有味地看着杂志，在哥哥的注视下，他站起身，但目光还没有离开那一页，而当他的目光与哥哥焦急的眼神相交时，立刻在脸上挤出谄媚的笑容走上前来。

一般要说什么正经事的时候，奎吉都会摆出一张不见笑模样的臭脸，恶狠狠地命令弟弟"把报纸放下"，可是这次奎吉和庄之助对视时，自己的目光却躲躲闪闪。奎吉感觉自己好像困在了一团模模糊糊的东西当中。但他还是尽量做到面无表情，不想让弟弟看出自己的心虚。

"从你的小金库里拿点钱出来。我急着要用，但妈还没来得及给我。"

当他终于把这句话说出口的时候，方才那种怪诞离奇的幻想（反正事已至此了）顿时烟消云散。

庄之助像是在舞台上念旁白似的，眼睛向旁边一瞥，点了点头："好啊。"但是很不幸，奎吉在庄之助脸上浮现的微笑背后，捕捉到了他对自己温柔的怜悯。

奎吉感受到了一种与向弟弟借钱遭拒如出一辙的窘迫，同时他怀疑自己刚才是不是没有控制住每次战战兢兢开口向他人借钱时的那种愁眉苦脸的表情，然后庄之助从中体察到了他的痛苦，这才会做出如此温柔的表情。而且庄之助这种在他看来高高在上的表情很是让他恼火。

"我知道存折和印章你都是自己藏着。快去拿五元钱出来。还有，这事儿最好是天知地知你知我知，在我回来以前你都给我把嘴闭严实了。听见没有！等我回来还你六元。"

奎吉把自己最后一块遮羞布也扯了下来。但是他的嘴似乎已经不受他的控制了。

庄之助一边听着一边点头，最后欲言又止地说：

"我也没想让你多还，真的还我就好……"

弟弟的话彻彻底底地让奎吉颜面扫地。他为自己大言不惭地说要给利息而羞愧难当。一来是父亲是自己还钱的唯一指望，父亲不给，自己就还不上；二来是即使父亲给了钱，考虑到自己嗜钱如命的性格，当面还钱都必须要闭上双眼自我麻痹，因此庄之助所言极为准确。

庄之助出门后，奎吉这才感到他终于从那难以忍受的局面里挣扎了出来，但是不断涌上心头的罪恶感依然让他如坐针毡。而后他居然吐出舌头做了个鬼脸。接着一边手舞足蹈一边小声嘟囔着"太棒了、太棒了"。

这还不算完。最后奎吉嘴里发出"呜——"的声音，用力地挤眉弄眼。他越来越用力。就好像收缩面部肌肉带给了他某种快感。

# 矛盾一般的真实

"你一点儿都不照顾你弟弟。你这个人就是没有爱心。"

父母常常这样教训我。

的确,我对弟弟们极其冷淡。如果他们被弄哭了,那么百分之百就是我干的。若问弟兄几个当中有谁会对他们拳脚相加,那么毫无疑问也是我。所以父母说的并没有什么错,然而对待他们,我从来就只有这么一种态度。

我就是他们的暴君。不过我们之间也会在某种程度上相互妥协,从而形成一种稳定而又轮廓模糊的相互关系。

但是有些时候我还是会做出一些出格的事情。——记得我就曾做过这样一件不该做的事。

大概是在三年前。这么算来,当时大弟弟应该是十三岁,二弟十岁。

最小的弟弟从外面跑回家,说道:

"小勇(大弟弟的名字)刚才被别人给打了。"

问小勇为什么会挨打,说是他被自行车撞了,说了句"没长眼的东西",结果骑车的那个男的就打了他的头。

我一听就火了。又问对方的年龄,说是四十岁上下,于是我打算去把那个男的从车上揪下来好好收拾他一顿。

我能想象得到,被吓得不敢还手的弟弟有多委屈。因此我一连好几个钟头都拉着脸,琢磨着要怎么收拾那个家伙。

不过知子莫若母,母亲说小勇肯定是去了什么他不该去的地方。

言之有理。可我转念一想,说破大天,一个成年人也不应该殴打一个十二三岁的小孩子吧。

"妈!这么说您觉得这事儿您能忍?"我记得我反问母亲来着。那是因为我当时实在是气炸了。

这时候当事人回来了。只见他垂头丧气,脸都花了,看上去像是刚哭过。我看着他那副失魂落魄的样子实在于心不忍,心里的火更大了。

我询问事情经过的时候,弟弟说着说着又开始掉眼泪。——我听出他说的话真真假假,有些地方就那么搪塞过去了。

弟弟平时就喜欢乱编瞎话。我最受不了的就是这个毛病。

——我之所以受不了，一方面纯粹是因为我讨厌撒谎这个行为，但更重要的原因是弟弟这么干就好像是在讽刺我似的。

　　实话实说，我自己就是个十足的谎话精，而且我还特别爱慕虚荣。我撒谎常常就是为了掩饰自己的卑劣、丑陋和软弱。

　　我也很厌恶自己这个德行。

　　每当弟弟说到他不愿回忆的关键之处，他就会编造一个拙劣的谎言。这让我仿佛受到了侮辱，就好像在对着我画一张丑化程度变本加厉，而且还是放大版的讽刺漫画。

　　弟弟是我至亲的这个身份进一步加剧了我的这种感受。——我在想他或许并不是在讽刺我，而是我在他眼中本来就是这副做派。而且我也担心这样发展下去总有一天结局会是"小勇撒谎——亲兄弟不该吵架——哥哥也撒谎"，如此一来，我这藏着掖着的坏毛病就会被弟弟明明白白地公之于众。

　　我们不愧是朝夕相处的亲兄弟，个性特点都如出一辙，我看着撒谎的弟弟，从表情到语调，再到肢体动作——就好像站在我面前撒谎的那个人就是我自己。而且十有八九事实真相也能证明这一点。

　　因此我会在弟弟讲述的过程中很肯定地对他说"你在撒谎！"——就算他是我弟弟，也不能让他这么羞辱我。而我因为怒火中烧，越听越觉得厌恶，在打断他的时候语气也是恶狠狠的。后来干脆不让他往下说了。

我盛怒之下,忍无可忍,不管三七二十一对他大声呵斥起来:"混账!又撒谎!"——当时,可怜巴巴地回到家的弟弟就这样又劈头盖脸地挨了我一顿臭骂。

"你个没骨气的东西。都这样了还一声不吭?你为什么不还手?"

其实那时候我应该对弟弟煞费苦心编造的理由睁一只眼闭一只眼,然而当我识破了弟弟怯懦的谎言之后,我顿时恶向胆边生,于是张嘴就说出这么一句没头没脑的话,也是怒其不争。

"……我也扔了一块石头。"

随即我便从他那哼哼唧唧的声音和游离的目光中找到了证据,证明了这句话完完全全是一句我深恶痛绝的谎话。

先前我积蓄的不痛快,加上这句话给我带来的新的愤怒,刹那之间直冲天灵盖。我需要一个能够猛烈宣泄的出口。在这种压力下,我像是爆炸了似的大骂了一声:"混账!!"

如今回头想想,那时候弟弟真是可怜极了。真的。

弟弟编造那些谎话,一定是因为他觉得自己的遭遇很惨,受了很大的委屈。

如果我当时容许他说几句谎话,或许他那颗被残忍伤害的心就能够多少得到一些安慰。

弟弟当时真是太可怜了。

我错了。

\* \* \*

我之所以会想起三年前的事,是因为我今天在路上看见有孩子打架。我望着他们,心中想到了很多,任由思绪徜徉,忽然就唤醒了那段回忆。

我观看的那场小孩打架,则是这样的。

我正走在从学校去往熊野神社的路上。

看天色快要下雨了,闷热的阳光透过湿漉漉的水汽,让这条本就乏味的路更显得格外长。脸和脖子上都渗出了黏糊糊的汗液,手帕还忘了带。但即便如此我也不想用西装脏兮兮的袖子去擦汗,那样只会让我觉得更难受。我赌气似的汗流浃背地走着。正午刚过,这条路上除了我以外,就只有四五个小学生和两三个中学生了。沾满灰尘的杨树叶子纹丝不动。

我正想着别的什么事。——突然,他们打起来了。

一个穿着运动衫的孩子和一个像是放学回家的小学生模样的孩子已经扭打在了一起。两个中学生百无聊赖地驻足观看。

我边走边看,似乎那个运动衫小孩占了上风。对方那个孩子看上去要弱一点。

运动衫小孩一脚踹在对方的小腿上。对方则打了他一巴掌。严格来说那一巴掌算不上"打"。它的主要目的似乎是示威,而不是攻击。——手上打着,心里却在说"我还挺得住"——看上去是这么回事。

心狠手辣,积极性颇高,明显是以大欺小。

就在这一瞬间,小时候被人欺负时的沮丧和恐惧忽然浮现在了我的脑海之中。

对方满脸通红,而且不停颤抖,看上去就快要哭出来了,但还是在消极地还击。打一下还一下。看着挺可怜的,我不想再让他这样僵持下去了。

我加快脚步,正要上前劝架,两个中学生已经把他们拉开了。

小学生随即低着头走掉了。——时不时地单腿跳两步,那走姿就像是在跳舞似的。

"打不过就跑啊!打哭你这小子。"运动衫小孩在他身后叫道。

我看了看那两三个像是小学生的同伴的小孩,都拎着书包,像是放学回家的样子。他们也向小学生那边走去,追赶他们那独自离去的伙伴。

——整个过程前前后后大约两分钟吧。

却让我深有感触。

那孩子为了维护"男子汉"形象而高举的柔弱的拳头,颤抖的面庞,尤其是那跳舞似的单脚一蹦一蹦的走路姿势,都一遍又一遍地浮现在我的眼前。

那孩子真是可怜。

那个孩子的脸总会让我想起我最小的弟弟。

"那孩子会不会没了父亲,只剩母亲一个人等他放学回家。"

我越想越远,闷热的天气都被我抛在了脑后。

# 柠檬

　　一团难以名状的不祥阴云始终沉重地压在我的心里。说不清是焦躁还是厌恶——就好像是喝酒以后的宿醉，每天都会有一段时间如同宿醉一般。就是这种感觉。这可有些不妙。倒不是害怕它会最终导致肺结核或者神经衰弱，也不是怕欠一屁股债。不妙的是那种不祥的预感。优美的音乐，动人的诗歌，这些以前能让我笑逐颜开的东西，如今连一小段都让我难以忍受。就算专程去听唱片，听上刚开始的两三个小节就不由自主地想要抬腿走人。不知何故，我总是坐立不安。于是乎我便一条街一条街地游荡。

　　近来我莫名感觉自己痴迷于那种残缺的美。看风景，喜欢看坑坑洼洼的街道，看街道，比起那些拒人千里的大马路，我更喜欢晾着脏衣服、破烂东一堆西一堆、能够看到颓圮房屋的胡同，那里总有一种说不出的亲近感。还比如风吹雨打之下即将被夷为平地的街巷，看那七零八落的泥巴墙和东倒西歪的房屋——这些地方往往只有植物生机勃勃，偶尔还能看到令人惊艳的向日葵和美人蕉。

有时我走在这样的街道上，会努力激发自己的一种错觉——这里不是京都，而是数百里开外的仙台或长崎——现在我正走在这些城市。如果可以，我想逃离京都，去往一个完全陌生的城市。首先它要安静。旅馆空落落的一间房。干净清爽的被褥。好闻的蚊帐和浆洗得平平展展的浴衣。放空脑子，在那里躺上一个月。不知不觉之间我仿佛已经置身于此——错觉成真，我便继续用幻想的画笔为之增色。其实也没什么大不了的，不过是将我的错觉和破旧的街道重叠在一起，然后享受着自己迷失其中、告别现实的过程。

我还喜欢烟花这种东西。烟花本身倒是次要的，我更喜欢那种成捆成捆的烟花，外包装上是用便宜的画具描绘出的五彩缤纷、各式各样的烟花形状，有中山寺的星下、花合战和枯芒，还有一种烟花叫作老鼠烟花，它们一个个被盘好再塞满一箱。反而是这样的烟花让我情有独钟。

此外我还喜欢一种名叫维德罗的彩色玻璃球，这种玻璃球上面刻有加吉鱼和花朵的图案，我也喜欢陶瓷或玻璃的串珠。尤其是用舌头舔这些玻璃球，对我来说可谓是一种无法用语言形容的享受。这世上还有什么东西舔上去能像玻璃球那样凉飕飕？记得小时候每次我把它们放进嘴里都会遭到父母的呵斥,或许是长大后失意潦倒的我又唤起了那段年少时的美好回忆,那种清爽的感觉又在嘴里弥漫开来,宛若一首唯美的诗。

想必也瞒不住您,我穷得叮当响。但是,为了抚慰我看到这些玻璃球时内心的蠢蠢欲动,"奢侈",还是很有必要的。尽管只是两三分钱——对我来说也是奢侈。美的事物——也就是能够挑逗我无精打采的触须的东西。——也只有这样的东西才能抚慰我的心灵。

在我还没有被生活侵蚀的时候,我喜欢过一些地方,譬如丸善书店。那里有红色、黄色的古龙水和奎宁水,有雕刻着华丽的雕棱和典雅的洛可可风格浮花的琥珀色、翡翠色的香水瓶子,还有烟管、小刀、肥皂、香烟。有一次我看这些东西看了将近一个小时,最后"奢侈地"买了一支上等的铅笔。不过,对于当时的我来说这里也是一个压抑的地方。书籍、学生、收银台,在我眼里就像是一群讨债的亡灵。

一天早上——那时我还过着寄人篱下的生活,今天住这家明天睡那家——朋友都去学校了,只剩下我一个孤零零地面对空虚的空气。仿佛有什么东西在后面撺着我,让我不得不出去转悠转悠。我走街串巷,先是去了刚才提到的胡同,在点心店门前站了一会儿,又去干货店看了看干虾仁、鳕鱼干、腐竹,最后我向着二条的方向走到了寺町,在那里的果蔬店前停下了脚步。这里我就要简单介绍一下了,这是我见过的最好的一家果蔬店。虽然算不上多么气派,却将果蔬店最本质的美感赤裸裸地展现给了我。水果摆在一张坡案上,这个案台是一块很有些年份的黑漆板。摆在上面的水果就仿佛是一曲华美明快的音乐被美杜莎点化成石,凝固成了这样的色彩和形状。蔬菜也是一样,越往里走,堆得越高。——那里的胡萝卜叶真是美丽绝伦,更不消说泡在水里的大豆和慈姑。

到了夜晚,这家店就更美了。寺町大街本是热闹非凡——但感觉上仍然比东京和大阪清爽许多——临街的展示窗流光溢彩。但不知为何,唯有这家店面周围是一片玄妙的幽暗。果蔬店本身就毗邻街角,再过去一些就是昏暗的二条街,不亮堂也理所当然,但是它隔壁位于寺町大街的店铺却没能照亮它,这就有些令人费解了。不过,倘若它不是那么幽暗,它还未必能对我有这么大的吸引力。它显得昏暗的另一个原因在于它家的屋檐,就像是压得很低的帽檐——这与其说是一种比喻,倒不如说这家店真的就像是戴着一顶带帽檐的帽子。屋檐上面自然是一片漆黑。正因为周围一片漆黑,屋里那几盏灯才能释放出暴风骤雨般的绚烂,随心所欲地创造美丽的景致。站在街上让果蔬店毫无遮蔽的灯光像细长的螺丝钉一样钻入我的眼中,或是透过附近锁匠铺二楼的窗户眺望它璀璨的模样,除此以外,整个寺町能够让那时候的我兴致盎然的东西屈指可数。

那天，我一反常态地在这家店买了东西。因为这里居然罕见地有了柠檬。柠檬满大街都是。这只是一家再普通不过的果蔬店，虽然样子还算说得过去，但是迄今为止我还未在这里见到过柠檬。那些柠檬很合我心意。不论是它那就像是挤出来又凝固的柠檬黄油彩似的单纯的颜色，还是那大小适中的紧致的纺锤形状。——最后我决定买一个。后来我又走到了哪里？我只记得在街上走了很久。就在我握住那颗柠檬的那一刻，似乎那始终沉甸甸地压在我心里的不祥的阴云便渐渐消散了，我无比幸福地走在街上。那般冥顽的愁云竟被这样一颗小小的柠檬化解掉了——或者不得不承认这世间有玄学存在。如此说来，人的心灵实在是一种难以揣度的东西。

那颗柠檬的清凉感觉无可比拟。当时我的肺病恶化，身上潮热不退。我为了向我的朋友们展示我在发烧，常常会握住他们的手，没有一个人的手比我热。或许就是因为发烧，当那股凉意从掌心沁透全身时让我感觉那样舒爽。

我一次又一次地把它放到鼻子下面，去闻它的气味。我猜它产自加利福尼亚。曾学过的一篇古文《卖柑者言》中的一句"如有烟扑口鼻"不时地浮现在我的脑海之中。随后我试着深深地吸了一口它的香气，很久都没有像这样深呼吸的我顿时感到温热的血液开始在我的身体和脸颊流动，仿佛重新焕发了活力……

那种单纯的凉意、触觉、气味、视觉，竟像是为我量身打造的一般。一直以来我默默寻觅的原来就是它——直到那一刻我才恍然大悟。

我有些亢奋地走在街上，甚至带着几分得意扬扬，我把自己想象成腰金衣紫、昂首阔步的诗人。我一会儿把柠檬放在脏兮兮的手帕上，一会儿又放在披风上，研究着它的色泽，心里想着：

"就是这个重量。"

我苦苦寻觅的就是这个重量。突然萌生的幽默感不由得让我冒出一个傻里傻气的念头：如果把一切善良美好都换算成某个重量，那必然就是它的重量。——总而言之，它带给了我幸福。

我不知道自己后来去了哪里，只记得最后我站在了丸善书店的门前。平常对于丸善书店我都是能躲就躲，但这时我感觉自己抛却了所有的心理负担。

"今天就进去看看吧。"然后我迈着大步往里走。

但是不知道为什么，方才充盈我心的幸福感逃之夭夭。不管是香水瓶还是烟管，都不再让我倾心。忧郁笼罩而来，我以为是四处游逛造成的疲倦。我又走到画册书架前。抽出一本厚重的画册竟然比平常还要费力！我一本本地把画册抽出来，一本本翻开，然而我丝毫没有想要看懂的欲望。我就像是被下了咒似的，不能自已地一本接一本往外拿，然后扑啦扑啦地翻，等到实在忍无可忍了就往旁边随手一扔，甚至连放回原位这个动作都做不到。我不停地重复这一连串的动作。哪怕是平时爱不释手的安格尔的画册最后也被我扔到了一边。——这究竟是一种什么诅咒？手部的肌肉还残存着疲惫的感觉。我又沦陷在忧郁之中，呆呆地望着被我抽出来以后摞成一摞的画册。

之前让我魂牵梦绕的画册这是怎么了？这样一页一页浏览过去，再抬起头来环顾平平无奇的周遭，会让我产生一种遗世独立的心情，而这种心情曾让我无比沉迷……

"啊，对呀对呀。"我突然想起了袖兜里的柠檬。我将各色画册胡乱堆在一起，然后试着把这颗柠檬放在书堆上面。"对了！"

刚才那种亢奋的感觉又回来了。我随意地把画册堆起来，匆忙打乱再重新匆忙地堆起来。一会儿从书架上抽出新书放进书堆，一会儿又把书堆里的书拿出去一些。奇幻的城堡也随之时而变红时而变蓝。

城堡摆好了。我抑制着略微有些急促的心跳，把柠檬小心翼翼地放在了城墙顶上。这才大功告成。

放眼这座城堡，只见柠檬悄无声息地把五彩斑斓的颜色吸入纺锤形的身体当中，刹那间变得光彩夺目。似乎在那颗柠檬周围，就连丸善满是灰尘的空气也变得紧绷绷的。我久久地凝望着它。

忽然第二个念头从我脑中闪过。这个奇妙的坏主意甚至把我自己都吓了一跳。

——把这堆东西就这么扔在这儿，装作若无其事的样子扬长而去。

我感觉心里一阵发痒。"就这么走了吧？对，走吧！"然后我便大步流星地走掉了。

走在大街上，那种痒酥酥的感觉不禁让我笑了起来。想想就觉得好笑：我就像是一个怪异的炸弹客，在丸善的书架上安装了一个闪着金光的可怕的炸弹，再过十分钟，以丸善美术书架为中心的区域就要发生一起大爆炸了。

我任由想象徜徉。"这下子让人喘不过气的丸善也要灰飞烟灭了。"

电影海报以一种奇特的风格装饰着这条街道，我沿街而下，向京极走去。

# 有古城的城镇

一天午后

"登高望远，咳咳……真是不赖啊。"

一手擎着阳伞，一手捏着扇子和日式手帕。寸草不生的脑袋，扣着一顶平顶草帽，活像一个塞在瓶子里的软木塞。——老人拿自己打着趣，从峻身边走过。说话时也不回头，眼睛依然望着远方，嘴里嘟囔着"真不行了"，一屁股坐在了石墙根的长椅上。

从城镇到这里相隔约有二里地，中间是平坦的绿野。绿野尽处，是一望无际深蓝色的I湾。边缘影影绰绰，远远望去，一团模糊的积雨云安静地挂在地平线上。

"啊，是啊。"每当吞吞吐吐地敷衍别人时，峻都感觉自己答话的尾音还残留在嗓子和耳朵附近，而这个时候的自己就和现在的自己判若两人。峻脸上保持着对那位从心所欲的老人的友善表情，再次沉浸在方才宁静的远眺之中。——午后，清风徐来。

花样年华的妹妹告别了这个世界之后，峻始终还没有静下心来消化这一切，于是他带着青春的怅惘，未等妹妹五七的法事做完就离开家，来到了这里的姐姐家。

一个人怔怔出神的时候，耳边久久回荡着妹妹的声音，直到他意识到那其实是隔壁孩子的哭声。

"这是谁家。大热的天，也不哄哄孩子。"

他心中烦闷。

相比于妹妹咽气和火化，直到他踏上陌生的土地，那种亲身经历的"失去"的感觉才无比强烈地镌刻在了他的心上。

"一群虫子，聚集在一只濒临死亡的虫子周围伤心哭泣。"正如他在给朋友的信中所写的那样，当他来到这片土地之后，妹妹弥留之际他那痛苦的回忆才终于掀起了薄薄的面纱。随着思绪慢慢冷静，逐渐适应了周围的新环境，峻的心情也迎来久违的平静。久居城市，加之内心刚刚经历彷徨惊悸，他对这份祥和格外珍重。走在路上，他也会尽量留神不要累着自己，不去触碰带刺的植物，远离门窗以免夹到手指。这些琐碎小事左右着每一天的幸福——甚至已经近乎迷信的程度。干旱的夏季迎来一场又一场雨，每当雨过天晴，肌肤感受到的秋意便渐浓，就这样，入秋了。

这种平静的心情和朦胧的秋意，鼓动着他去告别闷头读书和胡思乱想。秋草、鸣虫、游云，风景铺陈面前，点燃了他沉寂已久的心灵——峻心想，这才是有意义的事。

"家附近有一座古城遗址，正适合小峻散步。"姐姐在寄给他母亲的信里这样写道。抵达这里的次日夜晚，他就和姐姐一家三口一起登上了那座古城。由于气候干旱，田里飞虱泛滥成灾，四处都挂起了灭虫灯。灭虫灯已经挂了两三天了，他们这次登上古城就是为了赏灯。只见广阔的平原上，目力所及之处都变成了灭虫灯的海洋。远方灯火闪烁，犹如群星璀璨。山谷被映得通红，仿佛一条倾泻而下的长河。看着眼前这非凡的风景，他激动得热泪盈眶。镇上的人们在这闷热的夜晚也都来此纳凉观景，古城遗址热闹起来。姑娘们在背光的地方涂脂抹粉，一汪汪秋水闪动着炽热的光芒。

眼前，万里晴空，惹人悲怆。下方是镇上鳞次栉比的房屋。

小学的白墙，土建的银行，寺院的屋顶。家家户户、庭庭院院之间点缀着绿色的植物，好似装饰在西式点心之间的美人蕉叶。一户人家后面是低垂的芭蕉叶。还能看到丝柏向上卷曲的叶子，修剪得像一层层蓬松的棉花一样的松树。苍翠的老叶映衬着嫩绿的新芽，共同构成了令人赏心悦目的绿色风景。

远处还有红色的邮筒。

有用白色油漆书写的"婴儿车"字样的屋顶。

透过屋顶瓦片之间的缝隙，还能看到晾晒衣物的红色晒衣板。

每当夜幕降临，华灯初上，村里的年轻人们便蹬着自行车，三五成群地沿着镇上的主干道奔向花街柳巷。走进风俗店的小伙子们与白天判若两人,他们身穿浴衣,放浪形骸,和浓妆艳抹的女人打情骂俏。——城镇的这一面,同样掩映在眼前的屋瓦之下,而附近幡旗林立的地方想必都是小剧场。

不远处就是那家为了防止西晒,从一楼到三楼西侧窗户都用遮阳帘遮挡得严严实实的旅馆。不知哪里传来敲木材的声音——声音并不大,"咣咣"的回音却回荡在城镇上空。

寒蝉的鸣声不绝于耳。

峻听着听着,忽然灵光一闪,"蝉这是在变着法地叫啊",不由得来了兴致。开腔是"知了知了知了",然后是重复"喔——嘻,知了知了",中间还时不时地在"知了知了,喔——嘻"和"喔——嘻,知了知了"之间来回切换,最后是"嘶——叨咕,知——了""嘶——叨咕,知——了",用一声"吱——"宣告结束。这一只叫到一半,便会有另一只从"知了知了"开始叫。还有一只刚结束"嘶——叨咕,知——了",正要叫"吱——"。三重唱四重唱,乃至五重唱六重唱,鸣声此起彼伏。

那时候,峻正在古城遗址中一座神社的樱花树旁间隔不到一尺远的地方,观察着树上的一只鸣蝉。他惊讶于这样一只渺小的虫子,节肢纤弱,张开的翅膀薄如肥皂泡,竟然能发出如此高亢的声音。这种高音来自它腹部和尾部之间的肌肉伸缩。它的这部分身体分为几节,长着密密的茸毛,颤动时犹如一台精密运转的发动机。——峻回想着刚才看到的情景。蝉的腹部到尾部猛地膨胀起来，伸缩时用尽全身的力量，似乎都要把肚皮撑破了——他心里对蝉这种生物突然产生一种无尽的惋惜之情。

偶尔也会有人从旁经过，像之前的那位老人一样，在这里乘凉，驻足赏景。

那个经常在亭子里或是午睡或是看海的人，对峻而言是个老面孔了，今天这人又来了，正热情地和一个看孩子的姑娘聊着天。

到处都是手持粘蝉竿的小孩子。更年幼的孩子拎着虫笼，不时停下脚步向笼子里看看，然后一溜小跑跟在拿竹竿的孩子身后。这些虽然是没有对白的默剧，却也让人觉得饶有趣味。

另一边的女孩子们抓到了一只蚱蜢，她们一边嘴里喊着"快点快点，让祢宜先生作揖"一边摁住蚱蜢，让它像作揖一样上下摇晃。"祢宜先生"是这里的方言，也就是神官的意思。峻看着那善良的长脸以及脸上方两根短短的触须，真有几分神官的模样。而它被女孩子捏住后腿、身体动弹不得只能"作揖"的样子也不由得让人想起神官气定神闲的状态。

女孩子扑进草丛之中，几只蚱蜢蹬开两条腿跳将出来，翅膀在阳光下熠熠生辉。

有时候还会看到吞云吐雾的烟囱，田野从它们脚下向远方延展。在这里，无处不是伦勃朗的素描风景画。

幽深的灌木丛，庄户人家，街道。还有伫立在绿油油的田地里的赭石砖烟囱。

一列轻便火车从大海的方向驶来。

火车冒出来的烟被海风送向陆地，飘摇在火车头的前方。

远远望去，那不像是真正的烟，反倒像是一辆玩具火车车头固定着的烟雾形零件。

不知不觉之间日薄西山，风景也随之渐渐改变了颜色。

望着远处斜流入海的河口。——凭栏远眺河海相汇，已经成了峻每次登上古城的一个习惯。

海岸线上，挺拔的树木枝繁叶茂。树荫下是影影绰绰的屋顶。入海口处，似乎还有系泊的小舟在随波徜徉。

这只不过是寻常景象。并没有让人心驰神往的特别之处。他却异于常人一般为此情此景倾倒。

那里有东西。那里一定有什么东西。这种感觉只能在心中品味，一旦开口便会化为乌有。

这种感觉或许可以称之为"没来由的恬淡憧憬"。倘若有人对他说"那里就是这么一回事"，那么他或许会赞同这个提法。可是他内心依然放不下"那里有东西"的念头。

他甚至幻想着，那里生活着其他人种的人，过着世外桃源一般的生活。但是这个幻想未免过于天马行空了。

他心想，也许是自己曾经在某张外国画里见过这样一个类似的地方。而且他确实想起了一幅康斯特勒①的画,但可惜不是。

那究竟是什么呢?极目远眺,这幅全景画似乎包容着所有的美丽。但入海口的风景要更胜一筹。"气韵生动"的仅此一处。他这样想着。

暖日融融,长空澹澹,秋意浓时,海水倒映天空,显出温柔的藏青色。碧空之中白云朵朵,大海也泛出白色的光芒。积雨云向天边晕开,呈现出西柚一般的颜色,这颜色融入大海,一直蔓延到近前的入海口处。今天的入海口一如往日,保持着神秘的寂静。

看着眼前的风景,峻不禁想在城垣之上,像野兽那样发出一声悲鸣。这种感觉是如此匪夷所思,他几乎要喘不上气来。

这感觉就仿佛是在梦中来到一个奇怪的地方,却又觉得似曾相识,一阵阵莫名的回忆涌上心头。

"啊,此时此刻!"

"啊,此时此刻!"

这句话就好像是事先准备好的,不停地在脑海中闪现。——

"哈雷摩托!"

"哈雷摩托!"

---

① 约翰·康斯特勒(John Constable,1776—1837):19世纪英国著名的风景画家,其作品风格清新自然、生气勃勃,忠实地反映了真实的田园风景。

峻所在的古城下方响起了越来越高亢的叫喊声，像是之前女孩子的声音。远处传来摩托车飞驰而过的爆音，应该是在丸内的街上。

这会儿正好是镇上一个骑摩托的医生下班的时间。峻家隔壁的女孩子们每次听见那个爆音，都会叫喊着"哈雷摩托"蜂拥上前。有些小孩也会跟着喊"摩托"。

不知什么时候，三层楼的旅馆摘下了遮阳帘。

远处阳台上的红色晒衣板也不见了踪影。

镇上的屋顶升起了袅袅炊烟。远方的山间响起了阵阵蝉鸣。

## 魔术和烟花

另一天。

吃完晚饭，洗过了澡，峻登上了古城。

薄暮冥冥，能够看到数里地远的市区不时有烟花在空中绽放。屏息凝神，那细若游丝的声音像是被包在棉花里。由于相距甚远，烟花闪过，要许久才能听到声音。真美啊，他心说。

这时出现了三个少年，领头的有十七岁上下。同样是晚饭后来这里纳凉。可能是因为峻站在一旁，三人压低声音聊着天。

峻不好意思开口提醒他们欣赏美景，于是便朝向烟花升腾的地方，刻意做出看得十分入神的样子。

在这幅无边无际的全景画中,烟花仿佛是水母星云,时而绚烂夺目,时而暗淡消逝。夜幕缓缓降落在海上,但依然能看到粼粼波光。

不一会儿,少年们也注意到了这风景。他心中窃喜。

"四十九。"

"对的对的,四十九。"

他们数着两次烟花间隔的时长。峻有一搭没一搭地听着他们的对话。

"小×,看,烟花!"

"芙罗拉①!"年龄最大的少年这样答道。——

峻向家走去,一路回想着刚才在古城的经历。刚走到家门口,正和邻居打了一个照面。峻慌慌张张地问了声好便走进家里。

家里人正商量要不要去看个魔术表演,峻突然出现,这下家里更热闹了。

"哎呀,谢谢你呀,"姐夫笑着说道,"你姐姐也没个准话。"把责任推给了姐姐。姐姐笑吟吟地拿出了衣服。在峻登古城这段时间,姐姐和信子(姐夫的妹妹)已经化好了妆。

姐姐问姐夫:

---

① 指罗马神话中掌管花与丰收的春天女神。

"老公，扇子呢？"

"应该在衣袋里吧……"

"在是在，可这把也是脏的……"

姐姐嘴里嘟囔着，不紧不慢地在衣袋里翻找。在一旁吧嗒吧嗒抽着烟的姐夫说道："扇子什么的有没有无所谓，赶快拾掇吧。"说着开始摆弄被堵住的烟管。

在里间帮信子收拾的姐姐的婆婆走了出来，手里拿着两三把团扇，说："你们看看这些行不行。"都是卖白糖的铺子的赠品。

峻看着姐姐一件又一件地往身上套着衣服，基本上明白了信子在里间是怎么穿着打扮的了，也能体会信子大致是怎样的一种心情。

家人终于收拾停当，峻便先去穿上了木屐。

"胜子（姐姐夫妻俩的女儿）还在外面玩，快去把她叫回来。"姐姐的婆婆说道。

身穿长袖和服的胜子扎在附近的孩子堆里，不知道在聊些什么，叫她也没有反应。

"'活'去哪里？"

"活动？"

"是活动，是活动。"两三个女孩子欢呼着。

"不对不对。"胜子摇摇头，又说道：

"'幼'去哪里？"

"幼儿园？"

"什么呀！哪儿有晚上去幼儿园的呀。"

姐夫走出门。

"快回来。不然给你扔外面了啊。"

姐姐和信子也走了出来，脸上涂了厚厚的一层白粉，在暮色中分外清晰，人手一把刚才婆婆拿出来的团扇。

"让大家久等啦。胜子，胜子，你要扇子吗？"

胜子晃了晃一把小扇子，扑到姐姐怀里。

"妈，那我们这就走了。"

姐姐说道。

"胜子，既然要去可别老嚷嚷着回家啊。"姐姐的婆婆对胜子说。

"别老嚷嚷。"胜子没有理会，一边学着她奶奶说话，一边过来拉住峻的手。随后峻牵着她的手走上街。

邻居们在路边乘凉，看见峻一家经过，便连声向他们问好。

"小胜，这是哪里呀？"他问胜子。

"松仙阁。"

"朝鲜阁？"

"不对，是松仙阁。"

"朝鲜阁？"

"松、仙、阁！"

"朝、鲜、阁？"

"不对！"说着胜子在峻的手上"啪"地打了一下。

不一会儿，胜子又念道：

"松仙阁。"

"朝鲜阁。"

峻装作一副很不耐烦的样子。于是对话就变成了游戏。终于，当他说"松仙阁"的时候，胜子反倒脱口而出"朝鲜阁"。信子听到之后笑了起来。看到姑姑笑了，胜子就不高兴了。

"胜子，"这次轮到姐夫开口逗她，"'错了就会发酵'。"

胜子哼了一声，作势要打她爸爸，姐夫一脸无辜地说：

"'错了就会发酵'，胜子，你去问问小峻这是什么意思。"

见胜子抽动着鼻子就要哭出来了，信子拉过她的手继续向前走。

"那这是什么意思呢？"

"这个呀，它的意思是'发笑是不对的'。"信子哄着她。

"哪里有人会这么说话呢？"胜子半信半疑地问信子。

"吉峰叔叔就这么说话呀。"信子看着胜子的脸笑着说道。

"我这里还有一个哟。这个更有意思了。"姐夫又开始逗她，姐姐和信子也都笑了，这下子胜子是真的哭了。

古城的石墙上挂着一个硕大的电灯，后面的树林被照得明晃晃的。前面的树反而形成了一片黢黑的阴影，阴影里夜蝉吱吱地叫着。

峻一个人走在最后。

自从他来到这里，像今晚这样和家人一起出门散步还是头一次，而且还是与年轻姑娘同行。他极少有这样的经历，心里也是美滋滋的。

姐姐这人有些任性，但是信子和她相处得很融洽。不是因为聪明伶俐会做人，而是信子天生温和的性格使然。

信子以前弹得一手好琴，但由于手指受伤，现在也不弹了。

她为学校制作植物标本。去镇上办事的时候，她就会顺便带一大包杂草回来，自己勤勤恳恳地把它们制成标本，胜子想要的话也会给她一个。

胜子曾把信子的相册拿到了峻那里。信子并没有觉得这件事有多么恶劣，反而很和气，对他有问必答。——信子就是这么一个讨人喜欢的姑娘。

现在牵着胜子的手走在前面的信子，与家里那个穿着收肩的衣服、走路又轻又快的信子判若两人，显得格外成熟。姐姐走在信子旁边。他感觉姐姐好像比以前瘦了一些，走起路来也更好看了。

"喂，小峻，你去前面走。"姐姐突然扭过头对峻说道。

"为什么？"峻故作不解。其实他不问，心里也明白是怎么回事。随后他笑了起来。这一笑，就更不能跟在后面走了。

"快点快点，你跟在后面怪别扭的。是吧，小信？"

信子也笑着点点头。

果不其然，剧场闷热难耐。一个看上去像是看场的老太婆，梳着银杏发髻，拿着一沓坐垫，在前面一张张铺好。峻他们坐在剧场的最后一排，峻在最左边，姐姐在中间，信子在最右边，后面坐着姐夫。恰好是中场休息，楼下人山人海。

刚才的老太婆走了过来，拎着烟草盆，里面埋着暗火，也不管峻他们觉不觉得热，站在旁边磨磨蹭蹭不想走。她脸色带着这类刁妇特有的狡黠表情，眼睛滴溜乱转，瞟瞟火盆，又瞥向一边，再偷瞄一眼姐夫，窥探他的脸色。峻看得明白，但一来是不方便从袖兜里掏钱包，二来是对这老太婆的缺德行为很是火大。

姐夫气定神闲，就跟没看见似的。

"卖火盆咯。"老太婆颤颤悠悠地吆喝一声，转向了别处，忙不迭地搓着手，眼睛四处乱瞟，直到有人出钱她才离开。

终于，演出开始了。

一个肤色黝黑、看上去不像日本人的男人懒洋洋地把道具搬上台，时不时地瞪一眼观众。既粗鲁又无趣。道具摆好之后，一个名字稀奇古怪的印度人穿着一身邋里邋遢的夫拉克礼服[①]走上舞台。他咕哝了几句谁也听不懂的话，没有血色的嘴角沾满了白

---

① 夫拉克礼服（frock coat）：18世纪中叶时在欧洲流行的一种男装正式大衣，维多利亚时期流行于英国，后逐渐被晨礼服代替。原为军官用以保护制服的大衣，演变为一种宫廷礼服外套。其剪裁特点为腰部紧贴人体，下截为较夸张的及膝裙状。

色的唾沫星子。

"他说什么呢？"姐姐问峻。同样疑惑的邻座也看向峻。峻只得不作声。

印度人走下了舞台，正在物色配合表演的观众。一个男观众被他拉上了台，脸上露出了忐忑而羞怯的笑容。

男人笑模笑样地站在舞台上，头发耷拉在额前，身上穿的是浆洗过的浴衣，而且大热的天居然还穿了一双黑袜子。之前摆放道具的男人搬来一把椅子让他坐下。

印度人太过分了。

他向男人伸出手去，嘴上说着来握个手吧。男人迟疑片刻，随后很干脆地伸出了手。结果印度人自己把手缩了回去，然后面朝观众故意扮丑，模仿那个男人的动作，缩头缩脑地摆出嘲弄的样子。这家伙实在可恶。男人看看印度人，又看了看自己之前坐着的地方，然后尴尬地笑笑。这笑容似乎有什么意味。或许是他的老婆孩子就在台下坐着。真是让人忍无可忍，峻心想。

握手这个环节已经很不礼貌了，然而印度人之后的恶作剧更加肆无忌惮。观众哄堂大笑。接着魔术表演开始了。

先表演了一个将剪断的绳子恢复原状的魔术。然后是一个永远倒不空的金属瓶子——都是一些小儿科的把戏。玻璃桌上的东西越变越少，还剩一个苹果。他说接下来的魔术是要把苹果吃掉，然后喷火，从嘴里变出苹果片。他还试着让助演的男人咬一口，结果那人直接带皮吃了，观众又是一阵哄笑。

每当听到那个印度人放肆的笑声，峻都浑身不自在，他心想为什么那个助演的男人会对此无动于衷。

这时，峻突然想起了先前看到的烟花。

烟花应该还在放吧。他心想。

城区那像水母星云那样时而绚烂时而暗淡的烟花，绽放在余晖尚未散尽的平原上。大海、浮云、旷野，组成了多么壮美的一幅全景画。

"看，烟花！"

"芙罗拉！"

没错，少年们喊出的是"花神"。

在峻的心里，那些少年，那幅全景画，才是真正神乎其技的魔术，任何魔术师的把戏都无法与之相提并论。

这样一想，峻的不悦渐渐消散了。这是他的老做法了，但凡目睹了让自己不痛快的场面，就从自己的个人情感当中跳脱出来——这样一来反而能从中找到乐趣——心情也随之好了起来。

再想想刚才为低俗的表演而生闷气的自己，峻觉得有些滑稽。

舞台上，印度人还在从嘴里喷出熊熊大火，犹如一张魔术表演宣传画，竟有一些光怪陆离的美感。

终于，表演结束了。

"哎呀,真好看啊。"胜子装作很开心的样子,言不由衷地称赞道。她那副做作的神态把大家都逗笑了。——

杂技,美女飞天。

大力士表演。

浅草风格的轻歌剧。

魔术,腰斩美女。

看完这些节目,他们很晚才回家。

## 生病

姐姐生病了。腹部一侧疼痛,还发起了高烧。峻怀疑是伤寒。姐夫俯在姐姐枕边说:

"让他们去叫医生吧。"

"没什么大事,可能是蛔虫吧。"然后她像是自言自语似的,有气无力地说道,"昨天那么热,我一路走回来一丁点儿汗都没出。"

前一天下午,我和胜子从窗口远远看见姐姐面带愁容地往家走,便开起了玩笑。

"胜子,你看那个人是谁呀?"

"啊呀,是妈妈,是妈妈。"

"瞎说。那是隔壁的阿姨。你看着,她可不会进咱们家。"

峻回想当时姐姐的表情。要说奇怪确实是有些奇怪。突然用陌路人的眼光来看待在家里抬头不见低头见的亲人——也许那种奇怪源自这种难得一遇的感觉吧。不过,姐姐确实看上去没精打采的。

医生来了,诊断说确实像是伤寒,然后就走了。峻与皱着眉头的姐夫面对面待在楼下。姐夫脸上挂着苦笑。

从舌苔上能看出来,很明显是肾脏出了问题,至于是不是伤寒就难说了。留下这么几句话,医生又精神抖擞地回去了。

姐姐说,自从进了姐夫家门,这已经是第二次病倒了。

"第一次是在北牟娄。"

"那次病得可厉害了。附近没有卖冰块的,我只能半夜两点,差不多蹬四里地的自行车,去敲卖冰块的店门,把人家从床上叫起来买冰块。然后用包袱皮包好,捆在自行车后座上,一路上冰块在后座上连颠带蹭,到家就只剩这么一小点儿了。"

姐夫说着用手比画了一下。只有姐夫才会在姐姐发烧的时候给她制作一个表格,然后每隔两个小时严格填写。峻笑了,那一听就是姐夫能干得出来的事。

"那次病因是什么?"

"闹蛔虫。"

——峻之前因为自己不注意,肺部生过一次病。那时姐夫曾去北牟娄的神社，祈求神明保佑他早日康复。病好一些之后，峻还去过一次姐姐在北牟娄的家。那是山里的一个贫寒的小村子，村民以打柴、养蚕为生。到了冬天，野猪会跑到家附近来拱地里的白薯。当地人的主食半数要靠这些白薯。当时胜子还很小。邻居老婆婆会来给胜子读绘本，不过老人家把大象叫作"卷鼻子象"，把猴子叫作"小山民"和"野猿"。村里有孩子没有名字，问他为什么没有，他就回答说因为他爸爸是打柴的，村民们也都是一副理所当然的表情。薰是村长的女儿，在小学里当老师，学生们对她也都是直呼其名。那时她也只不过十六七岁。——

这就是北牟娄。峻很喜欢听姐夫讲发生在那里的事。

姐夫讲过这样一件事，在北牟娄的时候，胜子有一次掉到了河里。

——当时姐夫由于患上了脚气性心脏病而卧床不起。年逾七十的姐夫的奶奶，也就是胜子的曾祖母，带着胜子去河边洗碗。那条河水流湍急，河道虽然狭窄，但是非常深。尽管姐夫他们跟老人家说了孩子不用她管，但是只要姐姐出门，老人家还是想要抱抱胜子。那天正好姐姐不在家。

啊，她们出去了呀。姐夫正躺在床上想着她们去哪儿了，就听见了奇怪的动静，他大惊失色，强撑病体翻身下床。河就在家旁边。只见老太太神色慌张，憋出"胜子她……"这几个字，之后任凭再怎么用劲，话到嘴边就是出不来声。

"奶奶，胜子她怎么了？"

老太太哆嗦着用手指指向河。

只见胜子正在河里挣扎！恰逢刚下过雨，河水上涨。前方有一座石桥，这时候河水几乎已经满上了桥面。过了桥再向前就是河道的转弯处，那里常年有漩涡。水流在那里转弯后会进入一个深潭。万一胜子在石桥或拐角处撞到了头，或者被水流冲进深潭沉入水底，那就真的无可挽回了。

姐夫纵身一跃跳入河中，向胜子游去，想要在石桥前面抓住她。

尽管患病在身，但姐夫总算是在即将撞上石桥的时候抓住了胜子。他用力想要攀上石桥，怎奈水流太急，根本无能为力。所幸桥面和水之间还有缝隙，能容胜子的脑袋通过，于是姐夫托起胜子，自己潜入水中，用尽九牛二虎之力，这才爬上岸边。胜子浑身瘫软，姐夫将她倒提起来她也不吐水。姐夫心急如焚，不停地拍着胜子的后背，嘴里喊着胜子的名字。

突然，胜子霍的一下苏醒过来。刚一苏醒便活蹦乱跳地爬起来，把姐夫弄得哭笑不得。

姐夫拽了拽胜子湿淋淋的衣服，问她说"刚才是怎么回事？"，胜子却一问三不知。看来她是在失足落水的时候就背过气去了，因此才完全没有呛到水。

胜子在那儿蹦蹦跳跳，就好像什么都没发生过似的，不知道拿她如何是好。——

大致经过就是这样。姐夫说，当时正好是周围邻居睡午觉的时间，假如自己没起来，后果不堪设想。

讲故事的人和听故事的人都被故事深深地吸引了。姐夫讲完以后，屋里一片寂静。

"我回家的时候，奶奶他们仨正在门口等我。"姐姐说道。

"觉得在家里待不住。就给胜子换了衣服，让她在门口等妈妈回家。"

"奶奶就是从那时候开始变得有些糊涂了。"姐姐略微压低声音说道，意味深长地看了姐夫一眼。

"的确，从那以后奶奶就变得有些糊涂了。一天到晚对她（说着指了指姐姐）念叨'对不起、对不起'。"

"跟她说了不怪她，没什么大不了的，可是……"

然而老太太从那次意外之后，眼见着一天比一天糊涂，大约一年以后就辞世了。

峻心想这位老太太的命运实在是凄凉。再想想北牟娄本不是老人家的家乡，她是为了照看胜子才住到了大山之中，便更觉得感慨良多。

峻去北牟娄是在那次意外之前。那时老太太经常会把胜子的名字和那时已经上学的信子的名字叫错。当时信子和她妈妈住在现在这里。那时候峻还不认识信子，每当老太太叫错名字，他脑海中就会亲切地浮现出一个名叫信子的十四五岁的姑娘。

## 胜子

峻倚在窗边，眺望着外面的原野。

天空中浓云密布，显得分外幽远，仿佛就快要低垂到地面上。

万籁俱寂，一切都暗淡无光，唯有远处医院的避雷针不知为何闪着白光。

孩子们在原野上玩耍。放眼望去，胜子也在其中。有个男孩子玩得很疯。

胜子被男孩推倒在地。刚要起来，结果又被推倒。而且这次是被死死地按在地上。

他们究竟在干什么？看上去挺过分的。峻一边琢磨一边定睛细看。

接下来女孩子们———一共有三个人，她们像是检票似的，排成一队站在男孩面前。这是个奇怪的检票游戏。第一个女孩伸出手，男孩使劲拽她的手，把她拽倒在地。第二个孩子也伸出手，同样被男孩拽倒。被拽倒的孩子起来以后，再排到队伍最后。

峻看明白了。男孩在拽女孩子的手的时候，力度是有变化的。而女孩子们的乐趣或许就来源于那种对不可预知的力度又害怕又期待的感觉。

看上去要被猛拽一下，但只是佯装用力，其实拽得很轻。下面一次则是被一把拽倒。再下一次又是轻柔得像是在抚摸。

男孩一副小大人模样——酷似伐木工和石匠，神态得意扬扬，一边玩一边还哼着什么歌。

看了一会儿，峻发现似乎只有胜子总是被用力拽倒。峻心中不悦，心想那个男孩是在暗地里对胜子使坏——因为胜子一贯任性，和别的孩子玩的时候从来都是不吃亏的。

也许是胜子没有发现其中的不公平。不对，不可能的。相反地，聪明如胜子，她应该早就发现了，只是忍而不发而已。

正当峻这样分析的时候，胜子再一次被狠狠拽倒。如果她是在忍耐，那么她摔倒在地之后与男孩对视，又会作何表情呢？——而当她站起身来，表情又和其他女孩相差无几。

胜子可不是个爱哭鼻子的小孩。

峻心想男孩可能会无意间看到这扇窗户，于是始终待在窗边。

阴霾的天空仿佛深不可测，几个亮晶晶的东西从空中一闪而过。

鸽子？

云层厚重，看不清楚它们的样貌，从反光来看，如果真的是鸟，那应该有三只，像鸽子那样漫无目的地飞着。

"哎呀，胜子这个傻姑娘是不是故意让人家使劲拽她呀。"峻突然想到之前他抱住胜子不让她乱动的时候，有好几次胜子让他再抱紧一点。这么一想，眼下胜子玩的游戏确实像她的做派。于是峻离开窗边，回到了屋里。

晚上吃完饭后不久，胜子哭了起来。峻在二楼也听见了。最后楼下传来姐姐逐渐提高的喝止声，但是胜子不管不顾地号啕大哭。由于声音太大，峻也来到了楼下。信子正抱着胜子，姐姐手里拿着针，把胜子的一只手拉到电灯正下方，正要从她手掌心挑刺。

"胜子在外面玩的时候手上扎了刺，她自己也不知道，吃饭的时候被酱油蜇到了。"姐姐的婆婆对峻说道。

"再把手张开一点！"姐姐发火了，狠拽胜子的手。每拽一下，胜子就像是被火烫了似的放声大哭。

"不管你了，爱怎么样就怎么样吧。"最后姐姐甩掉胜子的手走了。

"现在也没别的办法，去拿点药膏来抹抹吧。"姐姐的婆婆打圆场道。信子去拿药膏了。峻对哭个不停的胜子也无计可施，只得又回到了二楼。

药膏也没能止住胜子的哭声。

"刺应该就是在那个时候扎上的。"峻回想着白天的情形。那个问题又浮现在了他的脑海里，当胜子扑通一声摔倒在地的时候，她会是什么样的表情呢？

"也许是那时候积攒的委屈迸发出来了吧。"这样一想,那火烧火燎一般的哭声让峻感到一种说不出的忧伤。

## 昼与夜

一天,峻在古城旁边山崖的背阴处发现了一口绝佳的水井。

那里像是早年间武士居住过的老宅。而今农田和院落都已经荡然无存,只有苍劲的梅树和勃勃生长的南瓜、紫苏。古城的山崖下,粗壮挺拔的乔木和古山茶树形成了一道绿幕,那口水井就坐落在树荫当中。

粗大的井木,稳重的基石,让这口井看上去坚固而气势磅礴。

两个年轻女人正在井边用大盆洗着衣服。

虽然从峻所在的位置看不清楚,但她们似乎用的是桔槔,汲取出来的水满满当当地装在一个巨大的木制提桶里,桶里的水倒映着树木鲜嫩的绿色。洗衣盆边的女人好像正在等待什么,只见另一个女人拎起提桶向盆中倒水。顿时盆中跃起一道水的彩虹。那彩虹同样泛着绿意,漫过被冲洗得干干净净的花岗岩基石,也漫过女人光溜溜的脚丫子。

这美好而幸福的场景令人欣羡。凉爽宜人的绿荫,清冽丰沛的井水,是多么的引人入胜。

今天是晴天，真是好天气
　　前门邻居，隔壁邻居
　　打水洗衣，洗好的衣服高高挂

峻想起小时候唱过的一首歌，不过记不清楚是课本里的歌，还是在小学学会的歌。虽然这段歌词平平无奇，但是童年时这首歌带给他的那种畅快而充满新鲜感的想象，又不由自主地涌上了他的心田。

　　乌鸦嘎嘎叫
　　飞到寺院的屋顶上，飞到神社的森林里
　　乌鸦嘎嘎叫

歌声如画。

峻又想起一张题为"四方"的图画，内容是孩子张开双臂迎接朝阳。

字是课本上那种手写体的楷书。插图不知道出自哪位画家之手，一如圆润的书法，而那个孩子脸庞圆圆，长着一副优等生的面孔。

他甚至回忆起了写着"某某权所有"的落款，当时峻认识这几个字，虽然没有在人前读出来，但其实已经在心里默默地读了无数遍。从"某某权所有"也能推断出这出自课本,"某某"就像是书信范文的收信人名似的,是一个人名。

峻回想他小时候,真的以为现实中有和这幅画上一模一样的地方,而画上那个单纯正直的少年也确有其人。

这些或许都是那时憧憬的对象。一个单纯、平和、健康的世界。——如今这个世界近在眼前。在乡下这片绿树成荫的地方,这个世界具有了更加鲜活的形象。

他感到那种教科书式的伤感,似乎早已预示了他眼下的生活。

有时,对风景百看不厌的挚爱、对童年的回忆以及对新生活的想象,会瞬间让他热血沸腾。更有些时候,让他彻夜难眠。

度过一个不眠之夜之后,往往会因为某些鸡毛蒜皮的事而血往上涌,分外亢奋。当这种亢奋烟消云散,接着便是疲劳袭来,哪怕是在大街上也恨不得就地躺下。而这种亢奋是如此易燃,即便只是看一看枫树的树皮。——

枫树的树皮是如此冰冷。就在古城中心,那张他每次来都坐的长椅后面。

树根落满松针。蚂蚁干脆利落地从上面爬过。

凝视着冰冷的枫树树皮,看着看着,那皮癣一样形状的苔藓竟也变得美丽动人。

它唤醒了峻儿时在凉席上玩耍的记忆——特别是那种触感。

同样是在枫树下，一样飘落的松针，一样匍匐的蚂蚁，还有凹凸不平的地面，在上面铺一张凉席。

　　"只有孩子才能体会到踩在凉席上时凹凸不平的土地透过凉席传递给脚底的那种快感。所以只要凉席铺好，就会马上跳上去，享受穿着衣服在地上打滚的那种无拘无束的乐趣。"想到这里，他忽然萌生一种冲动，他想把脸颊贴在枫树的树皮上，去感受那种清冽。

　　"确实是累了啊。"他感觉手脚都有些微微发热。

　　我有两样东西想要送给你。

　　一样是果冻。即使是蹑手蹑脚的响动也会让它漾起波纹，微风拂来便会泛起涟漪。像海一般蔚蓝——你看，那里面还有鱼在游动。

　　另一样是窗帘。名为纺织品，实则是秋天丰美的草丛。虽然你看不见，但是你能感觉到，这草丛中似乎生长着一棵秋意渐浓的银杏树。草随风摇曳。你看，尺蠖爬行在枝杈之间。

　　要送给你的就是这两样东西。尚未完成，请静候佳音。而在无聊的时候想象一下这两样东西，也一定能为你带来快乐。

一天，峻在明信片上写了这样一段话，当然只是在自娱自乐。近来不论白天晚上，他发现自己经常凭空出现的那种百爪挠心的感觉似乎有所消散。每当夜晚无法安静入眠，都会听到啼叫的夜鹭从空中飞过。有时他会猛然觉得那个声音来自自己身体的某个地方。虫鸣声听上去也很奇怪，似乎就在房间之中。

当他心中想着"哎，别来了"，随即就会出现一种莫名其妙的感觉。——这已经是每一个不眠之夜的定律了。

这种离奇的感觉就是，一旦熄灯闭上眼睛，他总会感到有什么东西在他面前剧烈运动。那东西一会儿是庞然大物，一会儿又微如尘芥。那运动既像是在哪里接触，又像是含在口中。想象那东西在睡梦中的自己的脚旁边，像电机一样转个不停，顿时就会感到自己的意识被裹挟到了无涯的远方。看书的时候有时恍惚间会发现字变小了，这两种感觉多少有些相似。可是一旦这种感觉愈演愈烈，恐惧感便会随之而来，让人不由得紧闭双眼。

这段时间以来，他觉得这都可以当作一种妖术来用。这种妖术他小时候就经历过。

那时每当他和弟弟一起睡觉，他经常趴在床上，两条胳膊围成一堵墙（本意是要围出一个牧场），哄骗弟弟说：

"芳雄，这里面能看见牛呢。"

双臂围拢，用脸盖住围出来的空间，在床单、胳膊和脸中间的一团漆黑中，就能想象出成群结队的牛和马。——如今他依然觉得这是能够做到的。

田园、平原、街道、市场、剧院、码头和大海。峻希望这些镶嵌着人来人往、车马行船以及无数的生物的壮阔景象能够浮现在这黑暗之中。而且似乎马上就能看见,耳边也似乎传来了嘈杂的声音。

他之所以在明信片上信笔涂鸦,同样是因为这种离奇的心神不宁。

## 雨

八月份过去了。

信子就要返回明日市的寄宿学校了。

"行李牌呢?"姐夫一边给信子巨大的行李打包,一边问道。

"傻站着干吗?"姐夫嗔怒道,信子笑着去找了。

"没找到。"信子说着又走了回来。

"找块旧袖口再做一个怎么样?"峻说道,姐夫却拒绝了。

"用不着,还多的是呢。那个抽屉你找了吗?"信子说她看过了。

"那说不定是又让胜子给收走了。再找找去。"姐夫说着,笑了起来。胜子经常会捡一些针头线脑,然后把这些东西收藏在自己的抽屉里。

"行李牌在这儿呢。"信子的母亲说着把行李牌拿了过来,脸上带着得意的微笑。

"没您还真是不行啊。"姐夫很感慨地说道。

晚上信子的母亲炒了豆子。

"小峻,你来尝尝看。"说着把刚炒好的豆子放在峻面前。

"这是准备让信子带回学校的土特产。让她带个一升豆子也经不住她吃,很快就没了。"

峻边听边嚼着豆子,这时后门响了,是信子回来了。

"借来了吗?"

"借来了,放在后面了。"

"可能要下雨了,推到里面来吧。"

"嗯,已经推进来了。"

"吉峰阿姨对我说什么'明天您走好'……"信子别别扭扭地话到嘴边没有说完。

"吉峰阿姨管你叫'您'?"她母亲问她。

原来吉峰阿姨问她"您什么时候回学校,是明天吗?",她竟一不留神应了声"是的"。看峻和她母亲都笑了,信子脸上微微羞红。

借来的是一辆婴儿车。

"明天就用这辆车把行李送到停车场。"信子的母亲解释道。

峻心想,真是不容易。

"胜子也去吗？"信子问。

"她说要去，今晚很早就睡了。"

峻心说一大早运行李太麻烦了，不如今晚把票买了，先把能手提的行李送去。

"我现在就拿过去吧。"峻提议说。他这个人比较讲究，想替年轻的信子考虑周全一些。然而信子和她母亲都说"不用不用"，他也只好作罢。

启程的情景浮现在他的脑海：奶奶、女儿、小孙女，在夏日晨曦的掩映下，一人推着婴儿车，一人牵着即将踏上旅途的另一人，向停车场走去。好一幅动人的画面。

"也许她们也都在心里默默期待着启程时的这份快乐吧。"峻感觉自己的心灵仿佛经历了一场洗礼，是那样的清澈纯洁。

这又是一个难以成眠的夜晚。

十二点前后，下起了雷阵雨。峻躺在床上，等候着后面的大雨。不一会儿，雨声由远及近。

雨声掩盖了虫鸣。片刻之后便向城镇的方向而去。

峻撩开蚊帐，起身走到窗前，推开一扇挡雨板。

古城中心灯火通明。雨幕中，灯光下的树叶犹如千万条闪闪发光的小鱼。

又是一阵急雨。他坐在门槛上，让凉爽的雨打在腿上。

前面长屋有一家人的窗户开着，一个身穿睡衣的年轻女人正走到水泵那里打水。

雨越下越大，导水管发出咕嘟咕嘟的声音。

一只白猫从邻居家的房檐下穿过。

雨中的晾衣杆上还挂着信子的和服。那是一件窄袖家居和服，也是峻最熟悉的衣服。不知道是什么原因，看着这件和服，就仿佛是在看姿态清奇的信子。

阵雨再一次飘向城镇。雨声落在远方。

"锵锵，锵锵。"

这种虫子的叫声就像是用坚硬的金属去弹拨质地致密的玉石发出的声音，夹杂在蟋蟀的叫声之中。

他感觉额头的暑热仍未消退，便继续等待着下一阵越过古城而来的阵雨。

# 泥泞

## 一

那一天——

家里终于寄来了我等待许久的汇票，于是我决定把汇票兑换成钱，然后去本乡。

刚下过雪，我又住在郊外，实在不想在化雪的寒冷天气出门，但这钱毕竟是好不容易才盼来的。

在此之前，我花了很多心思写的东西都以失败而告终。失败姑且不论，那种病态的失败方式对我之后的生活产生了不良的影响。因此我渴望转换一下心情。然而两手空空，连家门都出不去。好巧不巧，家里寄来的汇票不知出了什么问题，只得退了回去，这下子更让我郁闷了，等了四天左右。那天收到的就是第二次寄来的汇票。

我放弃写作已经有一个多星期了。在这段时间里，我失魂落魄，生活完全失去了平衡。正如我刚才所说的那样，失败已经让我有些许病态。我的写作信念第一次动摇了，当我脑海中浮想联翩，想要将其见诸纸上的那一刻，我便突然莫名其妙地什么也想不起来了。虽然一遍遍地重读，反复订正，但依然无法成文。我死活也想不起来应该如何修改，就连动笔之时的初衷也忘得一干二净。我隐隐觉得，是时候和这些事情做一个了断了。怎奈自己执迷不悟，割舍不掉，也停不下来。

果不其然，放弃的滋味并不好受。我如同行尸走肉。这种没精打采的状态比平常多了一分怪异。花瓶里的花干了、水臭了，一看到便心烦意乱，但即便是这样也懒得去拾掇一下。尽管每看见一次就平添一点不快，但是这种不快始终不能转变为行动的动力。这与其说是心灰意懒，倒不如说是鬼迷心窍。我从自己没精打采的身上嗅到了这种感觉。

无论干什么事，总是干着干着就神游天外了。待自己回过神来，继续去忙手头的事，然而方才发呆出神的体验，会让我莫名其妙地对正在干的事情感到兴味索然。于是，无论我做什么，都是一样的半途而废。这样一件件事情累加起来，半途而废也自然而然变成了我生活的大势所趋。就这样，我每做一件事都仿佛陷入了泥淖之中而动弹不得，无论如何也无法脱身。厌烦和妄想就如同从这片沼泽底部涌出的沼气。脑海中经常突然闪过离奇的幻觉——亲人遭遇厄运，自己被朋友背叛。

恰逢这个时节火灾频发。我习惯于在附近的田野上散步，那里到处都在盖新房。我看着周围散落的刨花，意识到自己随意乱扔烟头，不由得有些后怕。就是因为这个心结，每当我听说附近发生了两三次火灾的时候，都会产生一种隐隐的不安，害怕警察找上门来。倘若有人指认我说"就是你在那附近散步""就是你扔的烟头"，我感觉自己根本无法反驳。就连四处奔走的电报投递员也让我心中不悦。妄想让我变得软弱可怜。而那些愚蠢至极的臆想会让我变得更加软弱、更加可怜。一想到这我就心如刀绞。

百无聊赖的时候，我时常怔怔地盯着镜子和画着玫瑰图案的陶瓷水壶。虽然这谈不上是"心灵的休憩之道"——但至少能够让心灵放松片刻。以前我在田野上经常会有类似的体验。尽管这种感觉微乎其微，但是当我凝望着在风中摇曳的草叶时，便会感受到自己内心之中的某些东西也在随之摇动。这种感觉是无形而微弱的，但不可思议的是，每当草在秋风的吹拂下沙沙作响，我的感觉都仿佛与草相通。这种酩酊醉意会让我变得神清气爽。

当我面对着镜子和水壶的时候，我会不由自主地回想起那种感受。有时我会迫切地想要像那样去调节自己的心情。然而不论我想与不想，我依然会在凝视的过程中神思恍惚。水壶清冷的白色釉面上有一个光点，那是电灯的倒影。这个可爱的水壶对于做什么都意兴阑珊的我而言，有一种神奇的吸引力，令我不忍入眠，任凭时钟敲响凌晨两点，又敲响凌晨三点。

有时半夜照镜子是一件非常可怕的事。自己的脸看上去是那样陌生，或许是眼睛疲劳的缘故，看着看着那张脸就变得如同伎乐里丑陋而臃肿的面具。镜子里的脸会嗖的一下消失，然后再像显影一般慢慢浮现。有时只有一只眼睛，而且那只眼睛还会盯着自己看一会儿。不过，恐惧这种东西，在某种程度上我们是可以将其放大和缩小的。这就像是孩子故意和时涨时退的海浪相互追逐一样，我看着镜子里的伎乐面具，一方面心里害怕，一方面又玩得不亦乐乎。

百无聊赖的心情一如往常。而我照镜子、看水壶时那种神奇的感觉却和那种陷入泥潭的心情纠缠在了一起。即便不是这样，有时我也会一觉睡到白天，一个接着一个地做梦，醒来时已是下午，身心俱疲，还常常分不清究竟是梦境还是现实。有时候，我会猛然间觉得自己生活的世界有些古怪。有时候我会自己吓唬自己，幻想自己走在街上，别人一看见我便四散奔逃，嘴里叫着"那家伙来了"。还会幻想出一个低头哄孩子的姑娘，当她把头转过来时，那张脸长得像妖怪一样。——不过，期盼已久的汇票终于来了。我踏上久违的积雪道路，向省线电车①的方向走去。

---

① 即日本"国有铁路电车"的旧称，当时日本设有"铁道省"（1920—1943），省线电车是特定时代的产物。

## 二

从御茶水到本乡的这段路上，我看到有三个人在雪中滑倒了。当我到达银行的时候，心情已经糟糕透了。我把阴湿沉重的木屐搭在烧得通红的煤气暖炉上，等待着工作人员叫自己的名字。我对面的位置是一个店里的小伙计。自从脱下木屐，我总觉得这个小伙计在盯着我看。看着被雪和泥弄得脏兮兮的地板，我有些狼狈。我明白我这是自找别扭，但是那臆想中的小伙计的目光，依然让我很不自在。我想起了我有在这种时候脸红的毛病。我的脸是不是已经红了？这样想着，我感觉自己从头到脚都热了起来。

工作人员一直没有叫我的名字。实在磨蹭得离谱。我跑到收下汇票的工作人员面前无声抗议了两次，最后还是忍不住开口问他。原来是手续办到一半的工作人员正在愣神。

我走出银行，向大门口走去。两名巡警正一左一右架着一个年轻女人，她可能是晕倒在了路边失去了意识。街上的人驻足看热闹。我径直进了理发店。理发店把水盆弄坏了。听到我说要洗头，理发店的人便给我打上肥皂，然后用湿手帕擦拭。我心想这应该不是什么新式的洗头方法，但是不知为何没有开口。但是一想到头上残留着肥皂的那种难受劲儿，我还是忍不住询问了理发师，这才知道原来水盆坏了。之后他又用湿毛巾给我擦了好几遍。付完钱接过帽子，伸手一摸，果然肥皂还是没擦干净。我总觉得如果不说点什么会显得自己傻里傻气，但最终还是一句话都没说，走出了理发店。难得心情有所好转，结果又憋了一肚子火。我去朋友的公寓把肥皂洗掉了。然后和他闲聊了一会儿。

我说话的时候，突然间感觉朋友的脸疏远起来，又觉得自己根本没有说出我想要表达的重点。总觉得对方与平时有些不一样。对方也一定察觉到我有些奇怪。我想他之所以没有说，不是因为我俩关系不够亲近，而是他也觉得害怕，说不出口。但是我也不想自己开口问他我究竟哪里奇怪。倒不是因为害怕他真的说我奇怪，而是这样一问，就等同于自己承认自己奇怪。一旦承认，就全完了。这才是我害怕的。我心里想着，可嘴上还是叨叨个不停。

"别老在家闷着，多出来走走就好了。"朋友送我到玄关时说道。听到这话我想说点什么，但最后也只是点了点头便走了出去，出来以后有一种如释重负的感觉。

街上还飘着雪花。我来逛旧书店。之前由于日子过得捉襟见肘，一个钱掰成两半花，有想买的东西也买不起。"这本还不如刚才那本"，当我走进下一家书店，又后悔在刚才那家书店没有买。如此反复几次之后，我精疲力竭。于是我去邮局买了一张明信片，打算对家里寄来钱表示感谢，并向许久未见的朋友致歉。我在书桌前一个字也写不出来，这会儿却下笔如有神。

我以为这是一家旧书店，结果进去一看，全是新书。店里空无一人，但当我的脚步声响起，一个人从里面走了出来。尴尬之余我只好买了一本最便宜的文艺杂志。我想如果我不买点什么回去，恐怕今夜又该难熬了。我感觉这种"难熬"似乎被过分夸大了，但明知如此，却依然不能释怀。我又掉头回到了刚才的旧书店。依然是什么也没买。我埋怨自己抠门，但终归没有买。街上大雪纷纷，我走进了最后一家书店，店主正在收拾铺子，我暗下决心这次一定要把刚才问过价格的那本旧杂志买下来，心想自己真是可笑，在第一家店第一本问价的杂志竟然成了我最终的选择。其他店铺的小伙计正在打雪仗，这吸引了这家店伙计的注意。我在印象中的地方没有找到那本杂志，心想该不会是弄错书店了吧。忐忑之中我向书店伙计询问。

"是您落在这儿的吗？我们店里可没有您说的那本杂志。"伙计心不在焉地扔下这句话，随后便收拾别的东西去了。我怎么找也找不到。最后我认命了，买了一双袜子便匆匆赶往御茶水。到那里时已是晚上。

我在御茶水买了定期车票。然后坐在电车里盘算着之后每天去学校的话来回要花多少钱。可算了几遍都没有算清楚。中途我在有乐町下了车，去银座买了茶、白砂糖、面包、奶酪。路上行人稀少。这里也有三四个店员在打雪仗。那雪球看上去硬邦邦的，打在身上应该挺疼的。我又莫名其妙地情绪低落了。我疲惫不堪,其中一个原因是我这一整天过得实在是太失败了,我气不打一处来。哪怕是我用十分钱买一个八分钱的面包,等待找零的时候我都显得很不耐烦。当我想找的东西没有了的时候,我更是勃然大怒。

我在银座 Lion 吃饭,喝了点啤酒暖暖身子。我看见店员在制作鸡尾酒。把各种酒倒入一个容器,盖上盖子不停摇晃。开始是他在摇晃容器,后来那副样子就好像是容器在摇晃着他。最后倒入玻璃杯,放在托盘上,再搭配上水果。那敏捷而精准的动作让我十分舒爽。

"你们就像是一队阿拉伯士兵。"

"没错,就像巴格达过节似的。"

"肚子先饿瘪了。"

望着一排排洋酒瓶子,我觉得自己稍稍有了一些醉意。

## 三

离开银座 Lion 之后,我在外国商品店买了肥皂。别别扭扭的感觉不知不觉又回来了。买完肥皂,我又开始觉得哪里有些不对劲。我怀疑自己是不是真的想买这块肥皂。这感觉像是一脚踩空,身边没有任何依凭。

"稀里糊涂地就这么干了。"

以前我犯错的时候，我的母亲都会这么说。没想到在我方才的所作所为中这句话还能应验。这块肥皂对我来说实在太昂贵了。我想起了我的母亲。

"奎吉……奎吉！"我呼唤着自己的名字。母亲悲伤的面庞清晰地浮现在我的脑海里。

——那是大约三年前，有一天晚上我喝醉酒回家。我醉得已经分不清东西南北了。朋友把我送回了家，听他说我当时醉得不像样子，于是每当我揣摩当时母亲的心情时，都不禁黯然神伤。朋友后来说母亲当时骂了我，还向我模仿母亲的语气。他模仿得惟妙惟肖。仅仅是这句话就让我羞愧难当，而朋友再现的语调更是催人泪下。

模仿真是神奇。这一次我模仿的是朋友的模仿。我最亲近的人的语调，我竟然是从别人那里学来的。即便是后面的话都不说，只说"奎吉"这个名字，依然能清晰地还原母亲当时的心情。一句"奎吉"，胜过千言万语，让母亲的面庞浮现在我的面前，对我或是责备，或是鼓励。

天空放晴，月亮出来了。走在尾张町到有乐町的路上，我不停地呼唤着"奎吉"。

我忽然心头一紧。不知何时"奎吉"召唤出来的母亲的面庞被其他的东西取而代之。操弄吉凶的家伙——是他们在呼唤我。我听到了不想听到的声音……

从有乐町到我家附近的车站要坐很长时间。下了车也还要走十多分钟。我走在夜色沉沉的山坡上，两条腿像灌了铅似的。松松垮垮的和服裙裤发出奇怪的响声。山坡中间有一盏装有反射镜的照明灯照亮了我的归途。背对着它向前走，我趴在地上的影子越拉越长。我在斗篷下抱着买东西的包裹，两旁的路灯交替着照出我微微臃肿的影子。影子从我身后出现，再绕到我身前，逐渐伸长，有时候影子的头部会突然蹿上人家的房门。当我的目光追踪着闪转腾挪的影子时，我发现有一个影子始终没有任何变化。这是一个非常短的影子，当路灯远去时，它会变得更加清晰，当一侧灯光变亮，它便随之隐没。我心想"这是月亮的影子吧"。抬头一看，一轮农历十六或十七的圆月刚过中天。不知何故，我觉得这个影子格外亲切。

离开大马路，我走进一条灯光稀少的小路。月光这才用它的神秘照亮了雪景。美不胜收。我感觉自己的心情已经平静下来，而且越来越平静。我的影子时而偏左时而偏右，但始终在我的前方，稳定又清晰。"这是为什么呢？"我走在路上，对刚才无端产生的亲切感感到困惑而又依恋。看着地上走了形的礼帽，略显纤弱的脖子和收紧的肩膀，我身体里的自己仿佛消失了。

影子里出现了生命的气息。我在想什么，我又确实在想着什么——那个我以为是影子的东西，其实才是活生生的我自己！

我要这样走下去！我仿佛在月亮的高度俯瞰着自己。地面像铺了玻璃一样透明，我感到轻微的晕眩。

"那要往哪里走呢？"一阵莫名的不安袭上心头……

浴场排出的热水顺着路旁竹丛前的小水沟流淌。热气升腾，犹如一扇屏风，气味扑鼻而来——我真切地感受到了自己的回归。浴场隔壁的天妇罗店还在营业。我走进一条昏暗的小路，向我的住处走去。

# 路上

齿叶溲疏花开的时节,我寻到了那条路。

我分外欣喜地发现从 E 站也能回家,并且和从 M 站回家的距离相差无几。不仅是因为这种变化而欣喜,也是因为如果我去朋友那里,从 M 站出发电车会绕个大远,而从 E 站出发的话就会近得多。有一天回家时我无意中在 E 站下了车,然后摸索着向大致的方向走去。走了一会儿,我心说,哎,这好像是到了我认识的路了。定睛一看,这里正是我去 M 站的必经之路。顿时觉得自己刚才小心翼翼走路的样子真是滑稽。而从那之后,三次里面有两次我都会走那条路。

M 站是终点站,这个 E 站也是如此。E 站上车后要在 T 站换乘。如果从 M 站去 T 站,则要比从 E 站出发多花两三倍的时间。电车在 E 站和 T 站之间是单线往返。这是一条很悠闲的线路,在发车之前，列车员还会逗一逗附近的孩子，或是让孩子们帮忙拉触电杆来改变朝向。本以为这样一条线路应该没什么事故，结果一问才知道，竟然出奇地多。列车员说，这趟车在街上跑得比较少。这条线路就像火车一样，在枕木上铺着铁轨，还设有道口，是一条电车专用道。

从车窗可以看到沿线房屋的里面。那些房子虽然算不上破旧，但也不是什么豪宅，没有什么看头。不过，一说到"别人家里面"，总有一种诱人的风情。我就热衷于从窗户向外张望，有一天，我在路边发现了两株齿叶溲疏。

我抱着一本中学时用过的简陋图鉴，跑到家附近的空地和杂树林里寻找齿叶溲疏。每走到一株白花旁边，就会拿出图鉴来比对一下。箱根溲疏、梅花溲疏——类似的植物倒是找到不少，可就是找不到正主。终于有一天，我找到了。只要找到一株，就会发现其实它遍地都是。而且这种花给我的印象极为寻常。——我在电车旁看到的那两株齿叶溲疏，却让人感到别有一番风情。

一个星期天，我和来访的朋友一起去市里，途中我们登上一个每次都要路过的山坡。

"沿着这个山坡向上走到顶，有一片空地，在那儿能清清楚楚地看见富士山。"我说道。

立春之前，确实能够清楚地看见富士山。上午，银装素裹的富士山在阳光的映衬下熠熠生辉，看上去比丹泽山更加秀美。到了傍晚，日暮西垂，富士山便会和丹泽山在茜色的天空留下平分秋色的剪影。

　　——我们都只盯着富士山的形状，什么"倒放的扇子""倒扣的蒜臼"。倘若能够去想象并亲身感受拥有那般宽广的山麓、那样高度的富士山的容积和不断增高的山势，又将会如何——如今，我想找回当初自己怀揣着这番思考，每天无数次渴望远眺富士山的、在冬天里对大自然的那种熊熊燃烧的激情。

　　（早春，我的症候日渐加重，而在这段时间我始终无法排遣病态的颓唐。）

　　"赛马场在那边。我家在这边。"
　　我和朋友肩并肩眺望着起伏的山丘、从山丘之间探出头来的红房顶，还有那漫山遍野滚滚而来的绿意。
　　"从这里走到那边拐弯，就在那个方向。"我指着 E 车站的方向说道。
　　"那要不爬上那边的悬崖看看去？"
　　"应该没问题。"
　　我们从那里又走向更高的山丘。路自然是没有，我们在草丛里踩出窄窄的一条小径，脚下的红土咯吱作响。我们到了。那里虽然有树丛遮挡，但是视野比先前更加高远。紧挨着刚才那个地方的是一处平整过的网球场。有人正在对练软式网球。尽管不是像样的路，但确实是一条近道。

"看上去挺远的哎。"

"你看那边是不是有很多树。一定是被挡住了。"

然而我们一直走到附近都没能看到车站。而且从那边的地势和住户的样子来看，也不像是有一个电车终点站的样子。给人的感觉更像是一条乡间土路。

——我似乎走在一个古怪的地方，似乎是走在异国他乡。——在街上走着走着，这种感觉忽然涌上心头。即使我对这条路已经了然于胸，我依然感觉前方似乎是一个陌生的去处，而不是我熟悉的市区。

冷清的车站。能窥见别人屋内的沿途风景。电车上我不禁问朋友有没有人在旅途之感。空气中弥漫着壳斗科植物的花与叶馥郁的芳香，很快便包围了我们。——从那天起，我便时常去那天的收获，也就是山崖下的那条近道走走。

那天刚下过雨。下午，我从学校回家。

我从常走的路拐进山崖下的近道，发现雨后脚下的红土变松软了。在这条人迹罕至的路上每走一步都会打滑。

我向高处视野开阔的地方走去。越走坡度越陡。我不禁捏了一把汗。

斜坡上的路比刚才更软。但是我既没有掉头回去，也没有驻足观望。小心翼翼地一路向山下走去。有一步脚刚刚沾地，我顿时意识到这下子肯定是要滑倒了。——果不其然脚下一滑。一只手撑在了泥地上。但其实我并没有把这当回事。然而正当我要站起来，脚一用力，又滑了一下。这回我坐了个屁股蹲儿，直到半边胳膊连带后背都着了地，这才稳住了平衡，没有继续向下滑。我停下来的地方下面还是一个斜坡，这里就像是两段楼梯中间的平台。我用拿着包的那只手扶着泥巴地，战战兢兢地站起身来。——这时候我才真的小心起来。

我向山下的人家张望，心想刚才会不会被人看到了。刚才的我在他们眼中，肯定就像是独自一人在高高的舞台上卖力地做着滑稽表演。——并没有人看到我。我的感觉真是奇怪。

我站起来的地方还算安全。但是我仍然没有回头，也没有犹豫地停在原地。我满身是泥，又要颤颤巍巍地向前迈步。忽然，我脑海中一闪念，不如这次我像滑雪一样滑下去吧。只要保持身体平衡，滑到底应该没有问题。没有钉鞋钉的鞋底哧溜哧溜地在红土地上滑了起来。这段斜坡有七八米长。但是这七八米之后就是石崖的凸出部。石崖很高，下面是网球场地的平地。悬崖部分有五六米长，如果在这个距离内不能停下来的话，那我一准会因为惯性从石崖上冲出去。至于下面是石头还是木材，只有到了那个凸出部才能知道。这些危险飞快地在我脑中闪现。

石崖凸出部的表面很粗糙，鞋子自然而然地刹住了。感觉就好像是有什么帮我停了下来。而我自己其实是无能为力的。无论多么危险，我都只能任由它滑动，任由它停下。

原本已经做好了冲出石崖的准备的小腿松弛了下来。石崖下面是用来压平球场的碌子。我木然而立。

我环顾四周，看看会不会有人在哪里看着我。低垂的阴云下，并排有一座大宅子。然而空无一人，分外寂寥。我忽然觉得怅然若失，希望我刚才的所作所为能够被人看到，哪怕是一通奚落也好。前一刻的坚定的心理准备顿时化为悲哀。

我为什么没有原路返回？竟然像中邪了似的滑了下来，不禁让人后怕。——我仿佛看到了"毁灭"的身影一闪而过。我明白我为什么要滑下来了。

滑下来之后我站了起来，用草叶擦掉了手上和衣服上的泥土，感觉自己整个人都处于一种亢奋之中。

我感觉刚刚发生的一切恍如南柯一梦。心中也很坦然。走下斜坡之前的自己，意外陷入险境的自己，还有眼前的自己。仿佛是一次失衡又失常的连锁反应。倘若有人说这种事压根儿不会发生，我感觉我可能也会表示赞同。

我，我的意识，还有这个世界，我感觉自己似乎已经游离于这三者之外。尽管来嘲笑我吧。我又想起了第二次环顾四周时依然空空荡荡的落寞。

归途中，我思绪万端，非付诸笔端而不可自抑。但让我下笔如有千言的究竟是那滑下山坡的事，还是必须要用小说这种形式才能表达自我，我却拿不准了。大概二者兼而有之吧。

回家打开包一看，不知道从哪里掉进来一块泥巴，把书给弄脏了。

# 橡树花
## ——一封私信

一

这段时间阴郁的天气让我萎靡不振，就连写信都提不起精神。以前在京都的时候，每年这个季节胸膜都会闹毛病，不过自从来了这里就再也没有复发过。或许也是因为戒了酒。只是精神状态还是不好。说个有意思的事儿，你听了也许会笑，那就是我实在不喜欢上学。要坐电车，还要坐四十分钟。也许是态度消极的缘故吧，我经常觉得坐在对面的人在盯着我看。我知道那是我自己的臆断。我一开始也没注意到，后来我发现其实是我自己在搜寻别人的目光。眼神还要装作若无其事的样子，这便是我苦闷的根源。

此外，我虽不能说是对电车里的乘客抱有敌意，但我的内心总像是长着刺一样。这样一来就会苛责旁人，总像是要挑他们的错似的。在学生中风靡的阔腿裤，还有软塌塌的红鞋，这些低级趣味不适合我孱弱的身体。倘若只是偶然，那么我也不会生气。如果是不得已而为之，我甚至会心生好感。然而这并不意味着我认为这是对的。在我看来，那很肤浅。

　　对于女人的发型我也越来越难以忍受。——你还记得我借给你的那本讲妖怪的书里有这样一幅画吗？那是一个女妖怪，正脸很正常，但是它的后脑勺——就是这部分长着妖怪的脸，披头散发，张着血盆大口，发梢变成触手形状，从放着的盆里抓着点心，正要往嘴里塞。但是，女人似乎对此一无所知，那张正常的脸依旧面向前方。——我看到这幅画的时候感到很不舒服。然而，这段时间女人们的发型常常让我想起那个妖怪。她们的发髻梳得就像那张大嘴，见过那种发髻后，那幅画就更让我讨厌了。

　　如果对这些鸡毛蒜皮的事全都揪住不放，那岂不是得难受死了。但是有些时候还偏偏就放不下，这就是不快乐的"形式"之一。越是反省，这种难受的感觉就越是变本加厉。有一天发生了这么一档子事儿。坐在我前面的那个女人的着装让我看着非常不顺眼。我恨得牙痒痒，想要狠狠地羞辱她一顿。随后我开始搜肠刮肚地寻找难听话，很快我就找到了。不过这句话难听得有些过分，岂止是令人颜面扫地，恐怕还会把这个恬不知耻的女人打入黑暗的深渊。当我想到那句话的时候，我想象了把这句话直接喷到对方脸上的场面，然而眼下我做不到。那个女人，那句话，单单是想一想这两个对立面就让我于心不忍。我的怒火渐渐熄灭。

对女人的穿着打扮说三道四并不是男子汉应有的行为。我觉得还是要用更包容的心态看待。但是这种平和的心态不会持续太久，因为我在脑海中的自弹自唱结束了。

当我的目光再次掠过这个妇女时，我突然从她的丑态中察觉到她似乎比我更加健康。有一个词叫作"低劣"。她给我的感觉就是一种低劣的健康。有一种名叫小蓬草的杂草，与她的那种健康有的一比。——我的自怨自艾和她的健康相比，越发显现出一种精神上的脆弱。

一直以来我都有一个毛病，那就是愤世嫉俗，这是我自己精神放松的标志。但那个时候，我第一次悲从中来，我知道，是梅雨让我变得脆弱了。

坐电车的另一个困扰就是电车的声音听上去就像音乐一样（你曾对我说你也有过相同的感受）。我曾试着把车的响动当作是一首动人的乐曲。也因此在不知不觉之间创造了一个让自己难受的敌人。只要我想，我就能立刻在车的响声和街道的响声中找寻到乐曲。但是当我疲惫不堪的时候，那乐音就会失准。——这倒也无所谓。让我困扰的是，这曲子不是我想停它就能停下来的。这还只是其一。不知道在什么时候，它还会变成我无法忍受的曲种，就是那种对面的那个妇女会随之翩翩起舞的音乐。有时是在逗弄我，有时则是故意的下三滥，而且听上去就如同是他们那类人的凯歌——就是这么一回事，总而言之让人非常不痛快。

当我坐在电车里忧愁满腹的时候，我的脸肯定丑陋不堪。我想可能会人见人厌吧。这让我在自己的愁闷上感受到了一种朦胧的"恶"。我想要避开这种"恶"。但是电车又不能不坐。那么既然事已至此，我干脆一条道走到黑算了。自我感怀就到此为止吧。我想我必须要去感受一下那片海。

有一天我和一个年轻的朋友一起坐电车。这个朋友四月份才到东京，比咱们晚来一年。他不喜欢东京，总是说京都这也好那也好，我多多少少也有类似的体会。他说他还讨厌那种一到东京就说自己爱上了这里的人。但是对于朋友的话我并没有表示赞同。我对他说东京也有它与众不同的好处。而后我从他的态度里看出，即便是这样一句话也会让他感到不悦。我们俩都沉默了。这种沉默格外难熬。那天朋友对我说，他还在京都那会儿，有时在电车车窗交汇的时候，他便会在心中暗想"不知道这次是那辆车第几个窗户后面的姑娘会走进我的生活"，然后记下车号，像聆听神谕一般等待着下一次擦肩而过。而我听了以后无动于衷。对于这样的事，我也有自己的想法。

## 二

有一天 O 来家中做客。他气色很好。然后我们俩聊了很多有趣的事。——

O注意到了放在我桌子上的纸。好几张上都写着一连串的"waste"。

"这是什么？谈女朋友了吗？"O打趣道。"女朋友"这个没承想会从O的嘴里说出来的词，让我忽然想起了五六年前的自己，以及对某个姑娘的那种炽热的、孩子气的爱情。想必那个极不寻常的结局，你也是有所了解的。

——父亲用痛苦的声音宣布了这件不光彩的事情的结果。我突然感到喘不过气来。我从床上蹦了下来，嘴里发出了连我自己都听不懂的声音。我哥哥跟在后面。我跑到母亲的梳妆台前，镜子映出了我苍白的脸。那张丑陋的、正在抽搐的脸为什么会跑到这里——我自己也不清楚。也许是想目睹一下自己的痛楚。有些时候照镜子也会让我激动的内心平静下来。——父母、哥哥、O以及另一个朋友，在当时全都束手无策。而且时至今日，家里人都从来不会在我面前提起那个姑娘的名字。我曾经用极其潦草的字在纸片边缘写过她的名字，然后将其擦掉，又忍不住把纸片撕了个粉碎。——不过O拿我开玩笑的那张纸上确实写满了"waste"。

"你怎么看出来的？没有的事。"我说。随后我解释了原因。

前一天晚上，我依然饱受忧郁的折磨。屋外淅淅沥沥地下着雨。然后那个声音又演奏起了往常的那首音乐。我没心情看书，一直在乱写乱画。可能是因为"waste"这个词很好写吧——有些字很适合信笔涂鸦——"waste"就是其中之一。我胡乱写了很多。那时候我的耳朵听到一个固定的节奏，就像在织布一样。因为手上的节奏是固定的。所以听起来自然也是如此。从我听到的第一声后竖起了耳朵，到我意识到这是一个可爱的节奏，我的心情是紧张和喜悦都无法形容的。一个小时前的倦怠烟消云散，我出神地聆听着这可爱的节奏，它既像是衣服在摩擦，又像是小人国的火车正在行驶。当人们对某种声音厌倦了的时候，就会萌生用某句话来模仿那种声音的欲望，就比如用"割麦割谷"来模仿杜鹃鸟的叫声。——不过我还没有找到贴切的词句。或许是因为我先入为主，总觉得第一个音要用"沙"。但是我听到了那句细小而断断续续的言语。我知道它所暗示的语言既不是东京话，也不是别的方言，而是我的家乡话，甚至带有我家人特有的口音。——这或许是我努力的结果吧，这种心灵上的纯粹才奉上了我的家乡。未曾想到在这样一个深夜，我竟然能够与心中相隔千山万水的故乡促膝长谈。我不知道这是真是假，但我的感觉如此真实。这让我不由得有些亢奋。

我对 O 说，这或许暗示了艺术，尤其是诗歌中所包含的真实。O 依然面带微笑，温和地听我说话。

我把铅笔削尖，让 O 也听一听那个声音。O 眯着眼睛说"听见了、听见了"。他又说如果试着换张纸、换个字，可能结果会很有意思。而且那个声音会随着手上力度的大小发生变化。他笑着说这应该叫"换声"。他说听上去像家里哪个人的声音，我便说像我小弟弟的声音。有些时候我都不忍回忆弟弟的变声期。接下来的内容也是那天我和O的对话，我也想写在信里。

O说，上周日，他领着亲戚的孩子去了鹤见一个叫花月园的地方。然后他兴致勃勃地讲起了他的所见所闻。花月园就好比是京都的天堂。他说，好玩的东西多了去了，但是其中首屈一指的是一座大滑梯。然后他极力描述了滑滑梯的乐趣。听上去似乎真的很有趣，他说话时的神情动作告诉我，他的那份快乐仍未消散。终于我说我也"真想去看看啊"。这种说话方式看似古怪，但是这里面的感叹词"啊"与"滑梯可有意思啦"的"啦"有着异曲同工之妙，而这都是因为O这个人的人格魅力。O是个有一说一的直爽汉子，但凡他说出口的，你只管相信，绝对没错。这对于我这个不太实在的人来说也算是一件乐事。

后来话题转到了游乐场的驴子。他说那驴子可以驮着孩子在围栏里转一圈，训练有素，孩子坐上去以后，驴子不用人带，自己就能绕场一周再回到原处。我心想这动物真是可爱。

但是O说，他看见有一头驴子半道忽然站住不动。然后那个家伙就那样站着撒起了尿。它背上的孩子——一个女孩——害臊了，脸越来越红，都快要哭出来了。——我们俩哈哈大笑。那个场景清晰地浮现在我的眼前。温顺的驴子，天真无邪的不雅动作，以及那个不雅动作的受害者，可爱的困窘的小女孩。那窘境实在是可爱至极。然而笑着笑着我突然笑不出来了。刹那间，唯独彼时那个小女孩的心情从那个可笑的、戏剧性的情境中涌上心头："它竟然干这么没礼貌的事。丢死人了。"

我笑不出来了。或许是前一天晚上睡眠不足，我变得多愁善感。我察觉到了这一点，而且短暂地感到些许不悦。要是坦率地告诉Ｏ就好了。也许只要说出来，这就会变成又一件可爱而滑稽的事，让我重新绽放笑容。但不知为何我没有说出口。我对Ｏ总是能够保持健康和谐的情绪很是羡慕。

## 三

我的房间很好。如果非要说有什么不尽如人意之处，那就是墙体很薄，不防潮。一扇窗户外面是树，而且靠近悬崖，另一扇窗户隔着奥狸穴之类的洼地，可以眺望饭仓的电车道。从这里望去，还能看到德川家族老宅的古栲树。这棵饱经沧桑的古树，是目力所及之处最动人的风景。栲树这种树的叶子竟然也会在梅雨时节变红。最初我还怀疑那是不是晚霞的反光。红得是如此绚烂，纵然阴天下雨也是如此，任凭斗转星移、四季变换，它依然如故。这是这种树自身的特性。过了几日，我脑海中忽然闪过了松尾芭蕉的名句"梅雨不曾洒光堂"。随后我自创了"椎茜"这个词，并用它替换了"光堂"，感到颇为得意。我觉得我用新的眼光看出了"不曾"并非单纯的陈述,而是包含了几许慨叹。

在悬崖上的窗户有一棵触手可及的树,名叫"金木兰"。据说是厚朴木兰的一种。我想,在梅雨季节的夜晚盛开不可谓不绝妙。然而说一千道一万,梅雨季节还是令人难以忍受。连绵的梅雨会让我的房间充满潮气。每当看到被打湿的窗户,我都会变得闷闷不乐,没来由地火冒三丈。天空低垂,窗外越发阴沉。

"哎哟,你这个千疮百孔的舱底。"

一天,我这样咒骂自己的房间。这种骂骂咧咧的方式把我自己逗乐了,心情也变好了。我改变了主意,因为这种诅咒方式很有趣。有时候我母亲发起火来冲我大喊大叫,结果却被一句从自己嘴里冒出来的不着边际的骂人话给逗笑了。大概就是这种感觉。那句话引发了我的想象,我仿佛坐在一艘舱底铺着榻榻米的破船上游历大江大河。我想或许只有在这个时候,阴郁的梅雨声才会为我增添几分乐趣。

## 四

那也是一个下雨天。下午,我去了位于赤坂的 A 家。京都时代我们的团体活动——那次你也来了——不知道你是否还记得,A 当时也在。

今年四月,继我们之后,团体的另外三个参与者也毕业来到了东京。而且因为有约在先，所以五人便一同在东京成立了新的团体。然后商议从明年一月开始发行同人杂志，每月筹集资金和征集稿件。我去A家就是去送我的那份筹备金。

最近A正在和家人闹矛盾。矛盾焦点是他的婚事。如果A要走自己想走的路，就等同于抛弃了自己的父母。至少对他的父母来说是这样的。对于自己面临的问题，A自然而然地来征询我这个朋友的意见。刚开始的时候我甚至想给他泼一盆冷水。最起码我要尽量避免给他煽风点火。他的问题越严重，我觉得越要这样做。——然而，他渐渐地证明了自己不是会轻易为人所左右的人。如今我终于明白什么叫"岁寒，然后知松柏之后凋也"。他也通过这次考验磨炼了自己的意志。我觉得这值得称道。

我到A家的时候，碰巧遇到了来东京的新朋友。正在讨论负责调解A和他家人矛盾的中间人寄来的信。A撇下那些人出去买东西还没回来。那天我的心情也很郁闷，一边听着他们七嘴八舌，一边孤零零的一个人默不作声。不一会儿我忽然听到这样一句话："既然你也很理解A的心情，那为什么不为他做些什么呢？"这句话的语气很强硬，显然是针对中间人说的。

我的心为之一动。在我看来，"理解"和"行动"是密不可分的，这是我生活中一条不容争辩的原则。不仅如此，我还在心中暗暗认可了中间人的态度。因为我觉得"我也能理解他的心情"。我必须要反省一点，双方的心情都能理解其实就是都不理解。一直依赖的事物荡然无存，必然会让人产生一种无法言说的厌恶之情。我想可能就连Ａ的父母都不会理睬我了吧。我的情绪滑向一个极端，却与出自本能的相反力量开展了斗争。当我走出Ａ家，终于风平浪静，我才得以平心静气地回到屋里。Ａ回来以后，大家话题一转，全落在了来年的计划上。大家笑着，开玩笑似的聊着当初反复讨论是否要用"R"命名杂志时候的那种快乐和定名之前绞尽脑汁的往事。这让我感慨良多。这个名字曾将我们的精神表现得淋漓尽致，如今这个名字让我们的精神再度凝聚，备受鼓舞。

我们在Ａ家吃了晚饭，食材是从他老家寄来的。当我回到房间时，靠近窗户的橡树那浓郁的花香已经弥漫了整间屋子。Ａ在那扇窗前告诉我哪一棵是菩提树，本来这个名字和树在我的印象中是对不上号的。我也向大家介绍了饭仓街上的树名叫七叶树。几天前，R和Ａ以及另外两三个人一同去观赏了七叶树美丽的花朵，都在说那是不是马栗花①。我是在一棵树上挂着的"请爱惜行道树"的牌子上看到它的名字的。

聊到准备金的时候，我得知他们当中的一人完全靠自己工作来赚取准备金。他说不想让父母出钱。——我这才意识到我的创业伙伴竟然如此优秀。这时我的心情已经非常平静了，并不会因

---

① 七叶树，亦称马栗，是欧洲常见的行道树种。

为这位朋友的行为而过分苛责自己。

过了一会儿，我们离开了A的家。雨后的户外让人神清气爽。夜幕初降，我和一个朋友一同穿过灵南坂回家。他要去我的住处借本书回去。说是顺便看看七叶树的花。因为只有他还没有看过。

一路上，我大声地唱着难度很大的音阶给那位朋友听。只有在我感觉好的时候我才会这么唱。当我们走到我善坊的时候，偶遇了一件有趣的事。一个男的刚抓住一只萤火虫，他双手合十，露个小缝，冷不防地伸到我们面前，问我们说"这是萤火虫吗"。只见他手掌心的萤火虫正发出美丽的光。"在那边抓的。"我们还没问，他又自顾自地指点我们。我和朋友面面相觑，露出了尴尬的笑容。走远一点之后，我俩又不约而同地笑了起来。"应该是抓住之后太过兴奋了。"我说道。我觉得自己需要说点什么。

雨后的饭仓街道十分清丽，熠熠生辉。我和朋友一起仰望七叶树上盛开的宛如霓虹灯般美丽的花。我又回想起了五六年前的自己。我想也正是从那个时候开始，我的眼睛学会了去领略自然之美。灯光透过叶片，那叶片背面的色彩我也曾在一座小公园见过，而这个小公园就在那个每到夜晚都让我为之迷醉的女孩的家旁边。每次我在她家附近散步，都会在那棵树下的长椅上休息。

（如今我坚信我对美的热忱和对女孩的激情是一对双胞胎，我要向你坦白，我曾在年少轻狂的时候犯下过不亚于偷盗和欺诈的罪行,而坦白之后我便无须再为此而烦恼。一直以来这都是笼罩我回忆的乌云。)

那天晚上,在街上行驶的电车以它特有的美丽映入我的眼帘。电车在雨后的空气中打开了窗户,车厢里乘客不多也不少,照亮了我们前方的道路,仿佛在对我们说,幸福就在那里。站在街边,只一瞥,便会发现车上的女人们也是那样美丽。我们目送了很多辆电车驶过。有些车中还坐着美丽的西洋人。那天晚上,朋友也一定是心情舒畅。

他说:"在电车里盯着人家看很不方便,但如果是站在街边,或是擦肩而过,那么看再长时间也无妨。"朋友说者无心,而对于前些天我无动于衷的情景,现在我却能真切地体会到它的美丽。

## 五

这是我决定给你写这封信的那一天发生的事。我已经许久没有带着毛巾去澡堂洗澡了。依然是刚下过雨,墙根的枸橘散发出蓬勃的香气。

在澡堂里,我时常会遇到一对爷孙。小孙女非常可爱,可爱得你都想带她去花月园玩。那天我看着浴池上方挂着的油漆风景画,脸上露出微笑,心想就当自己是在泡温泉。澡堂的热水是温泉水，而且安装了电浴装置。白天冷冷清清的浴池里只有两个年轻人。当我泡进池子，身体微微暖和过来一些之后，那个电动装置便哗哗哗哗地开始运转了。

"哦哟，启动了。"一个年轻人说。

"没有启动。"另一个回答道。

我从热水出来，把座垫拿到那个小女孩旁边。一边擦洗身子一边时不时地看看她的脸。那张脸真是可爱。老人自己洗好以后便开始给小女孩洗。女孩的小手拿着一条打了肥皂的毛巾，老人接了过去。因为老人的脸朝向对面，所以我便盯着小女孩看，有意吸引她的目光。过了一会儿，小女孩扭过脸来，我向她报以微笑，女孩却面无表情。哪怕是正在洗头睁不开眼，她也冲我翻着白眼。最后，她一边发出"呜呜呜"的声音，一边拼命对着满脸堆笑的我翻白眼。那个"呜呜呜"实在是太可爱了。

"好了。"还蒙在鼓里的爷爷又猛地把女孩的头摁了下来。

女孩的脖子能放松一会儿了。我一直等待着这个时刻。接着我对着女孩做了一个滑稽的鬼脸。然后越做越夸张。

"爷爷，"女孩终于开口了，她一边看着我一边问，"那个人是谁呀？"

"一个不认识的叔叔。"老人头也不回，专心给女孩洗澡。

很难得地在浴池里泡了个大澡，我十分惬意地从池子里出来。泡澡的时候我一直在思考一个问题，心情也豁然开朗。这个问题是这样的。有一次我和朋友比较手臂粗细的时候，我告诉朋友他胳膊上的皮肤有不健康的皱纹。结果朋友情绪激动地说："有时候我都想一死了之。"他无法接受自己相貌上有任何缺点。而那只是一条小小的皱纹。然而我的关注点不仅仅是这一次的皱纹。总之都是一些鸡毛蒜皮的小事。当时我总感觉有点泄气。我想我也应该有过类似的想法吧。肯定有过，但是我想不起来了。而且有些怅然若失。我泡在浴池里，忽然就想起了这些事。仔细回想，我确实有过。我不记得那是几岁的时候，但我知道自己当时是个丑八怪。还有一次是家里闹臭虫，我恨不得把整个房子一把火烧掉。还有一次是在新的笔记本上写字，结果写坏了。我都想把笔记本直接丢掉。追忆往事，我决定有机会的话要教育一下我的那位年轻朋友，跟他讲讲那些小心使用和旧物翻新的风雅。其实我们俩曾经还称赞过在裂缝上补漆的茶具。

面色红润，血管微微鼓胀，胳膊伸展、弯曲，转动大臂和肩膀。镜子里的我看上去比我本人还要健康。我像刚才那样做了个鬼脸。

Hysterica Passio[①]——说着我笑了起来。

一年中我最讨厌的时节就快要过去了。回想起来，很多日子里我的心灵都是麻木的，但是其中也有诸如在南葵文库的庭院里

---

[①] 出自莎士比亚《李尔王》第二幕第四场。该短语本意是"歇斯底里的痛苦"。

嗅到金银花馥郁香气的瞬间，也有从灵南坂小蓬草的芳香中捕捉到夏去秋来气息的夜晚。无须因为臆想而妄自菲薄，去和你应该与之战斗的对手战斗，然后去享受那战斗之后的安宁与祥和——这就是我想要在这封信中表达的心情。

一九二五年十月

孩子们与父亲、祖母一起在屋外,等候母亲熄灭油灯出门。

这是一次无人送别的启程。最后的晚餐用毕的餐具、燃烧到最后一刻的油灯,它们都会留在这间空空荡荡的屋子里,直到翌日清晨菜店的人来取走它们。

灯熄灭了。母亲走了出来,身后漆黑一片。五个年幼的孩子、父亲和母亲、祖母。——一行人动身了,嘈杂而又孤寂。这一去便是十余年。

后来,那五个孩子当中的一人重返那座大城市。他在那里上学。可是所到之处却是满目生疏。围棋室、台球厅、射箭场、咖啡馆、民宿……他走向城郊,逃避着那映入眼帘的局促。偶然间发现那里毗邻从前住过的街道。霜冻的消融,黄昏的冷峭,那些气息仍在记忆中挥之不去。

一个月过去了，两个月过去了。他享受着在阳光下漫步的生活，然而不知何时这生活却离奇地陷入纷乱。远方父母和兄弟姐妹的面容，笼罩着一种前所未有的不祥阴翳，让他心乱如麻。他害怕见到电报投递员。

一天早上，他把坐垫晾晒在他那间向阳的屋子里。那个坐垫勾起了他儿时的记忆。那时候他的寝具也是同样的材质。——很有些年头的格纹坐垫蓬松起来，散发着阳光的味道。他瞪大眼睛。怎么回事？怎么全然没有印象。是什么格纹来着？——又是怎样的羁旅之情……

终于有一天，他走到了曾经居住过的街道。他心中惴惴，担心街道改换了名称，于是一路逢人打听。那条街一如从前。越是靠近，心情也越发沉重。有一两座老宅保存了下来，夹杂在新建的房子中间。偶尔瞥眼看到，便会猛然一阵心悸。然而那些房子已是物是人非。街道无疑还是那条街道，一位儿时玩伴的家还在，门牌已经换上了玩伴的名字。一位母亲模样的人从厨房探出头来，他躲开她的目光。看到这座房子，整条街的记忆便浮上心头。他向房子那边走去。

他怔怔地伫立在马路上。十三年前的自己从马路上飞奔而过！——那个孩子旁若无人，拐过街角，消失得无影无踪。泪水在他的眼眶里打转。这是怎样的羁旅之情啊！

人已近乎呜咽。

一天晚上,他外出散步。然而不知不觉之间走到一处陌生的地方,迷失了方向。那里没有路,也没有灯,只有茫茫的一片黑暗。他深一脚浅一脚地摸索着向前走。那一刻,他几乎要哭了出来。寒意也侵彻了衣裳。时间似乎已经很晚,但又似乎没有那么晚。恍恍惚惚,不知道是在哪个地方误入歧途。脑海里一片空白。仅存的感觉,就是寒冷。

他在袖兜里翻找火柴盒。原本就抄在袖子里的双手顺势右手掏向左袖兜、左手掏向右袖兜,摸到了火柴。他把火柴攥在手里。然而他弄不清自己是用哪一只手攥着,又该怎样把火柴掏出来。

火苗划破黑暗,仿佛也照亮了他空洞的大脑。他缓过一口气来。

他第一次知道,一根火柴的火焰在熄灭之后,依然能够在黑暗中释放出如此强烈的光亮。即使在火尽灰冷后的片刻之间,火光的残影依然可以指引他前行——

突然,旷野的尽头传来撼天动地的声响。

一列绚烂夺目的光芒从他眼前飞驰而过。光的浪涛奔涌着掠过大地,扑向他的脚边。蒸汽机车的烟扬起火焰。正在工作的司炉工被火光映得通红。

硬座车厢、餐车车厢、卧铺车厢。列车充满了光、热和欢声笑语。车轮剧烈的轰鸣声让他浑身上下战栗不已。这声波起初只是狂暴地冲击着他的肉体，最后却唤起了一种难以名状的情绪。他的泪水夺眶而出。

　　轰响终归沉寂。泪眼婆娑中他打定主意，就穿这身衣服，乘急行列车回父母家去。

# 雪后

## 一

正当行一犹豫应该留校还是去找个工作的时候,一直带他的教授给他提供了一个职位,虽然算不上尽善尽美,但是既能实现他继续研究的愿望,也能确保衣食无忧。那位教授在他负责的研究所的一个角落给行一添置了一把椅子。就这样他开始了平淡质朴的研究生活。与此同时,他和信子也结了婚。两人的婚姻遭到了行一父母和亲戚的反对,不过最终,这些人除了数落行一倔脾气、死心眼以外,拿他们也没有什么办法。

小两口在东京郊外过上了朴实无华的日子。蒙古栎、麦田、街道、菜园,地势高低起伏的郊外宁静祥和,令人心情舒畅。信子喜欢养着奶牛的牧场,行一热爱脚踏实地的庄户生活。

"你要是遇到了,你看他不是这样牵着缰绳的嘛,你要往他牵着的这边躲,不然会有危险的。"

行一指点妻子。有时在路上，会遇到被驯马师牵着的马优雅地在春尘中踱步。

他们租住的房子的房东是当地的一名农夫。房东很关照这对小夫妻。有时候房东会让他们那浑身散发着阳光和泥土气息的孩子来家里玩。行一有时出来进去，也会从位于苗圃中间房东家的前院抄个近道。

"——咔嚓咔嚓！"

正在吃饭的行一放下手中的筷子，竖起耳朵听着。他看了妻子一眼，似乎在问"那是什么声音"。

妻子咻咻地抿嘴笑着，说道：

"那是麻雀。我之前在房顶上撒了面包屑。"

一听见这个动静，信子便放下手里的活儿，走上二楼，轻手轻脚地靠近玻璃拉门。只见四五只麻雀正蹦蹦跳跳地啄食。信子纹丝未动，它们却仿佛觉察到了什么似的，扑啦啦地都飞走了。信子给行一讲道：

"光顾着仓皇逃命了，也不看一眼它们的恩人……"

"恩人"把行一逗笑了。信子常常这样打趣，给单调生活增添一点色彩。行一觉得信子这人真会穷开心。不久，信子怀孕了。

## 二

秋高气爽,万木凋零,法国梧桐褐色的果实都已经风干了。秋风萧瑟,带来凶杀案的消息。传言有人家失窃,还有人家发生火灾。在昼短夜长的冬日,信子连推开窗户看到飞舞的树叶都会被吓一大跳。

一天早晨,铺着白铁皮的屋顶赫然出现了人的脚印。

恰好行一看妻子的身子一天比一天重,没有自来水和煤气也着实不便,于是便开始在市区寻找合适的住处。

"房东去过派出所了,可警察说他管辖的片区还没出过事。每次都这么说,但也不见他巡逻。"

信子把房子托付给房东太太,自己也去市里转了一圈。

## 三

一天,天降大雪,似乎是在预告早春即将来临。

清晨,行一躺在床上,听着融化的雪水急促地敲打着白铁皮屋顶。

拉开窗户,圣洁的阳光洒满了整个屋子。窗外是一个光彩夺目的世界。农家的茅草屋顶覆盖了厚厚的一层雪,上方是袅袅升腾的水蒸气。看那刚刚凝结的云彩!鲜嫩欲滴的白云在湛蓝的天空中流动。他凝望着这美丽的风景。

"嘿呦、嘿呦。"

信子走上楼来向他问好。

"啊,真暖和啊。"信子说着把被子晒在栏杆上。被子立刻散发出阳光的味道。

"嚯喳喳——"

"呀,应该是黄莺。"

只见两只雀鸟摇摇晃晃地站在罗汉柏上,随后打着旋儿地钻进了绿荫里。

"嚯喳喳——"

是口哨声。应该是附近理发店喂鸟的小伙计。行一因此觉得他为人还是挺不错的。

"还真是口哨,讨厌。"

早晚高声祈祷,而且还会在空地上喊着号子做体操的御岳教会的老人们堆了一个大大的雪人。雪人旁边还立了一块牌子。牌子上写着:

"御岳教会×××作之"

茅草屋顶上面的雪一块块地融化了,屋顶看上去像梅花鹿的毛皮一样。升腾的水蒸气也日渐减少。

一天晚上,月色如洗,行一在户外散步。在一片坡度刚好的空地上,有两个一身滑雪装束的男人,在月光下轮流滑行跳跃。

白天听信子说,孩子们坐在板子上,用棍子当滑雪杆,排成一队顺坡向下滑行,他们玩耍的地方是一段水渠,连接着这个斜坡。那里发出阴森森的光,就像撒过滑石粉一样。

行一沐浴着月光,脚踏在冰冻住的雪上,发出咯吱咯吱的声音,沉浸在美好的幻想中。那天晚上行一曾对妻子讲述了一个由一位俄罗斯短篇作家创作的故事:

"坐上来吧!"

少年约少女滑雪橇。两人大汗淋漓地拖着雪橇爬上长长的斜坡。然后开始向下滑。——雪橇的速度越来越快,风从耳畔呼啸而过,围巾随风飘荡,被风吹得啪啪作响。

"我爱你。"

少女忽然在风中听见一声轻语。顿时胸口小鹿乱撞。很快雪橇慢了下来,呼啸的风声渐渐消失,雪橇缓缓停住的时候,少女疑云满腹,会不会是自己幻听?

"感觉怎么样?"

看着少年灿烂的面庞,她不知道该如何是好。

"再滑一次。"

少女想要弄清楚那是不是幻听,又一次汗流浃背地爬上坡顶。——围巾啪啪作响,风呼啸而过,女孩胸中怦怦直跳。

"我爱你。"

少女松了一口气。

可当雪橇停下,少年依然像先前一样问她:

"感觉怎么样?"

"再滑一次,再滑一次!"少女拖着哭腔。这次一定要听清楚,一定!

然而不论他们滑多少次,结果都是一样。少女的泪水在眼眶里打转,告别了少年。一别就是永远。

——两人住在不同的城市,又各自成了家。——但直到皓首苍颜,两人也从未忘记那天滑雪的事。


这个故事是行一从一个搞文学的朋友那里听来的。

"还不错。"

"阴差阳错吧,也许是。"

出了大事。一天,信子在经过水渠斜坡的时候摔倒了。她心虚没敢跟丈夫说。到了产婆检查身体那天,她紧张得浑身打颤。万幸胎儿一切正常。之后信子才敢把实情告诉丈夫。结果行一暴跳如雷,信子从未见他发过这么大的火。

"你怎么骂我都行。"信子哭哭啼啼地说道。

然而安稳日子没有过几天。一天信子刚睡下,她母亲就被医生叫走了。医生诊断说信子的肾脏出了问题。

行一失眠了。正所谓祸不单行，研究所的实验也不顺利。年轻的行一还从没有在研究方面遭遇过挫折，尽管这些事之间并无关联，但他依然饱受折磨。每当晚上无法入睡，他都会痛苦万分地想到信子无可挽回的疾病。他屈服了。他无能为力。

"啪嗒啪嗒啪嗒，"他感受到了鼓翼的风声，"咯咯咯咯。"远处出现了竞争者。这边已经疲惫不堪，对方却气势如虹。终于没了声音。

"咯咯咯。"

一声、两声、三声，不再叫了。到终点了。行一已经习惯于把那叫声当作赛艇比赛了。

## 四

"那个，电车票放在家里吧。"信子把帽子递给刚系完鞋带的丈夫，有气无力地说道。

"今天可还是哪儿都不许去。看你的脸还有些肿。"

"可是……"

"没有可是。"

"我妈她……"

"我让咱妈过来了。"

"所以……"

"所以我把车票放家里。"

"我一开始就是这个意思。"信子憔悴的脸上浮现出意味深长的微笑（旋即又开始发呆）。——她还穿着怀孕之前的和服。临近生产，下摆有些撑开了。

"今天说不定要在大槻家。如果找房子比较费时间，就直接回来了。"行一一脸愁容，说着把剩下的车票递给妻子。

"就是这里。"他心想。在那条斜坡上，灌木和竹笋破土而出，周围都是新翻出来的红土。

——走近一看，从红土里伸出来的是女人的大腿。多得数都数不清。

"这是什么？"

"这是××从南洋带回来的，庭院观赏树，○○树的树根。"

朋友大槻不知何时来到了他的身边。行一豁然开朗，想起来那条斜坡上是××的宅子。

走了一会儿，便来到一条乡间小路，不像是有宅子的地方。钻出红土的依然是一条条女人的大腿。

"这里不可能有○○树。那这究竟是什么？"

朋友不知何时又离去了——

行一伫立在原地，感觉今天早晨的梦境仍旧如此鲜活。年轻女人的腿和植物这个概念组合在一起之后，形成了更加强烈的畸形而诡异的恐怖印象。根须向细碎的泥土下方伸展，硕大的霜柱在崩坏的红土地里闪闪发光。

带来这种植物的人的名字，行一想不起来了，估计是一个因为极富开拓精神而大名鼎鼎的某个门派的僧侣吧。至于那种树，伸出的气根会让人联想到榕树。但是究竟为什么会做那样一个梦，而且没有任何煽情的意味，行一心想。

早早做完实验，下午行一便去寻找可租的房子。即便这段时间有很多烦心事，但是一贯性格开朗的他依旧保持着平和的心态。找到房子之后，他又去本乡订购了实验用具，然后去了大槻家。他们从初中到大学都是同学，只不过他的这位朋友读的是文科。尽管工作不同，性格各异，但是两人一直非常交好，在生活中互相出谋划策。尤其是大槻立志要成为一名作家，行一则是想在科学研究的汪洋大海中遨游，他们二人从彼此身上都能受到一种相通的激励。

"怎么样了，研究所那边。"

"唉，慢慢来吧。"

"你倒挺沉得住气啊。"

"之前说的那个事还悬着呢。老师要在下次学会做报告，可眼下的素材还是很单薄。"

两人天南海北地闲聊。行一说起了今早的梦。

"什么章鱼树，还有什么是××从南洋移植过来的，挺有趣的啊。"

"梦里是你告诉我的。反正感觉像你。平时你就净跟我说些乱七八糟的……"

"什么呀!"

"'狐狸剃刀①','麻雀大炮②',你不是经常这么胡言乱语嘛。"

"什么呀,这些植物可都是真的。"

"你脸不红吗?"

"你再这么说我可真急了啊。把梦里的事往现实里的人身上套。要不我也讲讲我梦见的你。"

"哟,正经起来了。"

"很早以前的事了。O在,C也来了。然后还有你和我。四个人一起打扑克。在哪儿打的来着,应该是在你家院子里。正准备开始,你从一个像是储物间的地方拿出一个售票厅模样的小房子,然后你就钻进去坐在了里面,从那个售票口对我们说'发牌发到这里'。你说滑稽不滑稽吧,但是不知道为什么,当时我们

---

① 狐狸剃刀:日文为狐の剃刀,学名 Lycoris sanguinea,中文名为血红石蒜。因其形似剃刀,色近狐狸,故日本人称之为"狐狸剃刀"。一说因其花开迅速,远观有如闪烁的鬼火(日称鬼火为"狐火")。

② 麻雀大炮:日文为雀の鉄砲,学名 Alopecurus aequalis,中文名为看麦娘。因其花序呈圆柱状,形似枪炮,故日本人称之为麻雀大炮(亦称麻雀枕头、枪草)。日本人将很多低矮的草本植物冠之以"麻雀××"的别名,例如麻雀单衣(早熟禾)、麻雀豌豆(小巢菜)等。

站在那个窗口前,都很生气,然后O也钻了进去,占领了另一个窗口……这个梦如何?"

"后来怎么样了?"

"感觉像是你……不对,是被O占领的那个地方像你。"

大槻把行一送上本乡大道。绚丽的火烧云在空中飘动。太阳沉入天边,迷蒙的黄昏早早降临在街上。夜幕之中,人们显得格外充满活力。大槻边走边给行一聊起了社会主义运动和参与运动的年轻人。

"过了秋天,这么漂亮的火烧云可是难得一见,要珍惜啊。——最近我变得不那么多愁善感了。望着这么美丽的天空,我的内心竟然毫无波澜。"

"你真是了无牵挂啊。我走了。"

行一把下巴收在毛线围巾里,和大槻道别。

透过电车的车窗,能看见树影间洒落的美丽阳光。火烧云渐渐变成了死灰色。入夜,晚归的马车夫手里拿着用纸包住的燃烧的蜡烛,像是捧着一束鲜花。行一坐在电车里,想起了刚才大槻谈起的社会主义。他变得很被动,也很迷茫。自己经营的家在大槻的梦里只是一个售票厅。每当听到"社会底层人民"这样的词汇,他就会想到那些钻出红土的女人的腿。生性豪放的大槻并没有察觉到已经成家并且即将成为父亲的行一的情绪。行一打了个趔趄。

满员的电车抵达终点站，下车的人都穿着工装，很多都是工人。卖晚报和卖鲤鱼的商贩穿过灯光昏暗的省线陆桥，在反射灯的强光的照射下，默不作声地走下斜坡。每个人的肩膀上都似乎扛着重担。行一总是会这样想。当他们走下斜坡，星光也隐没在了杂树林的阴影之中。

路上，他偶然间发现岳母就走在他的前面。他没有马上上前打招呼，而是像路人一样跟着走了一会儿——难得有机会在大街上审视自己的家人。

"看上去没什么精神啊。"

看着岳母耷拉着的肩膀，行一心里很难受。

"您回来了。"

"啊，回来了。"岳母愣了一下。

"累了吧。怎么样，房子找到了吗？"

"都不太中意。您这是……"

行一心想回家后可以慢慢讲，正迟疑着要不要提今天找到的房子那混乱的状况。忽然，岳母亮开嗓门说道：

"今天可开了眼了。"

说是看见有一头牛在街上产子。那头牛是拉车运货的。刚把货运到，就感觉要生，运货的和收货的都不知道该如何是好，结果那头牛很顺利地就把小牛犊生下来了。母牛一直休息到傍晚。等岳母看见的时候，母牛已经拉着车了，车上铺着草席，小牛犊就在席子上。

行一脑海中忽然浮现出了今天美丽的火烧云。

"看热闹的人围得是里三层外三层。还有个男的借来了灯笼,嘴里喊着让人们闪开,然后赶着牛向前走——大家伙都看见了……"

从脸上能看出来,岳母正在克制着激动的情绪。

"挺好的、挺好的。"行一感觉到一种冲动膨胀起来,死死地顶在他的胸口。

"妈,那我先回去了。"

他把还要买东西的岳母留在菜店,步履匆匆地踏上了一条星光闪烁的小路。

# 以川端康成第四短篇集《殉情》为主题的改写

自他抛弃妻子和不满七岁的女儿远赴他乡，迄今已有两年。在这两年里，每当他想起妻女，心中就如同飘过一片阴云。

"如果平安无恙，女儿应该已经上学了吧。"

人在异乡，幻想着女儿唱歌拍球，似乎很幸福地去上学。——似乎很幸福。

渐渐地，他在恍惚之间仿佛看到了自己的女儿，那个被父亲遗弃、弱小无助的身影，正不停地拍着皮球。咚咚，咚咚，那声音无时无刻不回响在他的耳边。女儿是生是死，他无从得知——有些时候他甚至都会自我怀疑，究竟有没有过这样一个女儿。而那个所谓的他的女儿，是在用那个咚咚、咚咚的诡异声音，把她自己凄惨的命运告诉父亲。

他就像是被绑在榨油的木头上，饱受那声音的折磨。他无计可施，不知道该怎样拯救自己。

不要让孩子拍皮球了！那个声音我能听到。那个声音在敲打我的心脏。

他左思右想，写下这样一封信。填写信封的时候，他甚至怀疑到底有没有那个地方。他没有在信封背面签字。投递完毕，他便转身离开了这座城镇。

他没有再听到拍皮球的声音。农忙的聒噪，喧腾的流水，还有在风中沙沙作响的树叶，他又找回了这些羁旅生涯之初的新鲜感。然而，新鲜感永远是短暂的。心情却越发沉重。咔哒咔哒——这该不会是女儿穿鞋走在路上的脚步声吧？但凡这个声音响起，眼前必然会出现可怜巴巴的女儿走路上学的景象。他在客栈微微泛出异味的被褥上辗转反侧。

咔哒咔哒，可怜的小女孩哪里知道，她的每一步都踩在父亲的心脏上。

不要让孩子穿鞋上学了！那个声音我能听到。那个声音在踩踏我的心脏。

他又写了一封信。除此以外，他别无他法。但是他坚信，只要妻子收到信，就一定会让孩子把鞋脱掉。可是万一她们娘俩已不在人世，那又该……不管怎样，自己都会彻底地从脚步声的折磨中解脱出来。

只过去不到一个月，他便寄出了第三封信，这与第一封信和第二封信间隔的时间相比要短得多。

传入耳朵的那个声音虽然渐渐变弱，却越来越顽固，也越来越冰冷。

不要让孩子用瓷碗吃饭了！那个声音我能听到。那个声音都要把我的心敲碎了。

丈夫的来信中只字未提对她们的挂念。妻子从字里行间读到的，只有丈夫与过去毫无分别的冷酷。但是，他似乎饱受折磨。而这次的来信又让人感到他异常衰老。

而这次简短的文字依然具有着不可思议的威严，迫使她听命行事。

她的生活如履薄冰。丈夫那就要破碎的心脏——不知如何是好的重负沉甸甸地压在她的心里。

丈夫说不定已经去那头了。她也这样想过。是死是活暂且不谈，曾经有过这样一个丈夫，换作谁又会对他如此记挂呢……

突然，她打了一个激灵。只见女儿随手拿出了瓷碗。

"放下！"

说时迟那时快,她一把抢走瓷碗,狠狠砸向院子里的石头。那是丈夫心脏破碎的声音。忽然她双眉倒竖,把自己的碗也砸了上去。可是,这声音,也许不是丈夫心脏破碎的声音。她用力把饭桌推到院子里。这个声音呢?她整个人撞向墙壁,用拳头胡乱砸着,像一柄枪似的一头扎进隔扇,眨眼之间又滚向隔扇对面。这个声音呢?

"妈妈,妈妈,妈妈!"

女儿哭着追过来,她一巴掌扇在女儿脸上,"啪"。喂,你来听这个声音!

如同是这个声音的回声,丈夫又来信了。这次是从远方一个新地方的邮局寄来的。

丈夫的心脏没有破碎。她既喜出望外又万分痛苦。

你们娘俩不要发出任何声音!不要开关窗户。不要呼吸。把你们娘俩家里的表也停掉!

他在胡说八道什么!"你们娘俩",丈夫终于叫出了口。

"你们娘俩",她嘴里念叨着。这个词包含着对她们的怜惜。

"你们娘俩",她能从这个词语中感受到丈夫浓浓的爱意。

"你们娘俩,你们娘俩啊……"她念叨着,扑簌簌地落下了眼泪。

然后她们不再发出任何声音。她们离开了人世。

而那个只活在她们发出的声音里的、所谓的丈夫的生命，也同她们一起消逝了。奇怪的是，那个与她们共枕长眠的丈夫，难道不是因她们离世而动弹不得的一个阴影吗？

这就是我眼中的《殉情》。

标题有些胡闹，但我的本意其实就是想弄一个类似于标题的东西。我觉得凭借我的经验体验，能够从某种程度上解读川端先生的这部神秘主义的作品。所以我也想借这个机会尝试一下。而且我想假如获得成功，那么尽管这个形式有些畸形，也能够将我对原作的解读和我自己的创作同时奉献给读者。可惜我既缺乏透彻的头脑，时间也不充裕，因此多少有些赶鸭子上架。原作的韵味和寓意被我搅和得一塌糊涂，神秘归于凡俗，环环相扣的节奏变得松软无力。不过这些对于一次尝试来说，某种程度上实属难以避免。

从妻子砸碗到"听这个声音"的这一部分引用了原作。在原作中，这一段塑造了犹如霹雳一般震耳欲聋的声响。从拍皮球、脚步声、饭碗的声音，到这段巨大的声响，再到一片死寂，这个情节发展实在是一场绝佳的听觉艺术。

早已有在本刊续貂川端康成先生作品的计划，但几经曲折只写就这样一篇玷污原作的作品，万望川端先生谅解。

# 心中的风景

## 一

乔透过他房间的窗户凝视着夜深人静的街道。所有的窗户都还在沉睡,深夜的静谧化作围拢着路灯的光晕。不时传来的硬物磕碰的声响,听上去像是横冲直撞的金龟子。

这是一条幽深的街道,纵然在白昼也鲜有人迹,鱼的内脏和曝尸的老鼠一晾就是数日。两侧的房屋像是荒废已久,都能看出自然风化的痕迹。斑斑驳驳的红色墙皮,土崩瓦解的断壁残垣,可以想见这里人们的生活就像一块破毛巾一样了无生气。如果把这条街比作一张桌子,那么乔房间窗户的位置,就相当于是主座。

有时,挂钟钟摆的声音会顺着窗缝漏进屋里。风在黑暗之中掠过远方的树。片刻之间,身旁的夹竹桃便开始在深夜里摇曳。乔一动不动地凝望着——房檐在晦暗中闪着微微的白光,在他的视野里时隐时现，乔发现自己心中飘忽不定的幻想又一次转瞬而逝。蟋蟀叫个不停。从那附近——或许只是想象——飘来一阵隐约的植物腐败的气息。

"你的房间里有一股法国蜗牛的味道啊。"

来乔这里做客的朋友这样说道。另一个朋友说：

"不管你住在哪里，那个房间立马都会变得阴郁。"

野餐烧水壶里永远残留着红茶的茶渣。书和书套分家，扔得东一本西一本。遍地纸屑，还有在这些杂七杂八的东西的夹缝中铺开的被子。白天，乔像一只苍鹭一样睡在里面。往往一睁眼就能听见远远传来的学校的钟声。而到了夜晚，万籁俱寂，人们进入梦乡，他便来到窗边眺望屋外。

那幻想宛如一个穿越浓雾的影子，渐渐地清晰起来。

他视野里时聚时散的风景会在某一瞬间变得亲切如故，而在另一瞬间变得如同初见。而后这些瞬间便消失了——乔已经糊涂了，究竟到哪里为止是他的幻想，从哪里开始又是现实中深夜的街道。夜色里的夹竹桃就是他的忧郁。背阴处的电灯灯光投射在土墙上，土墙的影子与暗夜融为一体。而他的意识也在那个地方呈现出了立体的形状。

乔心想，在这里我能够召唤出心中的风景。

## 二

乔为什么深更半夜还要守在窗边?一来是不到这个时间他也睡不着觉,二来是阴郁的思考折磨着他让他难以安眠。他从女人身上感染了恶疾。

很久以前他曾经做过这样一个梦。

——梦里他的腿肿了。上面有两排像是被咬过的牙印。腿肿得越来越严重。上面的牙印也随之越来越深,范围也越来越大。

有的部分就像是脐橙的"肚脐",肉瘤外翻,令人作呕。有的牙印又细又长,深深嵌入肌肉,就像被蠹虫蛀蚀过的旧书。

他眼睁睁地看着腿部逐渐发青肿胀,感觉很离奇,但又不疼不痒。红通通的肿块好像一朵仙人掌花。

母亲就在身旁。

"啊呀,怎么变成这样了!"

他阴阳怪气地对母亲答道:

"难道你不知道吗?

"这不是你用指甲干的好事吗?"

他坚信就是母亲用指甲抠的。但是话刚一出口,有个念头忽然在乔的脑海里一闪而过:说不定不是母亲干的。

但是乔转念一想,母亲没有理由不知情,于是梦中的他责怪母亲说:

"妈，你看看啊！"

母亲服软了。可不一会儿她说道：

"那我来给你治好吧。"

两排肿块不知什么时候从胸部移动到了腹部。他不知所措地看着这一切，只见母亲揪起胸部的皮肤（不知不觉之间，那里的皮肤变得松弛下垂，就像是干瘪的乳房），像扣扣子似的把一边的肿块按进另一边的肿块。梦里的乔脸色不悦，默不作声地看着。

就这样，肿块被一对对地扣在了一起。

"这可是××博士的办法。"母亲说道。就好像穿着一件有很多扣子的晚礼服，但又让人担心一个轻微的动作便会让这些扣子崩开——梦醒之后，他最难忘却的便是他在母亲面前，用耀武扬威的方式来掩饰自己的所作所为。即便那只是一个梦，但他依然深受触动。

未曾想买春这件事，竟然会在自己的生活中投下这样浓郁的阴影，就连做梦也躲不掉，乔这样想着。现实生活中，他也有一个女伴。有时这个女孩也会冷若冰霜。每当此时，乔的心中都会浮现出那个刻薄无情的娼妇，然后陷入不堪其苦的自我厌恶之中。这一根钉进生活里的楔子所造成的恶果，究竟什么时候是个头？每每撞上这根楔子，他都不可避免地要重新沾染一次自己内心的污秽。

另一根钉入他身体里的楔子，则是对恶疾的怀疑。从前梦境中的一部分已经变成了现实。

他发现自己开始留心街上的问诊广告牌，发现自己会装作若无其事地阅读报纸上的广告。这些事他从未刻意做过。他会去欣赏美好事物，让自己心情愉快，而如果他猛然间感到心中出现一片阴翳，再一路追寻这阴翳的来由，结果便多半绕不开"疾病"二字。每到这个时候，乔都会觉得潜伏的恶果已经从四面八方包围了自己。

他偶尔会将患病的部位掏出来端详，它就像一头悲伤的动物，神情凄楚地向他控诉。

## 三

乔时常回想起那个不幸的夜晚——

他正独自一人坐在临街的房间里，屋外传来烂醉如泥的嫖客和揽客的妓女的说话声。隔壁喧闹的三味线和太鼓声在他孤独的心中泛起回音。

"这气氛！"乔心说，一边竖起耳朵。脚步声络绎不绝，其中不时可以听到利休木屐的声音。——在乔看来，任何声音都具有目的性。不论是冰激凌商贩的叫卖声，还是歌声，所有的声音都是如此。

譬如婢女的利休木屐，在外面开阔的四条通大道上就不会发出这样的声响。

乔觉得这间屋子里的自己，与几分钟之前行走在四条通大道上的自己——那个无拘无束地思考的自己——并没有什么不同。

"终于来了。"他想。

婢女走了进来，屋里弥漫着速燃炭沾染的引燃用蜡制品的蜡香。乔心满意足，没有说话，等到婢女走后，他心说，"没想到这事如此简单。"

女人迟迟未至。乔百无聊赖，想起这间房子有个天台，便想要上去看看。

他刚要沿着朽坏的梯子向上爬，忽然发现眼前的小房间的拉门敞开着。里面铺着被褥，屋里的人正盯着自己。乔向上爬着，假装什么也没看见，心想没点勇气还真来不了这个地方。

走上天台，只见四下里尽是覆盖着深色瓦片的房屋。透过竹帘能够看见亮着电灯的房间。高大的餐厅从意想不到的地方探出头来。那边就是四条通吧。视线越过瓦片，能看到八坂神社的红门，还有在漫反射的灯光下影影绰绰的森林。远方是夜阑飘渺的雾霭。圆山，而后是东山。天川从那附近流淌而过。

乔感到一身轻松，心想：

"以后要经常来这里看看。"

夜鹭啼鸣而过。一只黑猫在房顶踱步。乔看到脚旁边有一盆枯萎的秋草。

女人说她来自博多,她的京都话里夹杂着一些奇怪的口音。乔夸赞她会打扮,这一来女人便打开了话匣子,说自己虽然干这一行没多久,但上个月已经卖掉了几千枝花,在自家艺馆排名第四。还说她们会在艺馆张贴排行榜,前几名还有赏钱。女人之所以干净利落,全凭妈妈指点。

"为此我也干得很卖力,前段时间伤风,十分难受,妈妈让我休息,我也没答应。"

"吃药了吗?"

"艺馆给开了药,可是一副药要五分钱……那种药,喝了也没用。"

乔听着她的话,曾经一个名叫 S 的男人给他讲述的某个女人的故事忽然浮现在脑海之中。

S 说,那女人是个丑八怪,哪怕自己醉得厉害,每次点名叫她的时候都会有些难为情,而且她身上的内衣裤简直脏得不像话。

S 和那个女人的第一次纯粹出于偶然,但那女人给了他一种出乎意料的别样体验。从那以后,每当 S 烂醉如泥,都忍不住把那女人叫来,似乎能够在酒后抚慰他狂野内心的人,非她莫属。

听闻这个故事的时候,乔的感想却坠于黑暗。但愿那女人是本身就有这种病态的嗜好,不过,想必事实是艺馆你死我活的激烈竞争，逼迫这个相貌丑陋的女人掌握了这种特殊的技能。

S说那个女人就像个哑巴似的沉默寡言，还说她自己本来就不爱说话。当时乔就在想，这样一个哑巴妓女究竟能有几个熟客。

乔任由眼前的女人在耳旁喋喋不休，心中默默地比较着她和那个丑女。

"你很温柔。"女人说。

女人的肌肤十分滚烫。每当他触碰到新的地方，都会觉得"好烫"。

"我又要走了，"说着女人便开始收拾，"你也回去吧？"

"唔。"

乔躺着，看着面朝自己穿衣服的女人。他一边看一边扪心自问："说说吧，这事，感觉怎么样？"原来是这种感觉……平日里自己满脑子想的除了女人还是女人，后来便来到这种场所买春。待到女人走进房间，一切都很好，待到女人脱去衣物，一切也还不错，而后面的发展，女人就超出了他平时的想象。他做出了自己的论断："这就是女人的手段。"这无疑是女人的手段，但也不过如此。而当女人开始收拾准备离开，她再一次焕发出了女人的姿态。

"不知道还有没有电车。"

"电车呀，不清楚啊。"

乔心想要是电车没有了该多好。楼下的老鸨或许会说"要是不想回去，就在这里留宿一夜也不碍事"，但是他转念一想，老鸨说"招不来客人就赶快回去吧"的可能性更大。

"你不一起走吗？"

女人已经收拾停当，却还磨磨蹭蹭地不想走。他心想还是算了，便动手脱那件被汗水打湿的浴衣。

女人走后，他马上吩咐婢女："拿啤酒来。"

檐沟传来麻雀啁啾的叫声。乔在半睡半醒之间，在脑海中描绘着晨雾中渐渐明丽、鲜嫩欲滴的世界。他抬起头，电灯朦胧的光线透过清晨的空气，照射在还在熟睡的女人的脸上。

当门口传来花贩的叫卖声时，他已经完全醒来。"好清新的声音。"他想。那洒落在常青叶和五颜六色的花朵上的晨曦仿佛就在眼前。

很快，家家户户的开门声此起彼伏，街上开始听到上学的孩子的声音。女人依旧沉沉地睡着。

"回家，泡个澡。"女人打着哈欠说道，然后掌心托着束发的编织毛球，说了句"我回去了"便离开了。乔又睡了过去。

## 四

乔从丸太町的桥边顺坡而下，来到加茂的河滩。午后时分，河滩对面的人家在那里投下一块块阴凉。

那里堆积着用于筑堤的小石子，在秋天的阳光下散发出一种强烈的气味。荒神桥那边的草地上躺着一台离心干燥机，旁边是一把闪闪发光的测量用卷尺。

荒神桥下游的河水犹如一道帘子倾泻而下。河心沙洲生长着郁郁葱葱的夏草，在它的对面是一片波光粼粼的浅滩，水流沙沙作响。鹡鸰掠水而过。

阳光晒得人后背发烫，背阴处却已经浸透了秋的凉意。乔在一处阴凉地坐了下来。

"人来人往，车水马龙。"他又继续想着。

"马路让我痛苦。"

河对岸的道路上有行人和车辆经过。那里便是川添的公共市场。还有堆满油桶的简易房。空地上有些人正在忙碌，像是在盖房子。

不时有风从河面吹来。他坐下之前，在身下铺了一张皱巴巴的报纸。报纸被风吹得哗哗直响。他用一块小石头压住报纸，可是未及片刻报纸便忽然被风掀起，席卷而去。

两个孩子和一条狗向上游走去。狗掉头回来，闻了闻那张报纸，然后又从后面赶上孩子。

这边河岸山毛榉叶茂根深。高处随风摇曳的树梢吸引了乔的注意。他凝视了不一会儿，便觉得心里的什么东西停留在了树梢，在高空的气流中与小小的叶片一同摇曳，与青葱的枝丫一起拂动。

"啊呀，就是这种感觉，"乔心想，"看啊，那是什么。我的一部分乃至全部的灵魂都已经飞上了梢头。"

乔这样想着。每晚当他凭窗而坐，那种诱惑——疾病的忧愁和生活的苦涩就会不可思议地沉静下来，仿佛化作了相距几许的身外之物，而如今他在直插云天的山毛榉的树梢上，也体会到了相同的感受。

"马路让我痛苦。"

北边加茂的森林里是星星点点的红色鸟居。森林后方是绵延不绝的远山。比叡山作为背景映衬着纺织工厂正在喷涌着烟雾的烟囱。红砖房。邮筒。自行车从荒神桥上驶过，还有移动的遮阳伞和马车。阴凉向河滩延伸，商贩的喇叭声响起来了。

五

乔曾经彻夜在马路上游荡。

空无一人的四条通偶尔有醉汉经过，夜晚的雾气在柏油路面上缓缓降下。两旁的店铺把垃圾箱放到路边，门窗紧锁。遍地都是呕吐物和翻倒在地的垃圾箱。乔静静地走在路上，回想着自己醉酒的经历。

当他折向新京极，他听到上锁的房门里传来木屐声，那是一个端着金属盆去洗澡的女人，还有拿出旱冰鞋的小店员、送乌冬面的男送餐员、在马路中间争扯木棍嬉戏打闹的年轻人，他们共同构成了这样熙攘而别致的夜生活。白日里被掩埋在世事纷扰之中的人们似乎直到这时候才开始真正活着。

走过新京极，城镇才真正进入夜晚。白天不曾注意的自己的木屐声变得格外刺耳。四下静寂无声，让他觉得自己穿行于城镇之时居心不良。

乔行走在夜色之中，腰间挂着一个小巧的朝鲜铃铛。这是他朋友在冈崎公园举办博览会时，从朝鲜展馆买来的。银底上镶嵌着红蓝七宝，声音清透悦耳。这铃铛就仿佛是他心灵的象征：在人群之中声响依稀，在深夜的街道上鸣声阵阵。

他向前走着，这里的城镇就如同是窗边看到的风景，在他的面前徐徐展开。

这是一条他有生以来从未踏足过的道路。同时，这条路又让他倍感亲近。——这并不是那条他多次经过的老路。我是从什么时候开始走在了这条路上？乔忽然感觉自己就像是一个永恒的过客。

就在这时，朝鲜铃铛的声音让乔心中一颤。有时，乔感觉自己的肉体从路上消失，只剩铃声穿过城镇。有时，那铃声像是从腰间喷涌而出，宛如一条澄澈的小溪流进他的身体里。铃声在他体内循环，洗涤着他那被疾病污染的血液。

"我会慢慢好起来的。"

丁零、丁零，他卑微的希望在深夜的空气中清脆地回响。

## 六

每个夜晚，窗外的风景都如出一辙。因此对于乔来说，每个夜晚都毫无差别。

然而一天晚上，乔看见昏暗的树上出现了一个苍白的光点。他心想那一定是一只什么虫子。可之后每天晚上，乔都能看见那个光点。

接着他离开窗边，躺到床上，这时他感觉昏暗的房间里也出现了一星点磷光。

"我是个患病的生物。很快我就会消失在黑暗之中。但你似乎没有睡，还独自醒着。就像外面的虫子……发出苍白的磷光……"

# K的升天
## ——抑或是K的溺亡

你在信中说,你对K君的溺水而亡百思不得其解,那究竟是意外,还是自杀?如果是自杀,自杀的原因又是什么?难道是因身患不治之症而悲观厌世吗?在短短的一个月之内,我与K君在那片疗养地的N海岸偶然相识,收到了尚未有一面之缘的你的来信。而我又是在你的信中得到了K君在那里溺水的消息。五雷轰顶之余,我心想"K君终于奔赴了月亮的世界",而为何我会有这样奇特的想法,接下来我会讲给你听。因为我觉得,这或许是破解K君死亡谜团的关键之一。

那是什么时候的事呢?是我到达N之后的第一个月圆之夜。那天晚上,我因为病痛久久无法入眠。所幸月色皎皎,我便从床上起身走出旅馆,踏着松树错落有致的影子,走到了沙滩。沙滩上不见一个人,只有泊岸的渔船和卷网的辘轳将影子清晰地映照在白色的沙子上。退潮时汹涌的潮水翻卷着细碎的月光,一浪接一浪地拍打着岸边。我点燃一支烟,在渔船的船尾坐下,眺望着大海。夜更深了。

没过多久，当我把视线转向沙滩，我忽然在沙滩上看到了除我以外的第二个人。后来我知道，那人就是K君。但是当时我还不认识他。我们俩互报名姓是那晚后来的事了。

我不时回头看看那个身影。看着看着，我不禁产生一个奇怪的念头。那人——K君——和我相距三四十步，他也不看大海，而是始终背对着我，在沙滩上走走停停，忽进忽退。我心想这人是不是正在寻找之前丢的什么东西。一直是前倾姿势，似乎是在低头凝视沙子。但是从未见他蹲下去过，也没见他用脚扒沙检查。或许是满月之夜，月光明媚，看上去他也没有点火照明。

在看海的间隙，我开始留意那个身影。奇怪的念头也层出不穷。所幸那人的一切行动都是背对着我，始终没有回过头，于是我开始目不转睛地盯着他看。周身上下忽然涌来一阵怪异的战栗。我感到那人身上似乎有一种莫名的魅力。我转向大海的方向，吹起了口哨。开始这完全是下意识的，或者说当我想到那人或许会对口哨声有什么反应的时候，这就变成了刻意的行为。我先吹的是舒伯特的《在海边》。众所周知，这是一首将海涅的诗歌谱成曲的作品，也是我钟爱的歌曲之一。之后吹的依然是用海涅诗歌谱曲的《幻影》。这首歌讲的是"双重人格"吧。这也是我喜欢的一首歌。我吹着口哨，心情渐渐平静下来。心想，应该就是丢东西了吧。除了找东西，还能怎么解释那个人古怪的动作呢？我转念一想,那人应该是不抽烟,身上没有火柴。但是我有火柴。说不定他弄丢了什么非常重要的东西。我把火柴拿在手里向他走去。那个人对我的口哨充耳不闻。依然是时进时退,走走停停。似乎完全没有听到我渐渐靠近的脚步声。突然我恍然大悟。原来那人正在踩自己的影子。如果他是在找东西,他应该面对月光,而不是面对影子。

月亮略微西斜,在我行走的沙子上照出长约一尺的影子。我好奇个中缘由,并没有停下脚步。当我走到距离他三五米远的地方,我大着胆子放开声音问道:

"是丢了什么东西吗?"

随后我晃了晃手里的火柴。

"找东西的话,我这里有火柴。"

我本打算接下来说这句话。但是当我意识到他不是在找东西时,这句话自然也就成了搭讪的借口。

听到第一句话,那人便向我转过身来,忽然之间我不由自主地想起了"无脸怪",着实是把自己吓得够呛。

月光滑过那人挺拔的鼻梁。我看到了那人深邃的瞳仁。接着那张脸不知为何变得凶巴巴的。

"没什么。"

他的嗓音清脆嘹亮。接着嘴角边漾起微笑。

这次奇怪的经历便是我和K君的第一次交流。那一晚我们便成了好朋友。

过了一会儿,我们又回到了之前我坐过的船尾。我问他:
"你刚才到底是在干什么呀?"

K君一开始还有些迟疑,后来便慢慢向我解释起来。

K君说他是在看自己的影子,说影子就像鸦片一样。

你肯定觉得奇怪,我当时也是一样。

夜光藻闪闪发光,面对着美不胜收的大海,K君给我讲述了他稀奇古怪的行为的来龙去脉。

K君说,影子是这世上最神奇的东西。只要你也像我一样试试看,你就能明白了。当你目不转睛地盯着影子,渐渐地你就会发现它仿佛有了生命。当然你知道那其实不是别的什么东西,只是自己的影子。灯光之类的起不到这个作用。最好是用月光。至于为什么我也说不清楚——只有亲身经历过才会相信,不过这也可能只是我自己的独特体验。客观来说月光确实是最佳选择,但是若要究其缘由,想必是极其深奥。人类的大脑未必能够理解。——当时K君说了这样一番话。总而言之,K君随心而动、率性而为,并且将这种心性的来由归结于某种说不清道不明的神秘。

我们继续往下说。凝视自己月光下的身影,便会从中感受到某种生命的气息。这因为月光是平行光线,所以投射在沙子上的影子与自己的身形同等大小,这道理显而易见。不过,短影也是可以的。只有一两尺长的影子也没问题。而且你可以精神集中纹丝不动，也可以让影子有些轻微的晃动。这就是我为什么要走走停停，一会儿前进一会儿倒退。试着晃动影子，就像卖杂粮的拿盘子筛红小豆似的。然后一动不动地凝视影子，自己的样貌就会渐渐地显现出来。没错，就是这样超越"气息"，进入"实物"的范畴。——K君说道，接着他问我：

"你刚才是不是在吹舒伯特的《幻影》？"

"唔，是的。"

我答道，心想他到底是听到了。

"影子和'幻影'，每逢月夜，我都会陶醉在这两样东西当中。当我看到它们，那感觉恍如置身仙境。——当我与这种感觉融为一体之后，我越发感到自己与现实世界格格不入。于是一到白天我就像个抽大烟的一样萎靡不振。"

K君说道。

只是显现出自己的样貌，还不算是最离奇的。就在样貌慢慢显现的过程中，影子仿佛也复制着他的人格，与此同时，自己似乎也在某一刻灵魂出窍，径直升上天空，直奔月宫而去。那种感觉无法言说，或许真的可以称其为灵魂吧。怀揣着难以言表的心绪，循着月华望天而去。

当K君说这番话时，他的眼睛直直地盯着我，好像非常紧张。而后又像是忽然想到了什么，微笑着放松下来。

"西哈诺曾经列举过登月的方法,这便是其中之一。不过,就像朱尔·拉弗格的诗中所言,'可怜的伊卡洛斯们啊,来而必坠',我也试了很多次,每次都会掉下来。"

K君说着笑了起来。

在初次见面的那个神奇的夜晚之后,我们每天见面,一同散步。随着月亮由圆转缺,K君也不会那么晚还来海边了。

一天清晨,我站在海边看日出。那天可能K君也起得很早,也来到了海边。来时恰好看到一条船驶入反射的阳光。

"那条逆光行驶的船不正是一幅剪影吗?"

他突然问我。在K君眼中,那条船的实体像一幅剪影,恰恰反证了"影子像实体"的说法。

"你可真是用心啊。"

听了我的话,K君笑了。

K君又迎着大海对面冉冉升起的太阳,利用光线摆出几个一人高的剪影。然后他对我讲道:

"高中时候我住在学校宿舍,隔壁房间住着一个美男子,不知是谁把他面朝书桌的样子画了下来,是在墙上画的,利用电灯照出剪影,再用墨水把影子涂满。真是栩栩如生,我经常去那个房间欣赏。"

K君只与我说了这么多。我没有追问,但这或许就是开始。

当我从你的信中得到K君溺水而亡的消息,首先浮现在我心中的是我们相识那晚K君奇怪的背影。随即便心生感慨："K君这是到月亮上去了啊。"而在K君的遗体被冲上沙滩的前一天，恰逢满月。就在刚才，我查过了日历。

在我和K君相处的一个月里，我并没有发现其他足以导致他自杀的迹象。那一个月，我逐渐恢复了健康，得以下定决心回到这里，但是我感觉K君则恰恰相反，他的病情似乎是日渐恶化。K君的眼眶越来越深，脸颊也愈加消瘦，高挺的鼻梁也显得更加嶙峋而凸出。

K君说，影子就像鸦片。如果我的直觉是对的，那么是影子夺走了K君的生命。但是我对自己的直觉并没有太多信心。对我而言，这个直觉也仅仅是个参考。至于真正的死因，我仍然如坠五里雾中。

但我想，不妨就以我的直觉为基础，试着还原一下那个不幸的月圆之夜所发生的一切吧。

据日历记载，那一晚月亮刚刚由盈转亏，晚六时三十分，月出，十一时四十七分，月上中天。我猜想K君应该就是在这个时间前后走向了大海。因为我第一次在沙滩上看见K君的背影，差不多就是在圆月位于正南天空之时。继续想象下去，月亮开始微微西斜。然后K君所说的一尺至两尺长的影子就会落在北偏东的位置，于是K君追赶着影子，斜着越过海岸线，走入大海。

由于疾病的缘故，K君的精神也变得格外敏感，那天夜里，影子或许真的成了"实物"。肩膀出现了，脖颈出现了，在些许头晕目眩之中，自己的样貌也从"气息"中显现出来，随后在刹那之间，K君的灵魂便顺着流泻的月光溯洄而上。K君的身体渐渐不受控制，无意识地，一步步走向大海。他的影子具有了他全部的人格。他的灵魂更是扶摇而上飞升天际。他的肉体则跟随着他的影子的召唤，像机器人一样步入大海。接着，落潮时的一个大浪把K君卷进海里。倘若那时肉体恢复了知觉，那么灵魂也会复位。

可怜的伊卡洛斯们啊，来而必坠。

K君把灵魂回归称为"坠落"。如果这次也是"坠落"，那么会水的K君本不应该溺水而亡。

K君的身体被海水扑倒，旋即被卷向大海深处。此时他的知觉尚未恢复。下一阵海浪又将他冲向海边。知觉依然没有恢复。就这样K君的身体来来回回被海水裹挟推搡，而灵魂不停地向月亮飞去。

最终，肉体再无知觉。据记载，十一时五十六分，退潮。那一刻，K君的身躯被惊涛骇浪肆意摆布，他的灵魂却向着月亮翩然而去。

# 冬日

## 一

冬至近在眼前。从尧房间里的窗户向外望去，有几户地势低洼的人家，矗立在院落里和大门旁的树木的叶子一天少似一天。

蓖麻变得像老太太们蓬乱的头发，被霜雪冻得发黑的樱树连最后一片叶子也不复存在了，每一次山毛榉在寒风中瑟瑟发抖，都能显露出一些被遮挡住的风景。

天寒地冻，就连报晓的乌鸦也不来了。自从那天几百只铅色的灰椋鸟飞进屏风一般的橡树林后，霜便越来越浓重。

入冬之后尧的肺就开始疼。他洗脸时吐在井边堆满落叶的灰泥地上的痰都是黄绿色的，其中还掺杂着血丝，有些时候还是可怕的鲜红。尧租住的房间在二楼，面积约有四张半榻榻米。当他起床时，房东家的主妇已经洗完了衣服，井边的灰泥地也已经干了。然而地上的痰却没有被水冲掉。于是尧像捏着一条小金鱼似的,把那口痰扔到排水管口。如今,他看到血痰时已经很淡然了。不过,对于凛冽空气中锃光发亮的这一抹彩色,他还是忍不住要多看一眼。

尧近来丝毫感觉不到活着的热情。仿佛是日子在拖着他一天天向前走。而栖息在这副肉体里的灵魂似乎分外焦虑,急于逃离他的身体——白天,他打开房间的窗户,像个盲人一样木然地望着外面的风景。夜晚,他又像个聋子,对屋外的响动或者开水壶的声音充耳不闻。

随着冬至渐渐临近,每天在他起床之后不到一个小时,窗外十一月孱弱的阳光便会暗淡下来。洼地是那样阴沉,他的家甚至在上面连个影子都留不下。看着这番景象,尧心中如同墨汁一样的悔恨与焦虑弥漫开来。阳光停留在低地对面的灰色西式木屋上,那一刻的黯然神伤,就如同是在眺望在远处的地平线上落下的夕阳。

冬日还照在邮箱上。路面上每一颗小石子都洒下它们自己的影子,细细看去,石子虽小,却流露出宛若埃及金字塔一般巨大的悲伤。——洼地对面的洋房的墙壁上映出梧桐树幽灵似的影子。尧没有血色的细长的手,就像是具有趋光性的豆芽菜一样,身不由己地伸向那灰色的木屋,抚摸着那渗入墙壁的神奇的树影。他每天都带着这颗空洞的心站在窗口看着,直到影子消失不见。

一天,这片风景北侧一隅,橡树林被风吹弯了腰,像铁丝一样富有韧性地在风中舞蹈。洼地已经变了模样,上面尽是骸骨一般的枯枝败叶,沙拉沙拉地舞动着。

这时,梧桐的影子就要消失了。明明那里已经看不到阳光,但仿佛还残留着影子。在瑟瑟寒风之中,向有如荒漠一般的那影子的世界远去,消失在视线之中。

尧看到这里,怀着近乎绝望的心情锁上了窗。侧耳倾听夜风的呼号,有时还能远远听到某个没有通电的地方玻璃窗破碎的声音。

## 二

尧收到了母亲的来信。

自从延子死后,你爸爸好像一下子老了。你的身体也要格外注意。我们受的罪已经够多了。
我最近时常在半夜惊醒。脑子里想的都是你。想你想得好几个小时都睡不着觉。

尧读罢来信,心中一片凄楚。夜深人静,母子两人天各一方,却仍然牵挂着彼此。此时,他的心脏突然出现一阵不祥的跳动,解释了为什么母亲彻夜难眠。

尧的弟弟死于结核性脊髓炎。妹妹也患上了腰椎结核，直至死亡都一直是植物人的状态。当时的情景，就像是一群虫子围绕着一只濒死的同伴，在为它伤心哭泣。他们俩都在入土之前在床上躺了一年，最后是被人从白色石膏床上抬下来的。

——为什么医生要说"要把现在的一年当作十年来过"呢？

尧想起自己听到这句话的时候心里面不知道为何有一种难为情的感觉。

——说得好像我有一个十年大计似的。医生为什么不直接告诉我还能活几年呢？

尧经常会在脑海中想象自己变成植物人以后的样子。

车站就在阴冷的石制官署前面的路上。尧在那里等车。他心里犹豫，不知道是直接回家还是去逛逛街。想来想去也没决定，而且左等右等电车就是不来。建筑物压抑的阴影、光溜溜的行道树、稀疏的路灯，构成了一张透视图——远处的十字路口时而会驶过一辆形似水族馆的电车。风景在一刹那变得七零八落，而他似乎也随之湮灭。

年幼的尧曾将关在捕鼠器里的老鼠扔进了河里。透过澄澈的河水，他看见老鼠在铁丝网里来回乱窜，恍若是在空中飞翔。很快，老鼠鼻子插进了一个网眼，一动不动，只有嘴在向外吐着白色的气泡……

在被宣告患上不治之症后的头五六年，尧日复一日地播撒着淡淡的悲伤。而当他逐渐醒悟过来以后，营养和安静已经浸润出了他对美食的喜爱，而这种喜爱，与安逸、怯懦一并消磨着他求生的意志。他也曾几次反复调整心态，让自己直面生活。然而，在不知不觉中，他的思想和行为开始动摇，最终让这二者间的平缓过渡不复存在，而各自固化下来。此前他的眼前就是这样一番景象。

很多人在离开这个世界之前，都会遭遇某种征兆，经历一个过程。如今他的身上就出现了同样的征兆。

当一位近代科学的使徒第一次把这个事实告知尧的时候，他的大脑拒绝接受这个他本没有权力拒绝的事实，但是他所拒绝的，只不过是那个令他厌恶的名称而已。如今的他已不再抗拒。那白色的石膏床已经做好了陪伴他多年的准备，直到他归于黑土。在那张床上，他甚至不能翻身。

夜深了，当打更的声音传来，尧在充满忧郁的心底喃喃自语："晚安，妈妈。"

尧家周边坡路众多，屋舍林立，梆子声在其中回荡，回环往复中的微妙变化使他能够依稀地觉察到更夫的行进方向。远处传来不知是谁家的犬吠声，他还以为那是自己的肺发出的拉风箱一般的嘶啦声。——尧仿佛看到了更夫的身影。看到了睡梦中的母亲。于是他又在愈加郁闷的心底喃喃自语：

"晚安，妈妈。"

## 三

尧打扫完房间，敞开窗户，躺在藤椅上休息。这时突然传来了黄莺啁啾的啼鸣，在围墙上的葎草的影子里，隐隐约约可以看见鸣叫的黄莺。

啾、啾。尧观察着黄莺的一举一动，同时缩起脖子，在嘴里模仿着黄莺的啼鸣。——尧曾在家里养过金丝雀。

上午明媚的阳光洒在树叶上。黄莺被尧的叫声弄晕了头，却像金丝雀一样没有表现出细微的表情变化。黄莺胖得圆滚滚，像是穿了一件坎肩。——当尧不再模仿，黄莺竟毫不留恋地穿过枝杈飞走了。

在洼地旁边稍远一点的地方，是一座面对山谷而建的、日照充足的贵族宅邸。枯黄的朝鲜结缕草草地上晒着红色的被褥。——尧陶醉在这个他早起的上午。

尧看着散落在屋顶上的褐色枯叶和南蛇藤艳丽的红色果实，随后走出了家门。

天空湛蓝，没有一丝风，树叶已经黄透了的银杏树折起影子，静静地休憩着。一堵贴着白色装饰砖的围墙让冬天的空气显得更加清冽。一个背着孙子的老太太缓缓从墙下走过。

尧沿着一段长长的坡路向邮局走去。来邮局的人络绎不绝，阳光洒落，人们播撒着早晨清新的空气。尧发觉自己已经许久没有接触这样的空气了。

尧悠然地走在一条狭窄的坡路上。路边是盛开着的山茶花和八角金盘。尧为在十二月份还能看见翩翩起舞的蝴蝶而惊诧不已。蝴蝶远去，阳光下闪闪发光的牛虻又匆匆忙忙地飞来飞去。

尧心说"这真是傻乎乎的幸福"，而后驼着背，继续在朦胧的阳光下前行。——距离这片向阳地稍远的地方，一群四五岁的小男孩小女孩正在玩耍。

"他们没看到吧。"尧往浅浅的水洼里吐了一口痰，心想。随后他向孩子们走去。他发现有的女孩子很野，而有的男孩子却很乖巧。路面上有孩子们用石墨画的歪歪扭扭的线。——尧忽然觉得这个景象格外眼熟。他心里一动。被唤醒的牛虻向尧迷惘的过往飞去。飞到了那个明丽的腊月上午。

尧看到了牛虻，看到了山茶花。看到了在凋落的花瓣中玩耍的小孩子。——那个上午是一段难得的时光。因为忘记带练习纸，他向老师请假，自己急忙回家去取。学校还在上课，而他走在校外的路上。这段时光神圣无比，放在平时，学生甚至连看一眼围墙都是违规的。尧回忆往事，脸上露出了微笑。

这一天午后，日影再度西斜，让尧悲从中来。那照亮万物的阳光，虚弱得仿佛来自儿时褪色的照片。

失去了希望的人，又怎能珍惜回忆？而像今早这样，内心对未来充满光明和期许的日子又能持续多久？今早的一时兴起又能算得了什么，用来证明我已经像俄罗斯贵族那样，养成了下午两点吃早餐的生活习惯吗……

他再次沿着长长的下坡向邮局走去。

"今天早上的明信片，我不想寄了，请您取消吧。"

今天早上，他忽然想要去温暖的海岸越冬，于是给住在海边的朋友写明信片，请他帮忙寻找可租住的房子。

他感到精疲力竭，上坡时气喘吁吁。未及半日，那棵上午的时候安静地站在阳光里的银杏树竟被寒风吹得枝叶零落。落叶点亮了阳光已逝的路面。他对那些落叶产生了一丝怜惜。

尧走到了家旁边的路。这条坡路连接着他的家和崖顶。窗外的风景此刻在寒风的吹刮下已经残破不堪。空中阴云密布。尧看到阴云之下，有一户人家还没有来电便已经锁上了二楼的窗户。窗户木色一看就经历过风吹雨打。——尧驻足遥望，心里莫名感动。那房子毗邻着他自己的住处。尧望着它，心情与以往迥然不同。

电灯还没来便早早锁了窗户的二楼——窗户裸露的纹路，忽然给尧心里平添一种无依无靠的羁旅之情。

——没有食物果腹。也无处安身。夜幕渐渐降临，而这异地他乡早已将自己拒之门外。——

恍如现实，忧愁笼罩了他的内心。这仿佛真的变成了他的一段记忆,一股不可思议的甘甜却让他心中苦楚。

这种幻想从何而来?为什么这幻想让我如此悲伤,而它又为什么如此亲昵地呼唤自己?尧似懂非懂。

烤肉的香气夹杂在黄昏冷峭的气息之中。一个像是刚结束了一天工作的木匠模样的人轻轻喘息,步履匆匆地走上斜坡,从尧的身边经过。

"那是我的房间。"

尧在心里想着,眼睛注视着自己的房间。在那犹如苍穹一般磅礴的虚无的面前,那被薄暮笼罩的房屋此刻看上去是那样无力。

"我爱那房间。我喜欢住在那里。那里有我的全部家当——也许还包含着我每一天生活的所有感情。我甚至觉得,如果我在这里呼喊,那些感情的幽灵说不定就会打开窗户探出头来。不过,我丢在屋里的棉袍里或许早已仿造了一个一模一样的我。我静静地凝视着那冷漠的屋瓦和玻璃窗,不由得觉得自己就像是一名过客。那冷漠的外墙一定是在掩藏屋里正准备自行了断的人。——任凭方才的幻想如何召唤,我也不能听从它从这里离开。

要是早些来电就好了。黄色的灯光渗出那扇磨砂的玻璃窗,我这个过客或许就能在心中想象房间里那些感恩生命的人。而我也会唤醒相信幸福的力量。"

尧怔怔地站在路上,耳边传来楼下的座钟"当当……"的报时声。"这声音真怪。"他这样想着,迈着沉重的步子向那坡下走去。

四

　　风吹落行道树上的叶子，又卷起了路面的落叶，一扫而过的风声似乎也变了。入夜，柏油路面就像是铅笔涂出来的一样寒光闪闪。这个晚上，尧离开自己安静的街区，前往银座。那里圣诞节和年终岁末的促销大酬宾正如火如荼。

　　路上的人们大多结伴而行，或是朋友，或是恋人，或是家人。即使是独行的人，也能从他们的神态上看出这是赶去赴约。纵然真的是踽踽独行之人，只要身体健康不差钱，这个物欲横流的市场也会对他们笑脸相迎。

　　"我为什么要来银座呢？"

　　尧一直认为逛街只会让他累得更快。每当这时，他时常会想起曾经在电车上邂逅的少女。

　　那位少女脸上带着礼貌的微笑，手抓着吊环站在他的座位前。和服穿在她身上很宽松，仿佛是一件肥大的棉衣。她像艺伎似的从领口露出脖颈。他只一眼，就透过那秀美的容颜看出她抱恙在身。陶瓷一样白皙的皮肤上覆着一层浓密的汗毛，鼻翼边还沾着污垢。

　　"她一定是从病床上跑出来的。"

　　尧看着少女脸上如涟漪一般时而出现时而消失的笑容，这样想着。她为什么像擤鼻涕一样使劲擦鼻子？只有这时少女脸上才会出现短暂的血色，仿佛是拭去了灰尘的暖炉。

尧的身体越疲劳，他脑海里的少女就越惹人怜爱，身在银座，他觉得吐口痰都是这样麻烦。自己就好像是格林童话中那个一说话就会从嘴里蹦出青蛙的女孩。

正在此时，他看到一个男人吐了一口痰，然后若无其事地用一只破木屐来回蹭了蹭。不过那只木屐鞋并不是他的。路边有一个摆摊卖铁皮陀螺的老人，怒气冲冲地把那只木屐摞在席子边上的另一只木屐上。

"有人看到没有？"尧抱着这样的念头环顾四周的行人，可是似乎谁都没有注意到。老人坐着的位置距离路人有些太近了。而且老人卖的铁皮陀螺即便放在乡下无疑也是劣质货。尧还从没见过有人把这种玩具拿出来卖的。

"我为什么要到这里来？"

为了回答自己这个问题，他买了咖啡、黄油、面包和笔，还买了昂贵得让他义愤填膺的法国香料。他偶尔会到街边的露天餐厅坐一坐，直到餐厅打烊。他在餐厅里享受暖炉的温暖，欣赏着钢琴三重奏，听周围碰杯的声音，看男男女女眼波流转眉目传情，在洋溢着客人们欢声笑语的餐厅的天花板上，还有几只越冬的苍蝇心事重重地飞着。尧漫不经心地看着眼前的一切。

"我为什么要来这里？"

走到街上，干冷的风中鲜有行人。夜深了，那些曾发到行人手中的广告单不可思议地被风吹到街道的角落去了，吐在地上的痰很快冻成了冰块，地面上掉落着木屐上的金属片。这样晚了，他必须回去了。

"我为什么要到这里来？"

这只是因为他内心仍然留恋着旧日时光。可能不久以后自己就来不了了吧，尧拖着疲惫的身体这样想道。

今晚，他在房间里感受到的黑夜，不是昨天和前天的那种黑夜，恐怕明天的黑夜也不会是这样。他现在感受到的黑夜，就像是一条医院的走廊，永远也走不到头。在那里，旧日时光会在死一般的空气中戛然而止。思想沦为掩埋书架的墙灰。挂在墙上的星图的指针还停留在十月二十几日的凌晨三点，已经蒙上了一层灰。每当夜半三更他起来方便时，透过厕所的小窗，他都会看见屋瓦上凝结的月光一样的霜。只有在这一刻，他的心仿佛才会被一下子照亮。

离开了硬邦邦的床铺，等待着他的又是从下午开始的一天。日复一日，冬日的斜阳把窗边映照得如同幻灯一样。而这种不可思议的阳光让他觉得，世间万物都不过是假象而已，但也恰恰是这些假象越发让他体会到精神上的美。枇杷树开花了，在远处的阳光下可以看见耀眼的橙色果实。初冬的阵雨凝华为软雹，划过了屋檐。

软雹纷纷飘落在黑色的屋瓦上，翻滚着发出当啷当啷的声音。他听见软雹击打在白铁皮屋顶上,弹落在八角金盘树叶上,隐没在枯草之中,接着发出唰的一声降临人间。这时,附近的院落传来一声鹤鸣,划破了冬天雪白的面纱。这时尧感受到了一种前所未有的喜悦。他倚在窗边,回想着狂士尚存的古代。但那是他这副羸弱身躯所不能承受的。

## 五

不知不觉,冬至已经过去了。一天,尧来到此前居住过的街区,走进那家久未光顾的当铺。因为手头有了钱,所以他来赎回冬天的外套。可是,进去之后才发现外套已经过了典当期限。

"××什么时候到期的?"

"这个这个……"

小伙计翻着账簿。许久不见,他已经是大人模样了。

掌柜的能说会道,尧则在观察他变化多端的表情。有时他吞吞吐吐,有时又镇定自若。尧从没有像今天这样猜不透一个人的表情。而且这掌柜还是经常热情地和他拉家常的熟人。

尧听了掌柜的一番解释,这才想起自己收到过好几次当铺来信。尧感觉像是被硫酸蜇了似的,他心中苦笑,就算把这种感觉告诉掌柜也无济于事,于是尧效仿掌柜,也摆出一副无所谓的样子,问清楚自己还有什么物品和外套一起被当铺处理了之后,便走出了这家店。

一条骨瘦如柴的狗扭动着丑陋的腰身,哆里哆嗦地在霜雪融化的路边排便。尧像是吃了一只苍蝇一般难受,但强忍着厌恶看着那条狗完事。在漫长的返程途中的远距离电车上,他一直在控制着自己,不让自己在电车上崩溃。等下了电车他才意识到,自己出门时应该带着一把洋伞——但他手里并没有。

他条件反射似的把漫无目的的目光从那辆电车上挪开。他拖着疲惫不堪的身体,在黄昏中一路走回了家。那天他出门时咳出的血痰,这时候依然黏在路边木槿的根部。尧感到身体在微微地颤抖。——当时吐出来以后,他就知道那个红色不妙。——

傍晚的潮热盗汗发作了。恶心的冷汗从腋下渗出。他连外衣都没有脱,就那样呆呆地怔怔地坐在屋里。

突然悲伤像一把匕首一样刺中了他。他眼前浮现出接二连三地失去爱子时母亲那茫然的表情。于是他默默地淌着泪。

到了下楼吃晚饭时,他的心情已经恢复了平静。正巧朋友折田来访。他没有食欲。随即又回到了二楼。

折田摘下挂在墙上的星图,不停拨弄着指针。

"嘿。"

折田头也没抬,反问道:

"怎么样,壮观吧?"

尧不再作声。他相信那肯定非常壮观。

"放假了，我要回老家了，所以想着过来看看。"

"已经放假了啊。我这次就不回去了。"

"为什么？"

"不想回去。"

"家里怎么说？"

"写信告诉他们了。"

"你是要去旅行什么的吗？"

"不，不是的。"

折田瞟了尧一眼，没有继续问下去。两人接着又聊起了同学、学校等久未谈论的话题。

"最近学校把之前烧坏的教学楼给拆了。有一天，一个工人拎着鹤嘴锄爬上了烧塌了的砖墙……"

折田模仿着工人骑在墙上挥舞鹤嘴锄的动作。

"然后他就在那儿不停地用鹤嘴锄敲墙。敲得差不多了，然后跑到一个安全的地方咣地再给墙一下子。这么着，一大堵墙轰的一下就倒了。"

"是吗？真有意思。"

"可不是嘛，大家都在那儿看。"

尧和折田聊着天，不停地喝着茶。但只要他看到折田端着自己平时用的茶碗，他就会心不在焉。他越来越忧心忡忡。

"你用肺病病人的茶碗不害怕吗？咳嗽一次就会传播很多

细菌。——如果你不在乎，我可要说你缺乏卫生概念了，但如果你是怕伤了我的感情，那我觉得你这种敏感就有点小孩子气了。——这就是我的想法。"

说罢，尧也不明白为什么自己要说这番话。折田又瞟了瞟他，但没有开口。

"有日子没人来了吧？"

"有日子没人来了。"

"没人来，把你变得偏激了吗？"

这回轮到尧沉默了。不过，这样的谈话却让尧莫名感到一种快乐。

"倒不是偏激。不过最近我的想法确实有些改变。"

"是吗？"

尧把那天发生的事情告诉了折田。

"我那时候实在冷静不下来。对于我来说，冷静不是毫无感觉的，它是一种触动，一种痛苦。但是我的人生偏偏就是要我冷静地看着自己的肉体、看着自己的生活走向毁灭。"

折田沉默着。

"我想可能我的生活彻底完蛋了以后，我就能真正冷静下来了吧。'落叶深深水底岩'[①] 呐……"

---

[①] 水底の岩に落ちつく木の葉かな。这是内藤丈草的名句之一。

"活脱脱一个内藤丈草①……哎,看来我真是好久没来了。"

"瞧你说的……可是这种想法会让自己孤独啊。"

"我认为你说要换个地方这个想法挺不错。那么到了正月,家里人让你回去,你也不打算回去吗?"

"不打算回去。"

那是一个难得的无风安静的夜晚。这样的夜晚也不会发生火灾。两个人说着话,屋外不时传来微弱的像是哨音一般的声响。

夜里十一点,折田已经回去了。临走之前,他从钞票夹里取出两张乘车优惠券递给了尧,说道:

"省得你再跑一趟学校了。"

## 六

母亲来信了。

——你那里一定是出事了。我已经拜托正月赴京的津枝去看望你。请你做好准备。

因为你说不回来了,所以我给你捎去了春装。今年

---

① 内藤丈草(1662—1704),江户时代的著名俳人,是松尾芭蕉的弟子,"蕉门十哲"之一。其句风闲寂,多吟咏身边杂事,追求诗禅一致之道。

给你做好了衬袄，衬袄是穿在外衣与汗衫中间的。不要贴身穿。

津枝是母亲老师的儿子，大学毕业后当了医生。以前有段时间，尧曾把他当作自己的哥哥。

近来，尧在附近散步时常常会遇到母亲的幻象。啊，妈妈！定睛一看却是陌生人，这让他感到很奇怪。——好像嗖的一下就变了。有时，他仿佛看见母亲就坐在自己房间里，等他赶忙回到住处，却发现是母亲的来信。原来要来的人是津枝。尧的幻觉就这样消散了。

尧走在街上，感觉自己就像一个敏感的水平仪。他发现自己的呼吸越来越急促。回头望去，果然那段坡道的斜度格外大。他停下脚步，剧烈地喘气，肩膀跟着一抖一抖。这一阵束手无策的窒息，是那令人痛苦的硬物感从他的胸中消失所要经历的一个必然的过程。呼吸平稳下来之后，尧再继续向前走。

是什么在驱使他前行？是那天边即将落入地平线的太阳。

他已经无法忍受那日复一日消失在洼地旁边那栋灰色西式木屋后面的冬日。当窗外的风景渐次没入苍茫的空气之后，它们就不再单纯是太阳的影子，此时它们这种影子被称作"夜晚"。当他意识到这个问题的时候，顿时莫名其妙地焦躁起来。

"啊，我要看壮观的落日！"

他走出家门，去搜寻适合远望的场所。岁末的街上到处都可以听到捣年糕的声音，花店门前也摆上了梅花和福寿草的盆栽。当他茫茫然不知所归的时候，这张风俗画渐渐变得美丽了起来。他走上了一条自己从未走过的路——那里磨米的妇女、喧哗的孩子都会让他驻足观看。但是不管走向哪里，哪里都有屋檐巨大的剪影，都有挂着晚霞的梢头。每一处景象，都会让他那怅惘的心里映出即将落入远方地平线下的夕阳。

被阳光充盈的空气几乎紧贴在地面上。他那未实现的愿望时常会让他幻想出一个登上高高的屋顶、向天空张开怀抱的男人。男人的指尖触碰到那空气。——他还幻想出这样一个瞬间：充满氢气的肥皂泡把街道和一个面无血色的人托上天空，这时空气中突然幻化出一道七色的彩虹。

碧空中，一朵朵浮云被夕阳点燃。那熊熊火焰也同样升腾在尧那颗未尝满足的心里。

"美妙的时刻为何如此短暂？"

他从未有过这种缥缈无常的感觉。燃烧的云朵也渐渐地化为灰烬。他已经停下了脚步。

"覆盖在那片天空上的影子究竟来自地球的哪一边？追不上那片云彩，今天也就看不到太阳。"

突然一阵沉重的疲劳感向他袭来。在这陌生的城镇，陌生的街角，尧的内心永远告别了光明。

# 黑暗之书

## 一

我和一位年轻母亲走在村里的街道上。她是我弟弟们的母亲。她一袭紫衣，从她身上我能看到许多不同的女性。第一，她给我的感觉仿佛她是我的女儿。她常常给我讲述她父亲因为命途多舛而对她恶言恶语的往事，我一边听一边想象着她年少时的样子，想着想着就落下了眼泪，最后我常常会陷入一种幻觉，仿佛我就是她曾经的父亲。其次，她还会让我觉得自己有时是她的哥哥，有时则是弟弟。而当我仰望天空或是眺望大海的时候，总会在脑海中描绘出我们成了姐弟或是兄妹的那个时空。

街上的燕子都飞走了，房檐上悬挂着用草绳拴着的辣椒。照射在刚换过和纸的白色拉门上的孱弱阳光宣告冬天来了。在一排房屋前面，我们停下脚步。散步者的本能让我们从这里极目远眺。

被远山一分为二的溪流在我们眼前交汇。斜阳之下，环绕溪水的群山一面是幽暗的阴坡，另一面是明亮的阳坡。阳坡之上，杂树交织错落，层林尽染，分外醒目。覆盖山峦大部的杉树林则放大了阳光的阴影。地处阴影之中的溪流被赋予了死一般的寂静。

"哎呀，柿子已经这么红了。"年轻的母亲说道。

"你看远处那棵柿子树，就像开了一树柿子颜色的花呢。"我说道。

"是的呀。"

"我眺望远处的东西时，一般都会把它们当成花。这样看起来会更美。仿佛还能闻到一股缥缈的香气，很像是紫玉兰。"

"你一直都是这样。我觉得柿子是柿子树最好的部分。因为可以吃。"她莞尔一笑。

"不过那些可都是涩柿子。要拿来做柿饼的。"我也笑了。

柿子树旁郁郁葱葱的柚子树上已经能看到一些黄色的果实了。

与在阳光下成熟的柿子相比，那些映入眼帘的黄色果实却带着一种令人精神为之一振的冷峻。柚子树的周围是山间的一小块平地，上面晾晒着收割后的稻子。旁边便是桑树田，阳光洒在那些刚遭受霜冻、仍栖息着秋蚕的桑叶。从桑树田沿着斜坡向上，便能看到被杂树和茅草覆盖的雄伟的半山腰。沿着山麓有一条羊肠小道。这条路很快便通向幽暗的杉树林之中，从开阔的平地和明丽的斜坡之间穿过，是一条让人浮想联翩的道路。

"你看那边。"我指给她看。只见杉树林中走出了村里的一个姑娘，她背着背篓，也走上了那条路。

"刚才不是有个人走到那条路上了嘛。你猜她是谁？她就是昨晚来浴场的那个姑娘。"

我想看看年轻的母亲有没有提起兴致。可是那美丽眼睛里依然黯淡无光。

"我每次到这里来都会眺望那条路，看从那里经过的行人。我感觉那条路很神奇。"

"哪里神奇呢？"母亲的眼神似乎在告诉我，我这种喋喋不休的腔调让她很难受。

"要说哪里神奇，是这么回事，就好比是用望远镜看远处的人。然后你不但能看到这个身在远处而且你一无所知的陌生人的神态动作，甚至还能看出他的所思所想。都是一个道理。当我看着那条路上的行人，我会不由自主地萌生这样一个观点：那条路会暴露人的命运。"

背着背篓的姑娘已经走到了路的尽头，走进了树叶落尽的核桃枝间。

"你看。如果没有人，那条路也就无从被人得知。从这个角度来看，其实是它在等待着行人。"

我凝视着那条路，感觉我的胸膛里塞满了不可思议的热情。

父亲的妻子，我的女儿，美丽的母亲，身穿紫色和服的人。种种痛苦的表象把我的心搅和得一塌糊涂。忽然，我转过头去对母亲说道：

"我们去那条路吧。去那条路吧。不知道我们看上去是什么样子。"

"好吧，我们去吧，"她仪态大方地说道，"但是我们会在谁的眼中变得那么小呢？"

我生气了，粗声粗气地叫道：

"啊呀，这种事还算个事吗？"

而后我们从街道这边出发，沿着一条闪电形状的小路向溪流走去，但这简直是丑态百出！我彻底打消了到那条路上去的念头。

# 苍穹

晚春的一个午后,我在村里沿街的土堤上晒太阳。一片巨大的云彩纹丝不动地挂在空中。那片云的底部呈现出淡紫色的阴翳。那庞大的容积和那淡紫色的阴翳,为这片云平添了几分渺茫的悲哀。

我正坐在村里公认的第一大开阔地的边缘。在这个村子里放眼望去,基本都是山岗和溪流,无论向哪里望去,地势无不是起伏不平。风景无时无刻都不能跳出重力法则。而变幻莫测的光与影总会让身处溪涧的人忐忑不安。在这座村子里,想要放松心情,莫过于整日在溪涧之上那阳光明媚的平地举目四望。于我而言,这种终日令人大饱眼福的风景会勾起心中戚戚的思乡之情。在我的想象之中，这里是食莲者①居住的、永远都是午后时光的国度。

云横亘在位于这片平地正前方边缘的山上。山上杂树丛生，时时刻刻都能听到杜鹃的啼鸣。山麓处的水车闪闪发光，看上去似乎一动不动，晚春暖融融的阳光普照山林，四处洋溢着静谧而慵懒的气息。而云彩仿佛是在哀叹这种安逸的不幸。

我把目光投向溪流。眼前是从这座半岛中心的群山之中分流出来的两条小溪的交汇处。一座山像楔子一样矗立在两条溪流中间，另一座山则像屏风一样立在溪流前方，在两座山峰之间，一条溪流的上游与宛如十二单衣的山麓褶皱重叠交织在一起。而在这条溪水的尽头，一棵巨大的枯木耸立在山峦之巅，而观山的激情也因此而更为高涨。每天，太阳都会跨过两条溪流，落在那座山的背后，但是刚过午时的太阳只渡过了一条溪流，矗立在溪流之间的山的这一侧是一片死寂的阴影，格外引人注目。三月中旬，我时常看见满山的杉树林中冒起林火一样的烟。其实那是只有在日朗风清的日子，在温度湿度配合得天衣无缝的情况下，杉

---

① 食莲者（Lotus-eaters），在传说中生活在非洲北部的某个岛上，以莲花的果实为食。这种果实具有强烈的催眠作用，吃了后能忘却烦恼忧愁，陷入浑浑噩噩、乐不思蜀的状态。在荷马的《奥德赛》中，奥德修斯派遣三名水手探索食莲者的家园，但他们吃了果实后失去了要返回的念头，奥德修斯因此只好将他们强行带回。此词后来常被用于比喻浑噩度日的人。

树林才会同时扬起的像烟雾一样的花粉。而今已经完成授粉的杉树林的上方只有一片稳重的褐色。新芽像煤气气体一样笼罩在绿色的山毛榉和橡树上，已然显露出初夏的气息。每一片绿意渐浓的新芽投下的煤气气体那样的梦幻早已消散。唯余溪涧之间密密层层、枝繁叶茂的栲树，不知这是它们第几次被新芽的黄色花粉撒满全身。

我的目光在这片风景上徜徉，当分隔两条溪流的杉树山上源源不断的雾霭向这边涌来，透过淡淡的雾霭，万里晴空一览无余，视线便不知不觉地就被吸引过去。涌动的云气眼见着在空中弥漫开来，在阳光下熠熠生辉。

新的云气在不断升腾，缓缓地在空中旋转，与此同时，每次云卷云舒，云的边缘部分都会不停地融入蓝天之中。没有什么比云的这种变化更能唤醒人心中无以言表的深沉感情。为了看清这种变化，我的目光沉溺于那无穷无尽的升腾与消散，在无休止的反复中，一种近似于光怪陆离的恐惧感的情绪逐渐在胸中激荡。那感觉如鲠在喉，那感觉渐渐让身体失去平衡，我想倘若这种状态持续得更久一些，当到达某个极点之后，我的身体恐怕就会坠入万丈深渊。如同是烟花上装饰的纸人，身体的每个部分都瘫软无力。

我的目光逐渐和云气交汇，人也被卷入那种情绪当中。这时不可思议的景象突然出现在我的眼前。我发现向外喷涌云气的地方,并不是影影绰绰的杉树山顶,而是更远的地方。起初只是薄薄的一层云雾,看着看着便展现出巨大的身姿。

我忽然萌生一种神奇的猜想,莫非空中还存在着某种像山一样隐隐约约的东西?这时我心头灵光一闪,想起了某天深夜在村里的经历。

那天晚上我走在漆黑的街上,没有打灯笼,沿途只有一户人家,在伸手不见五指的黑暗里,那家的灯就好似从窗洞中看到的户外风景。那家的灯光照在街道上。忽然灯光里有个人影一闪。也许只是一个和我一样走路没打灯笼的村民。我并没有觉得那个人影有什么怪异之处,我一直目不转睛地盯着那个人影,直到他消失不见。照在他背后的光芒也渐渐消散,化为视网膜上的残影和黑暗中的想象——然而这种想象却戛然而止。这时我便对无边无际的黑暗有了一丝战栗。一想到自己也会像那个影子一样,按照那种绝望的次序消失在黑暗之中,心里就有一种莫名的恐怖和亢奋。

当这段记忆掠过我的心头,我恍然大悟。云起云落的地方在哪里?既不像看不见的山峦,也不像匪夷所思的海角,而是虚无!光天化日之下,它填满了黑暗。我感到了极大的不幸,仿佛眼睛失去了光明。当我凝望着这个季节云雾缭绕的蔚蓝天空,看得越久,我所能感受到的就越只剩下黑暗。

# 引水竹管的故事

我出门散步有两条路。一条是临溪的街道,另一条是从路边穿过架在溪流上面的吊桥,通向山里的山路。街道视野开阔,但是人走在这条路上常常会分心走神。相比之下,山路虽然幽暗,但让人心情平静。而走哪一条路,则完全取决于我当天的心情。

不过,为了讲述接下来的这个故事,我只能选择山路。

越过吊桥,沿着山路步入杉树林深处。杉树的树冠遮天蔽日,以致这条小路常年阴冷潮湿。如同是在哥特式建筑群中穿行,寂静孤独之感扑面而来。我的目光不由自主地落在脚下。路旁生长着各种各样的树苗、苔藓和蕨类植物。走在这条路上,这些低矮幼小的生命会让人产生莫名的亲近感——仿佛置身于一个他们即将要互倒苦水的童话故事之中。绿油油的小径上,一些裸露的红土地在雨滴的击打之下，恰似被风化侵蚀后瘦骨嶙峋的岩石。每一座斧劈刀砍的峰顶上都承载了一块小石头。太阳并不是完全照不到这里。阳光透过树枝间的缝隙，变得像烛光一般微弱，斑斑驳驳地映照在小径和杉树的树干上。我走在路上，头和肩膀的影子在这样的光线中时隐时现。其中一些落在草叶上的影子浅得令人难以置信。我尝试着举起手杖，连上面的毛刺都看得一清二楚。

在知道有这样一条路以后不久，我怀揣着某种期待，难抑紧张的心情，不时便会来这片幽静当中走走。我的目的地是杉树林中那个无时无刻不向山路吹来风的地方，那风宛如冷库一般寒冷。树林深处有几分昏暗的地方伸出一根古旧的引水竹管。侧耳倾听，只听得曲径通幽之处传来潺潺流水声。这水声便是我期待的。

究竟为什么我会陶醉于这水声？一天，我的心情格外沉静，于是乎当那澄澈的声音传入我的耳朵，我突然领悟了其中所蕴含的不可思议的魅力。后来我渐渐发现，每当我聆听着那美妙的水声，就会感到周围的风景出现离奇的变化。漫山遍野的芒兰花蕊萎缩，花香消散，杉树的根部没有一处不是阴暗潮湿。再看那根引水的竹管，也不过就是横躺在这一带的一个枯朽之物而已。我的理性告诉我，清透的流水声就来自竹管，但是当我凝神倾听片刻，听觉和视觉顿时分道扬镳，不仅会产生错觉，心里还会装满让人不明所以的魅惑。

当我注视鸭跖草的蓝色花朵时，也有过非常相似的感觉。它那种与草丛的绿极易混淆的蓝色，具有一种说不清道不明的诱惑力。我很干脆地断定，这种感觉是鸭跖草的花朵与水天一色而造成的一种错觉，而看不见的水声却也酝酿出了与之相通的诱惑。

动荡的感觉就像一只在枝头闪转腾挪的小鸟，让我坐立不安。海市蜃楼一般的虚无缥缈又让我悲从中来。而神秘却越发不得其解。在将我团团围住、无法挣脱的阴郁之中，神秘犹如幻听般发出呼号。转瞬即逝的闪光照亮了我的生命。每到这个时候，我都会感慨不已。但这不是因为我被永恒的生命所迷惑。而是因为我不得不凝视眼前深深的绝望。真是大错特错！我就像是一个看东西看出重影的醉鬼，不得不从同一个现实中看出两个表象。一个闪耀着理想的光辉，另一个则背负着绝望的黑暗。而当我试图看清它们的时候，它们却又合二为一，重归于乏味的现实。

只要不下雨，引水竹管很快就会干涸。而我的耳朵也会在某些日子里变得格外迟钝。有花开便有花谢，不知从何时开始，引水竹管的神秘也渐渐地烟消云散了，我也不再在它的旁边驻足。不过，每当我漫步登山经过这里，仍然禁不住去思索自己的命运。

"乏味是永恒的困境。生命与绝望如影随形。"

# 冬蝇

冬蝇是什么样子？

步履蹒跚，手指靠近也不跑。你以为它飞不起来了，其实还飞得动。它们究竟是在哪里失去了夏季的那种跋扈自恣和令人憎恶的闪转腾挪的呢？黑乎乎的，褪去了鲜亮的颜色，翅膀也萎缩了。当初因塞满了肮脏的内脏而鼓鼓囊囊的肚子，也变得像纸捻一样瘦削。沦落至斯的它们用一种颓丧的姿态，一动不动地匍匐在我们不曾注意的被褥上。

从冬天到早春，人们会不止一次地见到这样的苍蝇。这便是冬蝇。我现在正准备为这个冬天栖息在我房间里的它们写一篇小说。

## 一

冬天来临，我又开始晒日光浴了。因为这家温泉旅馆坐落于溪涧边，阳光常常被树荫遮蔽。太阳升起之后，溪边的风景要过很久才会沐浴在阳光下。直到十点左右，被溪流对面的山峦遮挡住的阳光这才终于闪耀着照到我的窗户上。我推开窗户，抬头仰望，只见牛虻和蜜蜂的光点在溪流上空往来穿梭。无数条白晃晃的蛛丝弯成弓形向外飞去（蛛丝上竟然还有仙子！那是乘着蛛丝、即将飘向溪流对岸的蜘蛛）。昆虫，昆虫。尽管已是初冬，它们似乎依然遍布天空。阳光染红了橡树的枝头，很快像白色水蒸气一样的东西从枝头袅袅升起。是霜融化成水，水又蒸发了吗？不对，那也是昆虫。是成群结队、微若尘芥的小飞虫。阳光照在它们身上一如白雾。

我半裸着身体，在敞开的窗户下晒太阳，同时眺望着溪流上空，那里像百舸争流的内海一样热闹非凡。这时，它们来了。它们从我的房间天花板上飞了下来。它们在背阴处没精打采，可一到太阳底下，精神头立刻就恢复。有的趴在我的小腿上，有的伸出两只前肢不停地搓动，有的晃晃悠悠地腾空而起，在半空中相互缠绕着飞来飞去。望着它们对阳光的向往，不由得心生怜惜。总之，只有在阳光下它们才会露出嬉戏一般的表情。而且只要阳光还洒落在窗户上，它们就不会离开那里一步。日沉西山之前，它们都会一直追随着阳光玩耍。总感觉它们在模仿我这个病人，绝不会踏出这个屋子半步，即便牛虻和蜜蜂正在那里欢腾地飞着。多么顽强的"生的信念"！纵然行将干瘪而死，它们也没有忘记要在阳光下交配。

晒太阳的时候观察它们,是我每天的必修课。出于些许好奇和一种亲昵的感情,我从来没有杀死过它们。而且现在这个季节也没有夏天那种凶猛的捕蝇蛛。可以说它们没有天敌的威胁。然而它们每天都会死去一只两只。死因只有一个:牛奶瓶。我喝完牛奶之后就会把瓶子放在太阳地儿。于是每天固定会有几只能爬进去但是爬不出来。它们拖着沾着牛奶的躯体,沿着瓶子内壁向上攀爬,然而无论再怎么努力,气力耗尽的它们都会在中途滑落下来。偶尔我会在这个时候观察它们,我感觉到了"差不多该掉下来了"的时候,再看时它们就已经是一动不动了,仿佛在说"啊,我要掉下去了",然后果不其然地掉落瓶底。看到这一幕多少会有些于心不忍。不过由于我身心倦怠,也无心帮助它们。它们就这样被女佣收走。我更不会去提醒她盖上瓶盖。而次日,又会有一只苍蝇钻进去重蹈覆辙。

想必此时"与苍蝇一起晒太阳的男人"一定浮现在了读者诸君的眼前。写完了日光浴,我就要写下一个情景了——晒着太阳但又憎恶太阳的男人。

这是我在这里的第二个冬天。并不是因为我喜欢住在这个山谷。我恨不得早点回到城里。可就这样想着想着,我在这里度过了两个冬天。"疲劳"无时无刻不羁押着我。每当我想起城市,"疲劳"就会在大街小巷涂满绝望。从来都是如此。而我第一次在心中确定下来要回城看看的那个日期，早已成了渺远的过去，消失得无影无踪。而当我在晒着太阳，不，尤其是当我在晒着太阳的时候，我满脑子都是对太阳的憎恶。太阳注定不会让我活下去，却总是用让人神魂颠倒的生的幻象来蒙骗我。啊，我的太阳！这就像是一段始乱终弃的感情，令我恼火不已。我分明穿着一件肥大的皮袄，但它像紧身衣似的裹挟压迫着我。我像个疯子一样痛苦挣扎，想要把它撕开，让自己从那会杀死我的严寒中获得自由。

这种情绪给我沐浴阳光的身体带来了生理上的变化——剧烈的血液循环，还有随之渐渐麻木的头脑——这个原因确实存在。它既是缓解我内心尖锐的悲伤、让我心情舒畅温暖如春的快感，同时也让我苦闷不堪、心中不悦。患病之人在晒完太阳之后会被那难以形容的身心俱疲彻底打垮，或许正是这种痛苦孕育了我对太阳的憎恶。

然而我的憎恶不止于此，太阳对风景产生的效果——视觉效果——也诱发了我的憎恶。

那是我在城市里最后的时光——临近冬至——每当阳光从窗外的风景上渐渐消逝，我都无比留恋。我眺望着笼罩着风景的黑暗，心中悔恨和焦虑的心情犹如翻涌的墨汁。然后，我按捺不住想要看落日的心情，慌慌张张地在那视线不佳的街道上徘徊。如今的我已经没有了那种留恋。我不否定阳光下的风景所象征的幸福的感情，只是这种幸福伤害了我。我恨它。

　　溪流对面的杉树林覆盖了整个山谷。我总能通过那片杉树林感受到太阳光线的虚假和欺骗。白天，阳光普照，那些杉树看上去就只是一堆堆杂乱的树丛。而到了黄昏，映照在杉树上的光线变成了反射光，杉树林随即层次分明。一棵棵杉树肃穆而立，似乎神圣而不可侵犯。白天感觉不到的地方此时纷纷在杉树林间出现。一个红色的果实挂在溪边橡树、栲树等常绿乔木簇拥着的一棵光秃秃的落叶树上。那颜色在白天看起来死气沉沉，就像蒙了一层白灰，而黄昏时分就会散发出鲜艳夺目的光彩。本来事物的色彩就不是一成不变的，不能称其为"欺骗"。但是直射光线有失偏颇，它会让某个事物的颜色打破周围其他颜色的和谐。除此以外还有全反射。在向阳处的对比之下，背阴的地方就变成了黑暗。这是多么的混乱而复杂。所有的这些现象共同缔造了"阳光下的风景"，包含了情感的懈怠、神经的麻痹和理性的欺骗。这便是它所象征的幸福。或许这也是人世间所有幸福的必要条件。

　　和过去正相反，如今我守候的却是给溪涧带来寒冷和沉沦的黄昏——那遵规守纪、只在地面驻足片刻时光的黄昏。太阳落入地平线之后，路上的水洼反射着天空投下的光线，亮闪闪地泛着白光。即使人无法从这风景中感受到幸福，那风景也能清洁我的双眸，净化我的心灵。

　　"烂俗的阳光！趁早消失吧！就算你给风景倾注再多感情，

让冬蝇再怎么活跃,也别想愚弄我!叫我晒太阳的人都是信了你的邪,我唾弃他们,下次见到医生我要向他提出抗议!"

我晒着太阳,憎恶越来越强烈。然而这又是多么顽强的"生的信念"啊。冬蝇永远不会放弃阳光下的快乐。被困在瓶里的家伙也一刻不停地重复着攀爬、坠落、坠落、攀爬。

日暮渐渐西沉。太阳藏到了高大的栲树后面。直射光变成了凄然的散射光。让它们的影子和我小腿的影子都呈现出了不可思议的亮光。我裹着棉袍,关上了玻璃窗。

午后,我决定看书。它们又来了。在我看的书旁飞来飞去,我翻书的时候它们总是会被书页夹住。它们逃跑的速度就是这么慢。逃得慢也就算了,一张纸那么轻,它们竟然像被房梁压住了一样仰面朝天拼命挣扎。我没想弄死它们。在这种时候——尤其是在吃饭的时候,它们孱弱的腿脚给我制造了麻烦。当它们来到我的饭菜旁边,我在用筷子驱赶它们的时候必须要小心翼翼,动作稍微快一点就有可能弄脏筷子头,甚至一筷子把它们压扁。但即便如此,也还是发生过被轰到一边的苍蝇掉进汤里的情况。

每天最后一次看到它们,都是在我晚上上床之后。它们都贴在天花板上,一动不动,像是死了一样。——当虚弱的它们在阳光下嬉戏时,给我的感觉就好像它们那是死而复生。有时已经死亡数日、内脏都干透了的苍蝇还会在灰尘中翻滚几下,不由得让人惊诧,难道这也能复活不成?当然不能,但它们的外表能够支撑起这种想象。它们现在就一动不动地待在天花板上。真的就像死了一样。

我躺在枕头上,仰望着天花板上好似幻象的苍蝇,这时我的心中总会弥漫起一种深夜的寂寥。有些夜晚,我是这家坐落在萧瑟的溪涧里的旅馆的唯一客人。所有房间都黑着灯。夜色渐浓,我感觉自己像是身处一片废墟之中。在我荒凉的幻想中会浮现出这样一个无比清晰的场景:一个溪边的浴池,带着深夜里大海的芬芳,池中充满了清澈见底的热水。这个场景让我身处废墟的感受越发强烈。——看着天花板上的苍蝇,我从心里感受着深夜。我的心潜入了夜的深处。那里有一个亮着灯的房间,是我的房间。——孤独与我相伴,我回到了苍蝇停留在天花板上、像死了一样一动不动的我的房间。

火盆里火势渐弱,玻璃窗上凝结的雾气从上至下渐渐消失。我看到那窗上滑落的水纹里,有酷似鱼子的忧郁的形状。去年冬天,消散的水蒸气也曾在无意间描摹出了这样的花纹。地板一角堆放着蒙了一层浮土的药瓶,有几个已经空了。身心俱疲,犹豫不决。我病中的忧郁是不是已经传染给了栖息在我房间里的冬蝇?这一切究竟什么时候才是个头?

一想到这些事,我就夜不能寐。睡不着的时候,我就会想象军舰的入水仪式。然后一首一首地默读《小仓百人一首》,思考每一首和歌的含义。最后,幻想所有我能想到的残忍的自杀方法，这样慢慢地就有了睡意。就在这空荡荡的溪涧旅馆的一个房间里。就在这苍蝇贴附在天花板上、像是死了一样一动不动的房间里。

## 二

那是晴朗而温暖的一天。午后我到村里的邮局寄信。我走累了。一想到之后还要沿着溪谷走三四条街才能回到住处，我就打退堂鼓了。这时一辆公共汽车经过。我一看到它就不自觉地招了招手，上了车。

这车一看就是去农村的车。坐在昏暗的车厢里乘客统一目视前方，满满一车都是货物，连挡泥板和台阶上也不例外，都用麻绳固定在车身上。——这些特征都表明这就是接下来要爬坡三里地下坡三里地、然后再走十一里地的平道、终点是半岛南端港口的那趟车。我坐的就是这样一辆车。我坐在上面似乎有些格格不入。我只不过是去了一趟村里的邮局，回来的时候走累了而已。

太阳已经偏西。我放空脑袋。汽车的摇晃似乎赶走了我的疲劳，我感觉很舒服。正好是村民们背着背篓下山的时候，几个熟人好几次躲开了汽车。这时我渐渐对"意识漫游"产生了兴趣。然后我的疲劳就慢慢变成了其他东西。汽车又开了一会儿，便看不到村民了。汽车行驶在树林之中。太阳落山了。潺潺的溪水声渐行渐远。古老的杉树林廊绵延不绝。冰凉的山风沁入肌肤。客车像是一把女巫的扫帚,把我带到半空之中。这时要带我去哪儿?驶出隧道,就到了半岛南部。我返回村庄和去附近的温泉都要经过那条三里长的下坡路。到那里以后,我叫停了车。然后沿着薄暮笼罩的山间小路向山下走去。我为什么这样做?我的疲劳知道原因。我自嘲道,我这是把自己孤零零地遗弃在了这远离人烟的山里。

松鸦好几次从离我很近的地方飞出,吓我一跳。道路既昏暗又曲折,走了半天也没见到开阔地。就这样天渐渐黑了,我心里充满了不安。屡次从我身边飞出的松鸦靠近过来,用它那庞大的身板吓唬我,随后掠过树叶凋零的榉树和橡树的枝杈飞远了。

终于山谷出现在了我的面前。这覆盖着像细胞一样密密麻麻的杉树的山谷,是多么的雄伟啊!远方的雾霭中是一条条静止无声的小瀑布。令人头晕目眩的谷底匍匐着一道粗圆木铺成的栈道,闪动着凛冽的白光。太阳沉入溪谷对侧的山脊。静谧笼罩了整座山谷。万籁俱寂的氛围赋予了那原本就如梦似幻的山谷风光更丰富的梦幻色彩。

"不如就坐在这里等候夜色降临,就让内心的忐忑不安放纵一次。"我心想。可是转念一想,旅馆说不定还在等我回去吃晚饭。一时间我也不知道今夜将何去何从。

我想起了我那忧郁的空荡荡的房间。在房间里,每到晚餐时间我都要经受发烧的折磨。我和衣钻进被窝，可是依然很冷。我打着寒战，头脑中想象着浴池。"现在要是能泡个澡该有多好啊。"我走下台阶，向浴池走去。可是想象中的我绝对不会脱掉衣服的。我穿着衣服浸入浴池。接着我的身体失去了支撑，咕咚咕咚地沉入池底，像一具溺水的尸体一样躺在那里。我总是一边幻想着这样的情形，一边在被窝里等待潮水一般寒战的退去。

四周渐渐变暗。太阳落山后，像水一般清澈透亮的星星出来了。冻僵的手指夹着一支香烟，香烟头的火光给黑暗增添了一丝色彩。这火光在浩瀚的黑暗中显得是那么孤单。除了这一点光亮，再看不到一盏灯光，山谷的黑夜降临了。寒气慢慢潜入我的身体，到达了平时到不了的深处，任我把手揣在怀里也无济于事。然而，黑暗和寒冷却给予了我勇气。我暗下决心，接下来我要沿着那条三里长的路走去温泉。一种步步紧逼的、类似于绝望的东西刺激了我内心残酷的欲望。疲劳和倦怠一旦变成了这种东西，那么最后，我只能沦为它的牺牲品。四周被黑暗吞没，我终于站起身来，这时一种与有光亮时截然不同的感觉笼罩着我。

我在山间阴冷的空气中摸黑前行，身体丝毫没有因为我的活动而变暖。有时我还能感觉到空气轻轻拂过脸颊。起初我以为这是身体在发烧，或是身体在极寒的天气中出了什么问题。但是走着走着，我发现那是道路上残留着的白天太阳的余热。于是我似乎在冰冷的黑暗中也能清晰地看到白昼的阳光。伸手不见五指的黑暗让我产生了异样的感觉。那就是，我有充分的理由相信，掌灯之后，或者说是在灯光之下，号称文明开化的我们才能真正理解黑夜。虽然身处黑暗，但是我感觉它和白昼别无二致。藏青色的夜空中星光闪烁。就连认路的方法也与白天一模一样。白天洒在路上的余热让这种感觉更加强烈。

我身后突然传来一阵类似风的声响。一束光唰的一下照了过来，路上的小石子投下犬牙交错的影子。一辆汽车绝尘而去，完全没有注意到正在躲避的我。我愣了一会儿神。循着车灯，能看到汽车飞快地驶向山谷。远远看去，与其说是一辆飞驰的汽车，倒不如说是一团安装了车头灯的黑暗在向前奔涌。它像梦境一样消失之后，我又被冰冷的黑暗所包围，饥肠辘辘的我怀揣着黑暗的热情再次启程。

"这是多么令人痛苦而绝望的风景。我正走在我命运的四围之中。这就是我心灵的本来模样，在这里我感受不到那种在阳光下的欺骗。我紧绷着神经面向前路，这一刻我感觉到了坚定的意志。这是多么令人愉快。刑罚一般的黑夜，让人皮开肉绽一般的严寒。只有置身其中，我的疲劳才能感受到愉悦的紧张和新鲜的战栗。走啊，走啊，走到最后一刻！"

我残忍地鞭策着自己。走啊，走啊！至死方休！

那天晚上很晚的时候，我才拖着疲惫的身躯来到了位于半岛南端的港口码头。我喝了酒。但是我的心沉静似水，一点也没有醉。

空气中弥漫着浓烈的油和沥青的气味，还混杂着潮水刺鼻的咸腥。缆绳如同船沉睡时的呼吸，漆黑的海面上，波浪柔和地拍打着船舷，发出哗哗的响声，仿佛在为那些停泊的船哼唱着摇篮曲。

"有没有××先生？"

岸上传来一个娇媚的女声，打破了安静的空气。一艘一百多吨大小的汽船上挂着让人昏昏欲睡的灯光，船尾处传来含混的应答声，是个低沉的男低音。

"没有吗？"

我猜测那女人是个娼妓，专门做这座港口里船员的生意。我侧耳倾听那个回答的男低音，依然是用低沉的声音重复了那句含混不清的话，女人悻悻而去。

我面对着熟睡中的海港怀想这个一波三折的夜晚。我原以为三里地的山路早已走完，结果面前还是无穷无尽的山路。先是看见了山谷的发电站，过了一会儿又看见谷底两三个提着灯笼寒暄的村民。我觉得他们提着灯，很可能也要去温泉，于是乎心想温泉应该不远了。我打起精神，然而又是走了好半天。当我终于抵达温泉，和村民一起，把又冷又累的四肢泡在温暖的公共浴池里的时候，我的内心是那样踏实——这一晚的经历对得起"怀想"

这个词。然而这还不是结束。填饱肚子，心情放松之后，我内心充斥着的残酷欲望又命令我踏上了夜路。我战战兢兢地向着下一家二里地开外、我只是听说过名字的温泉走去。然后我便迷了路，不知如何是好，正当我蹲在黑暗之中，一辆晚归的汽车驶来，我好不容易叫住了它，随后我改变计划，来到了这座港口。接下来我该去哪儿呢？我仿佛有一种特殊的嗅觉似的，沿着水渠走到了一条花街。身上还挂着水草的船夫三五成群跟跟跄跄地走着，和那些涂脂抹粉的女人打情骂俏。我在那条街上来回转了两圈，最后走进了一家店。我给自己疲惫的身体灌入了温热的酒，但是没喝醉。为我斟酒的女人讲着秋刀鱼捕捞船的故事。她的臂膀很健硕，与船员相比也毫不逊色。另一个女人向我毛遂自荐，我付过钱，打听了港口的位置走了出去。

我眺望着近海旋转灯塔上那忽明忽暗的灯火，感觉像一幅漫长画卷一样的黑夜即将结束。船舷相互碰撞的声音，绷紧的缆绳的声音，还有让人昏昏欲睡的灯光，所有的一切都幽暗而静谧，勾起了我内心柔和的感伤。我是去找别的住宿，还是回到刚才那个女人那里？不管怎样，我那充满了憎恶的狂暴内心终于在这个码头平静了下来。在那里我驻足良久。我始终凝视着大海上的黑暗，直到那厌倦了的困意向我袭来——

我推迟了归期，差不多在那座港口附近的温泉待了三天。南边亮晃晃的大海的颜色和气味于我而言有些过于粗野。肮脏、平平无奇的平原风景很快就让我厌倦了。村里的风光已经成了我身体的一部分。山峦和溪流争芳斗艳，让我内心永不安宁。三天后，为了内心恢复平静，我回到了村子。

## 三

这几天身体每况愈下，不得不卧床休憩。我并没有什么遗憾，只是想到那些认识我的人如果听到我的情况，一定会觉得不好受吧。

就这样，有一天，我突然发现我的房间里一只苍蝇都没有了。这件事让我很震惊。我想了想，大概我不在的这段时间，这里既没有人开窗，也没有生火给房间取暖，所以让它们冻死了吧。我觉得应该是这样的吧。我平静生活的余荫是它们能够存活的条件。而在我逃离这个阴郁的房间、残忍虐待自己身体的这段时间，它们注定要死于寒冷和饥饿。这让我黯然神伤。倒不是为它们的死，而是因为我意识到或许我之所以能够活着，也是拜某个家伙所赐，而它也可以随时结果我的生命。我仿佛看到了那家伙宽阔的后背。这个新的想法刺痛了我的自尊心，并且让我的生活愈加阴郁。

# 乐器的幻觉

一年秋冬时节，一名来自法国的青年钢琴家运用法式传统技巧演奏了诸多乐曲。除了一些德国古典曲目，钢琴家还带来了很多常人只闻其名、却少有亲耳听过的法国作品。我去听的是数周内连续举办六次的音乐会，会场设在一家酒店的大厅，听众也不多，因此得以在幽静的环境里欣赏音乐。随着参加次数增加，我渐渐适应了会场，也习惯了周围听众的头和侧脸，有一种走进教室的亲切感。这种风格的音乐会很合我意。

那是这段音乐之旅临近结束时的一次晚会。那天我走进会场时，感到了从未有过的宁静和清醒。一节不落地听完了第一部长奏鸣曲。曲终，我感到自己完全沉浸在了这部奏鸣曲所表达的情感之中。我预感到，今夜必将难以入眠，而在失眠的辗转反侧中，我还将承受数倍于现在这种幸福的痛苦，但是这些丝毫影响不了这一刻我不能自拔的感动。

中场休息时，我向坐在远处的朋友示意，而后穿过人群来到室外。那时我和朋友都只是默默地抽着烟，没有对音乐做任何点评，我们彼此之间习惯性的各自沉吟的孤独感，莫名与那一晚那一刻无比般配。而我在沉默不语、心静似水之中，除了感觉到牢牢抓住我的那种强烈的感动，还有随之而来的一种近乎麻木的感觉。吐一口烟，吸一口烟，然后再静静地吐出。这一切总有一种"一如寻常"之感。——不论是被灯光映得通红的夜空，还是偶尔一闪而过的蓝色电火花……然而当我听到不知哪里有人用口哨轻佻地吹着刚才奏鸣曲中反复出现的一个段落时，我眼睁睁地看到自己内心生出了厌恶的尖刺。

休息时间还未结束，我便回到了座位，空荡荡的会场里坐着一个女人，我出神地望着她的脸，感到心情渐渐地平复下来。但很快铃声响起，人们重新落座，各就各位，此时我忽然有些不知所措。我的大脑仿佛冻僵了，即将演奏的曲目竟让我感到异常憋闷。接下来演奏的是多个近现代法国曲目。

演奏者那十根白皙的手指敲打着琴键，时而像奔涌向前拍碎泡沫的浪花，时而像左冲右突嬉戏打闹的家畜。它们有时仿佛摆脱了演奏者的意志，也游离在跃动的音乐之外。这时我的耳朵也会倏忽远离乐声，触碰到人们屏息凝神侧耳倾听的会场的空气。这种情况并不少见，只是一直没有注意，随着乐章渐近尾声，这种情形就越发明显。今晚明显不对劲，我心说。是我累了吗？不是。心里紧张得无以复加。我确实有在一曲终了、众人鼓掌时一动不动的习惯，然而这个晚上我却像是被人定在了座位上。会场内出现一次次起起伏伏的喝彩喧哗和鸦雀无声，当这些映照在我心中时，都仿佛变成了在一首漫长乐曲中穿插的聒噪。

不知道读者在童年时代有没有玩过这样一个荒唐的小游戏：当周围人声鼎沸的时候，用手指堵住两只耳朵，一会儿松开一会儿堵住，这样喧哗就会变成断断续续的"呜哇——呜哇——"的声音，而周围人们的表情也失去了任何意义。没有一个人会发现这个现象，也没有一个人会在意正沉浸其中的我——如出一辙的孤独感突然汹涌地向我袭来，就是在演奏者的右手轻轻地在高音区弹奏弱音的时候。所有人都为那微妙的琴声屏息凝神。这时，我便会从那彻底的窒息中苏醒过来，并为之大惑不解。

"真是不可思议，所有人都被石化了。如今就算那双白嫩的手在钢琴上演一出杀人的戏码，恐怕也不会有一个人叫出声来。"

片刻之前的鼓掌和喝彩宛若梦境。它们还清晰地萦绕在我的耳朵里，浮现在我的眼前。那般沸腾的人群居然能够如此安静——实在是咄咄怪事。而且没有一个人对此提出质疑，每个人都全神贯注地倾听音乐。难以言状的虚无缥缈浸入我的胸口。我眼前是无边无际的孤独。音乐会——包裹着音乐会的巨大城市——全世界……一首短曲结束，一阵秋风般的掌声喝彩声飘过。之后音乐再次在一片沉寂中响起。于我而言，一切都已经毫无意义。人们一次次的啧啧称赞和一次次的鸦雀无声都没有任何意义，如同幻梦一场。

伴随着最后的掌声，音乐会结束了，人们手拿外套和帽子起身离席，我被夹在人群中间，怀揣着病恹恹的寂寥之感，向出口方向走去。在快到出口的地方，一个肥头大耳、身着西装的男人排在了我的前面。我立刻认出了他，一位因热爱音乐而远近闻名的侯爵。而当他西服面料的气味撞击到我的寂寥，他那威风凛凛的形象顿时萎缩下来扑倒在地。我无意间对很多人的心灵犯下相同的罪行，这让我感到一种无法言说的忧郁，我加快脚步与在门厅等候我的朋友会合。那天夜里，我没有像往常一样和朋友去银座，而是只身一人走回了家。不出所料，我预感的失眠折磨了我好几个晚上。

# 山崖上的感情

一

那是一个闷热的夏夜。两名青年坐在山手町的一家咖啡馆聊天。从对话的状态来看他们似乎算不上是朋友。这里不同于银座，在局促的山手咖啡馆，一个孤身一人的客人想要凝视着邻桌来消磨时光并不是那么方便。这种不方便以及逼仄的环境营造出来的亲密感，往往会拉近客人之间的距离。而他们俩就像是这样一种客人。

其中一个喝啤酒喝得醉醺醺的青年，摇头晃脑，满不在乎地把胳膊肘撑在被杯底弄脏的桌子上，几乎从一开始就不住地自言自语。水泥地面的角落摆放着一台很有些年头的胜利牌留声机，被磨平了的唱片吱吱嘎嘎地播放着舞曲，让这里更加燥热难耐。

"说起来啊，当初我的一个朋友看我看得很准，说我生性放浪，一辈子打光棍。那个朋友会看手相，还是个西洋流派的，给我看手相的时候,说我手上有'所罗门的十字架'。说我这手相注定是孤独终老。我也不怎么信手相那一套,但当时听他那么一说我还是心头一紧,难过得不得了呢——"

醉态之下,这个青年的脸上浮现出片刻伤感的神情。他喝了一口杯中的啤酒,然后一饮而尽,接着说道:

"一个人站在那座山崖上,眺望着一扇扇敞开的窗户,我总能想起这件事。我就像一根没有根的浮草,在这个世上飘来荡去。而且总是不得不站在那样的山崖上去眺望别人家的窗户。这就是我的宿命,我总是这样想——但是,我更想说的是,人去眺望窗户,原本不就是被某种想法驱使着去做的吗?不论是谁,都会在某一刻突然被这种感觉牵着鼻子走。你怎么看,你有没有想过这些事?"

另一个青年看上去还很清醒。对于对方的喋喋不休,他虽然不太感兴趣,但脸上的表情依然沉稳,他侧耳倾听,随声附和。看到对方征询他的意见,他稍加思索,说道:

"这个嘛……我回想起来的都是与你相反的经历。不过我也能理解你的感受。我所说相反的经历,指的是当我看到窗户里的人,我看到的是这些人在浮尘中生活,每个人都有着未卜的命运。"

"没错。你说得太对了。不,应该是千真万确。我也有这种感觉。"

醉酒的男人的口吻似乎是对对方的话深有感触,他将剩下的啤酒一饮而尽。

"说得好。这么说来你也是一个窗户大师了。实话实说,我这个人啊,喜欢窗户都喜欢到心窝里了。我满脑子都在想这个事,要是我待的地方时时刻刻都能看见别人家的窗户,那该多带劲啊。而且我也想把我家的窗户敞开,让别人也能随时随地看见我,这也是一种快乐啊。像这样喝酒的时候,譬如说是河边的饭店之类的地方,桥上、对岸的人们能看着你喝,那是何等的快乐啊。'何忧之有',我作诗都是这样一句半句的,不过话说回来,我真是这么想的。"

"原来如此,听上去确实很快乐。真是优哉游哉。"

"啊哈。不不不,我刚才不是说了嘛,从那座山崖上能看见我房子的窗户。我的窗户紧挨着山崖,从我的房子里能看见的除了山崖还是山崖。我经常从窗户观察山路上的过客。山路本来就人迹罕至,就算有人打那里经过,也绝没有一个会像我这样停下来对着城镇看个没完。我实在是闲到家了。"

"劳驾,可不可以不放那张唱片。"正在倾听的青年对女服务员说道,她刚换上《Caravan》。"我顶讨厌爵士乐这种东西。想起来就讨厌,简直忍无可忍。"

女服务员默不作声地关掉了留声机。她梳着短发,穿着夏季的薄洋装。然而这身打扮却丝毫没有让人觉得清爽。反倒像是产自大陆的小白耗子一样，让人觉得有一种肮脏的异国色彩。传言说这家咖啡馆附近生活着许多身份卑微的洋人，而那些人经常出入此处。看来这个不太美妙的谣言多少得到了一些证实。

"喂，百合妹子，百合妹子。再来两杯生啤。"

说话的青年回头看了看相熟的女服务员，表情似乎是要帮她摆脱出言不逊的客人。随后他又说道：

"不过，我这个看窗户的兴趣里有着不可告人的欲望。通俗来说，这个兴趣的魅力就在于能够窥探到别人的秘密，但我的欲望还要更进一步，我想看别人的房事，说白了就是这么一档子事，就是这么一种特殊的癖好。但是我还没有真的看到过。"

"这么说还真像这么回事。听说行经高架线路的省线电车上就经常有这种偷窥癖出现。"

"是吗？这应该是一种病态吧。挺让人吃惊的……你有没有对窗户产生过这么强烈的兴趣？哪怕一次也算。"

说罢那个青年一言不发地盯着对方的脸，等待着回答。

"既然我谈到了那种偷窥癖，那么你就应该想到我对这方面多多少少有些了解。"

那个青年的脸上掠过一丝不快，但是对于这个回答他表情仍然很平静。

"这样呀。我呀，出于这种癖好，从山崖上看过一扇窗户。但是一次也没有真正看到想看的。实际上常常闹出乌龙。哈哈哈哈……我来讲讲我沉浸其中的时候是一种什么样的状态吧。我一刻不停地盯着那扇窗户，眼睛都不眨一下。由于看得太过认真，腿脚都站麻了。感觉自己摇摇欲坠，好像要从山崖上掉下去了。哈哈。到这时候我就有点半睡半醒的感觉了。这时候奇怪的事情发生了，我耳边传来人行走在山路上的脚步声。不过我觉得就算真的有人从旁边经过我也不在乎。但是，那个脚步声悄悄地向我靠近，然后正停在我的背后。可能是幻觉吧。我很有把握，那个蹑手蹑脚的人已经发现了我的秘密。接下来不知道他是要揪住我的衣领子，还是要把我推下山崖。我害怕得喘不过气来。但是我的眼睛依然没有从窗户上挪开。当时我就是一种一不做二不休的心态。另一方面我心里也很明白，这多半是我的错觉，所以才有这般胆气。但我总是想，万一我身后真有个人呢？挺奇怪的吧。哈哈。"

说话的男人越说越兴奋，这次他看着对方的时候，眼睛里浮现出一种自嘲式的，或许也可以说是邪恶意味的挑衅神情。

"我这番话是不是有点意思？现如今这种状态，反而比真真切切地看到别人的房事更让我兴致勃勃。要说为什么，这是因为我渐渐意识到，我盯着的那扇昏暗的窗户里，很可能没有我所想要的东西。然而当我聚精会神盯着那里看的时候，便会觉得我所想的东西近在眼前。那个时候的精神状态是一种难以名状的恍惚。这种状态总感觉很不真实啊。哈哈。你有没有兴趣，要不咱现在一起去那里看看？"

"看不看都可以，这聊着聊着，渐入佳境了呀。"

随后倾听的青年又叫了一瓶啤酒。

"没错，确实是渐入佳境了。是我这个人已经渐入佳境了。为什么呢？因为最初的时候窗户对于我来说只是个很有意思的物件。后来渐渐地，我意识到了自己这种想要窥探别人秘密的心理。你看是吧。接着就是在诸多秘密当中，对房事的秘密情有独钟。但是，我发现我自己看到的东西并不是自己想要的。而归根结底，偷窥过程中的那种恍恍惚惚的状态，才是我的全部欲望。就是这么回事。我跟你说啊，那种恍惚的状态，正是我想要的全部。哈哈哈。空净虚幻的恍惚万岁！让我们为这愉快的人生干杯吧！"

那个青年的酒劲上来了，用自己的酒杯粗鲁地碰了一下对干杯的提议无动于衷的酒友的杯子，然后一口把新满上的一杯酒吞了下去。

他们正说着话，这时门开了，两个洋人走了进来。这二人一进门便色眯眯地盯着女服务员，一屁股坐在了两个青年的邻桌。俩洋人满脸堆笑，四只眼睛就没从女服务员身上离开过，既没有正眼瞧过两个青年，彼此也没有眼神交流。

"保罗先生，西马诺夫先生，欢迎光临！"

一眨眼，女服务员便换上了一副殷勤得有些过分的表情来招呼二人，寒暄之中咯咯地笑个不停，她操着一口很随意的西式日语，这让她在说话时焕发出一种与招待两个青年时截然不同的魅力。

"我曾经读过这样一部小说。"

一直做听众的青年把话题又从新客人身上拉了回来。

"这部小说讲的是一个日本人去欧洲旅行。他东游西逛，在英国、法国、德国转悠了一大圈，最后来到了维也纳。到达维也纳的当晚住在一家旅馆，夜半时分他忽然醒来，一时半会儿也睡不着，于是凭窗眺望夜色，感怀羁旅之情。在璀璨的星空下，维也纳这座城市酣然入梦。这个男人沉浸在夜景之中，但是没过多久，他突然在黑暗中发现了孤零零的一扇敞开的窗户。那间屋子里明亮的灯光映照出一团白布似的东西，上面似乎还笔直地升腾起一缕细细的白烟。随后这场景越来越清晰，那个男人看到的竟然是一对男女恣意铺陈在床上的裸体。那团白布就是他们的肉体，而那静静升腾的烟则是男的在床上抽雪茄冒出的烟。如果要问这一刻这个男人心中所想，那么就是一种在胸中奔涌的深切感悟——不愧是古都维也纳，在漫长旅途的终点，自己终于来到了这里。"

"然后呢？"

"然后他就轻轻关上窗户，回自己床上睡觉了。这是很早以前读的小说，但是给我的印象格外深刻，一直都没忘。"

"洋人可真带劲儿啊。我也想去维也纳，哈哈哈。不如现在跟我一起去山崖吧,怎么样?"

喝醉的青年很是热情地邀请酒友。但是对方只是笑笑,没有接话。

## 二

生岛(这位是喝醉的青年)当晚回到山崖之下自己租住的家中。他打开窗户,此时一种无法形容的习惯性的忧愁漫上心头。这是因为他想到了正在这家中熟睡的主妇。生岛和这个已是不惑之年的寡妇保持着一段没有分毫感情的肉体关系。她丈夫早逝,也没有孩子,身上总有一种说不清道不明的、自暴自弃的阴郁,即便发生了那种关系,她对他也依然是不冷不热。生岛也丝毫没有必要在她面前假装爱意。他叫来女人,然后和她同床共枕。完事以后她起身便走,回到自己的床。起初生岛觉得他们这种关系轻轻松松,没有压力。但是很快他就产生了难以忍受的厌恶。那个让他觉得毫无压力的原因反噬了他。当他触碰她的皮肤时,他感受不到任何感情,心头永远笼罩着一种索然无味的感觉。生理上抵达顶点,幻想却欲壑难填。这种感觉沉重地压在他心里,让他喘不过气来。即便他走到阳光明媚的大街上,也摆脱不掉渗透到身体里的那股干瘪的旧手帕味。脸上仿佛出现了一些令人反感的线条,每个人的目光似乎都在告诉他,他已经堕入地狱。

这种不安让他难以自拔。而她那种近乎于心灰意冷的淡定格外刺激到那令他坐立不安的厌恶感。但是这满腔怒火又该如何撒向她？就算他今天说要离她而去，显然她也不会说半个"不"字。那么是什么原因让他无法走出这个家门？生岛这年春天大学毕业后没有找到工作，把四处奔波挂在嘴边，实则终日没精打采，浑浑噩噩。他已经百无聊赖到了像被鬼魅夺去了灵魂。当他想要去做什么事的时候，他的思维仿佛总是绕道而行，不去刺激脑细胞的意志。就这样日复一日，他如同一具行尸走肉。

——主妇已经睡了。生岛踩着吱嘎作响的楼梯回到自己的房间。然后打开玻璃窗，屋里郁积的沉闷空气顿时被清凉的夜风吹散。他静静地坐着，望向山崖。山崖昏暗，唯有一根孤零零的灯柱和上面的灯光告诉人们那里还有一条山路。他凝望着那条路，想起了今晚在咖啡馆同自己聊天的青年。自己再三邀约，那人也不答应同去，而后自己坚持用笔在纸上给他画出山路的地图，他也坚决拒绝，然而尽管如此，他不知为何仍然笃信那个青年怀揣着与他相同的欲望——他这样想着，心说万一他真的来了呢？随之目光不知不觉地在黑暗中搜寻着白色的身影。

他的心又一次沉浸在了从那座山崖上看到的那扇窗户。他在半梦半醒之间所看到的那对男女的姿态，是多么激情四射又性感撩人。而看得入迷的自己也充满了激情和欲望。窗内的二人仿佛与他呼吸相通、不分彼此，那片刻之间心神荡漾的迷离神思令他回味。

"如此说来,"他沉吟着,"当我面对她的时候我又是怎样的呢?我好像慑服于一个邪恶的暗示,变得兴致全无。为什么我在面对她的时候,不能寻回山崖上的沉醉,哪怕只是十分之一?难不成我的沉醉已经被窗户吸食干净了吗?难道那已经是我享受性的欢愉的唯一方式了吗?难道于我而言,与她共赴巫山这个方式从一开始就是错误的吗?"

"但是我还抱有一个幻想。我满脑袋都是这个幻想!"

台灯座上不知何时爬满了密密麻麻的虫子。生岛见状便拉灯绳熄了灯。即便是这样芝麻大的事也会令他习惯性地心生反感——从山崖上俯瞰的景致发生的一个变化猛然掠过心间。房间昏暗下来,夜色也变得格外清冷。山路上的一片漆黑也越发浓郁。但是那里依然空无一人。

他脑袋里唯一的那个幻想,便是在和那位寡妇翻云覆雨的时候,忽然房间窗户大开,那时他便会去想象有人正站在那条山路上,眺望着他们的窗户,欣赏着他们的姿态,让他产生一种莫名的刺激,而这种刺激会在他们例行公事一般的现实中唤起某种沉醉。而对于他来说,仅仅是打开窗户向山路暴露他们的肉体,就已然是一种新鲜的魅力。这种幻想就仿佛是一柄拂过他后脊的利刃,让他一阵战栗。何止于此,这幻想与他们丑陋的现实更是相去甚远。

"今晚我究竟是想让那个男的做些什么呀。"

当意识到自己无意间望向昏暗的山路其实是在等待那个青年的时候,生岛仿佛突然醒了过来。

"我一开始对他很有好感。之后便聊起了窗户,越聊越投机。但如今我为什么会一门心思想要让他成为我自己实现欲望的傀儡?我是出于将钟爱之物推己及人的一番好意才同他说那些话。但是略带几分强迫的行为让我隐隐感到,我是在将自己所怀揣的欲望强加于人,我是在试图制造一个和我一模一样的人。而眼下我等待的,正是走上山路、刺激我这种欲望的那个男人,而我幻想的,则是打开窗户,让我们丑陋的现实暴露山路旁。我潜藏在心中的幻想仿佛具有独立的意志,有条不紊地依计划行事,而这一切竟然与我毫不相干?甚至这种反躬自问似乎也是幻想的预先安排,倘若这时候那个男人的身影出现在那里,或许又该安排我啧啧称奇了吧……"

生岛晃了晃越来越糊涂的脑袋,拉亮电灯,开始铺床。

三

某天晚上,石田(这位是倾听的青年)漫步向那条山路走去。当他从平日里散步的大街踏上这条从未走过的路,他惊讶地发现原来这个地方离自己家并不远。这一带地形崎岖不平,丘陵密布,沟壑纵横。在城镇地势高处，皇亲贵胄的府宅林立。入夜，古香古色的煤气灯点缀着幽静的街道，高墙大院分列两旁。树丛深处，能够看见高耸的教堂尖塔和别墅风格的屋顶上迎风飘扬的外国使馆旗帜。然而在这些山谷之中，却是一栋又一栋日渐破败、阴暗潮湿的房屋，掩藏着不堪称之为"路"的羊肠小道。

石田从这条路上穿行而过时，有一种羞惭的负罪感。因为路旁的家家户户都无所顾忌地敞开着窗户。窗户里有赤膊的人，有正在报时的挂钟，还有在熏着蚊香的乏味生活。而每一盏门头灯上都少不了一只纹丝不动的壁虎，更是让他阵阵作呕。他不知多少次走到死胡同——每次碰壁都让他的脚步更加惴惴不安，终于，他走上了那条顺崖而上的路。走了不一会儿便没有了人家，路也越来越暗，只有一处灯光照在脚下，他似乎来到了那个青年告诉他的地方。

果然，从这里向山崖下望去，城镇一览无余。那里有数不清的窗户。他所熟悉的城镇在他眼前铺陈着别样的风景。他感到一丝羁旅的惆怅，混合着周遭香丝草浓郁的芬芳，沁润着自己的心脾。

一扇窗户里，一个身着运动衬衫的男人正踩着缝纫机。幽暗的房顶上悬浮着一团团朦胧的白色，像是晾晒的衣物，那里应该是一家洗衣房吧。另一扇窗户里，一个头戴耳机的人正在专心致志地听着收音机。他望着那人专注的模样，自己的耳朵里仿佛也隐约传来了收音机的声音。

头天晚上,他曾对酒醉的青年说,在窗户里面千姿百态的人们,还有这浮尘中每一个人,似乎都背负着未卜的命运。他之所以会这样说,是因为他的心中浮现出这样的情景:

在他乡下老家门前的街道上,有一家寒酸的商人旅馆,从街上经常能够看见在旅馆二楼栏杆对面吃着早饭、要赶早上路的旅人。不知何故,其中一个场景深深地印刻在了他的记忆当中。那场景是一个五十岁上下的男人和一个四岁左右、面黄肌瘦的小男孩在面对面吃早饭。那张脸上刻满了尘世的苦难和忧郁。他动着筷子,一言不发。而那个脸色很差的孩子同样默不作声,用还不熟练的动作狼吞虎咽地吃着碗里的饭。他看着这番情景,感受着男人的落魄,感受着自己对那男孩的怜惜。他也深切地感受到,即便是那孩子幼小的心灵,也深知他们的命运无可挽回。在他们身后的房间里,拉门上的破洞是用报纸附录之类的东西挡住的。

这段回忆发生在他休假归省的一个清晨。他记得当时几近落下眼泪。而如今他俯瞰着面前的城镇,又唤醒了心底的这段回忆。

尤其令他感慨万千的是一栋长屋上的一排窗户。一扇窗户里挂着陈旧的蚊帐。旁边的窗户里一个男人心不在焉地从栏杆向外探着身子。再往旁边便是看得最清楚的一扇窗户,屋内衣柜旁边的墙角处矗立着一座灯火通明的佛坛。石田无限悲凉地看着那些把长屋分割成一间间屋子的"墙壁",心想假如那里的某个住户来到这座山崖之上看一看那些墙,便会明白他们印象中的那个安心落意的家是多么的脆弱和虚幻。

黑暗中有一扇敞开的窗户分外明亮。窗户里有一个秃头老人,面前摆着一个烟灰缸,他对面的男人像是访客。看了一会儿,只见一个梳着日本髻的女人端着一个托盘,从一个像是楼梯口的房间的角落里走了出来,托盘上摆的像是饮品。而后那个房间和山崖之间的空间忽然一阵晃动,原来是女人的身影短暂地挡住了明亮的灯光。女人坐下来把盘子送到客人模样的男人面前,男人点头哈腰一番客气。

石田望着那扇窗户,感觉像是在看一出戏,前一天晚上那个青年说的话不知不觉浮上心头:"——渐渐地,我意识到了自己这种想要窥探别人秘密的心理。而在诸多秘密当中,我对房事的秘密情有独钟。"

"说不定真是这么回事,"他心想,"但是,当这些窗户像现在这样敞开在我的眼前,我从中感受到的不是那个男人那样的情欲,而是一种睹物感怀的哀思。"

而后他向山崖下看去,搜寻了一番类似那个男人所说的窗户,但是并没有找到。他驻足片刻,便沿路向山崖下的城镇走去。

## 四

"今晚他又来了。"生岛从山崖下的房间里眺望着山路上若隐若现的人影。他已经好几个晚上都看到了那个人影。每一次他都在想那一定是在咖啡馆与自己聊天的青年，然后一次次因为盘踞在自己内心的幻想而瑟瑟发抖。

"那是我幻想出来的人影。是与我有着相同欲望而站在山崖上的我的第二重人格。我让自己的第二重人格站在我中意的地方向下张望，这种幻想是一种多么阴郁的诱惑。我的欲望渐渐脱离了我的身体。之后让这间屋子充满了战栗和恍惚。"

那天晚上，不知道那是石田第几次站在山崖之上俯瞰城镇。

他凝望的是妇产医院的窗户。那里虽说是一家医院，只是一栋简陋的西式建筑，一到白天就会在屋顶挂出"接诊孕妇"的广告牌，与"气派"不沾边。约有十扇窗户，有的亮堂堂，有的则关着，一片漆黑。还有些窗户，能看到那从漏斗形状的灯罩里照射出来的光线把房间分为明暗两个部分。

其中一扇窗户吸引了石田的目光，窗户里，有几个人在病床前围了一圈。他心想这么晚了还在做手术吗？但是那些人似乎没有任何动作，只是一动不动地伫立在病床旁边。

看了一会儿，他又把目光转向其他窗户。今晚洗衣房的二楼没见到踩缝纫机的男人。依旧有许多衣物影影绰绰地晾晒在黑暗之中。今夜一如往常，大部分窗户都敞开着。至于在咖啡馆遇到的那个男人所说的窗户，仍然一无所获。石田还是有心想看一看那扇窗户。这种欲望虽不强烈，但他好几个晚上都来到这里，多多少少也带有这方面的心结。

他有意无意地望向一扇靠近山崖的窗户，忽然一种预感让他心头一惊。但他意识到那里面的场景的的确确就是他不可告人的期望的时候，他的心跳骤然加速。他做不到目不转睛地盯着看，眼神不时躲闪。而当目光偶然间瞟向之前的医院，他又为意外的发现而瞪大了双眼。只见刚才围在病床前的那些人在某一瞬间突然一起动了一下，看动作像是吓了一跳。而后是一个身穿西服的男人向众人鞠躬。石田的直觉告诉他，这一切意味着有一个人死去了。刹那间他的心里一阵刺痛。当他的目光再回到山崖下的窗户，场景还是那个场景，可是他的心却不再是那时的心。

这是一种经历人生大喜大悲时的严肃感情，是一种有灵魂的世事无常之感，超越了他所感觉到的"物哀"之情。他想起了古希腊的习俗——在收殓死者的石棺表面雕刻人们嬉闹淫乱、牧神与母羊交媾之类的场景。

"他们不知道。医院窗户里的人，不知道山崖下的窗户。山崖下面窗户里的人，不知道医院的窗户。人们更不知道山崖之上有这样的感情——"

# 樱花树下

樱花树下埋着尸体！

这当然可信。若不然，樱花又怎么可能如此绚烂多彩。我可不相信这份美丽是浑然天成，因而这两三天一直心神不宁。终于，真相大白的时刻来了。樱花树下埋着尸体。这当然可信。

我屋子里有着数不清的工具，可为什么我在每晚回家的路上，都偏偏像长着千里眼似的，一抬眼，眼前就浮现出那既小巧又薄如蝉翼的安全剃刀刀片？你说你想不明白——其实我也是一头雾水——但无论如何这两种情况都是相似的。

不管是哪种树开花，只要到了所谓"盛开"的状态，就会向四周的空气散播某种神秘的气息。这是一种让人萌生灼热的生殖幻觉的光晕，就好似即将完全静止的飞快旋转的陀螺，又好似一曲精妙绝伦的演奏，势必随之产生某种幻觉。这种美感不可思议、生机勃勃，直击人的心灵。

然而，昨天、前天，同样是这种美，让我的心灵蒙上了厚厚一层阴霾。我感到这种美，美得有些令人难以置信。反而让我陷入了不安、忧郁和空虚之中。不过，如今我终于大彻大悟。

你试想这样一种情形：在那樱花烂漫的树下，埋着一具又一具的尸体。如此一来你就能明白为什么我会那样坐立不安。

马的尸体，猫狗的尸体，还有人的尸体，一具具腐烂的尸体上臭不可闻，爬满了一团团蛆虫，而且滴答滴答地淌着水晶样的体液。樱花树的根就像一条贪婪的章鱼，搂抱着尸体，像海葵触手一样的根须聚在一起，吸食着那些汤汤水水。

是什么培育了那样美丽的花瓣，又是什么塑造了那样芬芳的花蕊？我仿佛看见那些根须吸食的水晶状的液体，静静地排着队，犹如梦幻一般通过维管束向上输送。

——你又何必摆出这样一副痛苦的表情呢？这种透视能力是多么的美妙。我现在终于能正眼看一看樱花了。我已经从昨天前天那种糟心的神秘中解放出来了。

两三天之前，我来到这条溪涧中，踩着石头往前走。四溅的水花里飞出无数像爱神一样的蜉蝣，朝着溪水上方的空中飞舞翻跹。你也知道，它们这是在举行美好的婚礼。走了一会儿，我忽然看到了一个怪象。面前是溪水干涸后留在河床上的一个小水洼。这片水上竟然漂浮着一层像石油一样的色彩。你猜猜那是什么？

那是成千上万只蜉蝣的尸体。它们相互重叠的翅膀将水面完全遮住,没有一丝缝隙,阳光照在翅膀上发生散射,呈现出油一样的色彩。那里是它们产完卵之后的坟场。

当我看到这番景象,胸口好似被撞了一下。我体会到了一种掘墓辱尸的变态才会有的残忍的快感。

我在这条溪涧中找寻不到任何快乐。黄莺、山雀,还有那被纯洁的日光晕染得湛清碧绿的树的新芽,这些对我而言都只能留下模糊不清的印象。我需要的是惨剧。只有在惨剧的平衡下,我心中的印象才会慢慢清晰。我的心渴望忧郁,就像一只饥渴难耐的恶鬼。只有实现忧郁的那一刻,才能让我的内心归于平静。

——看你擦拭腋下,是出冷汗了吗?其实我也一样。这没什么不痛快的。黏黏糊糊的,跟下身的粘液一个样。这么一想,咱俩的忧郁不就实现了嘛。

啊呀,樱花树下埋着尸体!

这种幻想究竟从何而来啊?那些无名尸体已经和樱花树融为一体了,如今无论我怎样甩动脑袋,这个念头已经挥之不去了。

事到如今,我才感觉到自己拥有了和那些在樱花树下大摆酒席的村民们同等的权利,得以赏花饮酒了。

# 海（片段）

（注：此处原文缺失）……似的，红色、蓝色还有枯枝败叶的颜色从那里涌来。此时岸边的温泉和港区犹如雕刻在纪念章上的浮雕风景画。海的静谧来自山峰。太阳绕过城镇后方的山峰，把它投向海面的影子越拉越长。城镇和石滩正在休憩。那色彩渐渐向远方的海面弥漫开来。静候出海的渔船从那片影子驶向阳光普照的海面，也不失为一件乐事。橙光闪动的微弱阳光在刹那间染红了渔船和渔夫，而正在眺望这一切的我也在不经意间被阳光晕染。

"我最讨厌那种病恹恹的风景，像是在疗养院似的。"

"多少人都钟情于这海随天色而变的景致。难道有一整天的时间来坐看海上云起云落不好吗？你曾经说过的话我到现在还记得，难不成你现在已经没有了当初沉浸幻想之中的那份心情了吗？你这样说过，你说哥伦布不是第一个望着相距只有区区几海里的地平线、心生无垠的飘渺之感并豪言'要徜徉在海天之间'的人。如果说我们热爱大海、热爱幻想，那么我们的全部热爱其实都在地平线的另一边。越过地平线，从它另一边下滑的曲面开始，才是真正美丽的大海。这可都是你说过的呀。

"夏威夷，印度洋，还有月光如洗的孟加拉湾。和它们相比，现在眼前的这片海充其量算是一个粗糙的素材。当人们只看地图，想象不出那些美景的时候，才会用得到它。恐怕这是它唯一的功劳了吧……你之前的高论大致就是这些意思……"

"——你这是在曲解我的意思吗？说来你长得就像每天晚上我在梦里高声驱赶的惠比寿神。这种恶俗的揣度还是算了吧。

"我欣赏的大海可不是那种海。既不是那种感染结核病似的病态风景，也不是像诗人那样矫揉造作自命不凡的大海。现在可能是这几年我最正经的一个瞬间。你给我听好了。

"我所欣赏的海，是真正明媚、快活、生机勃勃的海。是迄今为止从未被疲劳和忧愁沾染过的纯粹而鲜亮的海。绝不是游客和疗养者趋之若鹜、像波尔多红酒那样甜到发腻的海。而是像酸涩的发泡葡萄酒一样的海，浓烈而又狂野。浪花飞溅，海藻的气息扑面而来。空气中裂帛般的声响、猛兽一样的气味，以及穿透大气射入海中的绚烂的光线——啊呀，我现在说这番话时都无法抑制自己激动的心情。因为这些情景虽然无时无刻不折磨着我，但永远在完全意想不到的瞬间出现而后又转瞬即逝。这瞬间就仿佛是岩石一般的现实突然被一劈两半，截面赫然出现在你的面前。

"如今我无法将那种景象细致入微地描绘出来。这也是我接下来要给你讲述这片海的由来的原因。因为这片土地曾经是我们的家，尽管我们在这里生活的时间并不长。

"这一带遍布着著名的暗礁和岛屿。岛上的小学生每天早晨都挤在一条船上来港口上学。放学后所有人依然坐着那条船回家。风雨无阻。最近的一座岛上有十八个町。在这些岛上长大该是一种怎样的体验呢？岛上的人在风俗习惯方面多少有些独特。有个女人时常造访我家，她会把破旧的和服和边角料收走。作为交换，临走时她会留下鞋带是由边角料搓成的稻草鞋，以及一些裙带菜。有时候会带来羊奶子和山桃枝。不过，这个女人带来最多的东西，还要数浓郁的岛屿气息。我们对她总是很好奇，研究她谦恭的举止，她谦逊的说话方式也让我们听得入迷。可是我们好奇归好奇，却一次也没有去过岛上。一年夏天，其中一座岛上暴发痢疾。临近岛屿盖起了收治病人的棚屋，从我们这里看得清清楚楚。焚烧东西的火光似乎从未熄灭过，到了晚上尤为恐怖。没有一个人下海游泳。即便是波浪卷起一个枕头，也会让人禁不住毛骨悚然。那座岛上只有一口水井。

"至于暗礁,曾经发生过这样一件事。那是一年秋天,有天晚上下起了暴风雨,这一下便直到黎明。破晓时分,在呼啸的狂风暴雨中,钢铁厂响起了凄厉的警报声。那一刻的悲壮气氛至今我仍记忆犹新。屋内屋外一片大乱,人们飞奔而来。原来一艘驱逐舰在港湾入口处触礁沉没了。钢铁厂的人们预备了在大风大浪中撑船的长竹竿,划着小舢板,冒着暴风骤雨,驶向救援现场。然而人们到了现场才发现,他们非但帮不上忙,反而在惊涛骇浪之中连小舢板都难自保。多亏岛上的海女,她们潜入巨浪之中,打捞尸体,生起巨大的篝火,用自己的身体为冻僵的水兵取暖。大部分水兵都淹死了。更惨的是,听说那些死难者的指甲都抠掉了。

"这足以说明,他们当时为了扒住岩石不让自己被海浪卷走,是有多拼命。

"有时候海水退去,从山上远望海面,还能够看到那艘触礁的驱逐舰的残骸。"

# 黑暗之画卷

前不久,曾把东京闹得人心惶惶的一个江洋大盗落网了,据说只要给他一根棍子,哪怕是在伸手不见五指的黑暗中,他也能跑出去好几里地。他用那根棍子不停地在前面探路,在田里一通乱窜。

我读到这则新闻的时候,不禁感到过电般的舒爽。

黑暗!我们在黑暗中看不到任何东西。黑暗则像是永无休止的波浪,无时无刻不从四面八方向我们涌来。在这种情况下我们甚至都无法思考,怎么敢踏入一个完全未知的地方?当然我们只能一点点向前挪动我们的脚。然而,那一步充满了苦涩、不安和恐惧。为了勇敢地迈出那一步,我们必须要召唤恶魔,赤脚踩在蓟花之上!我们必须要有直面绝望的热情。

但是,如果我们在黑暗之中抛弃了这般意志,那么我们就会被一种深沉安定的感觉所包围。要想感受这样的心情，我们只需回想一下在城市里经历过的停电的场景。停电后屋里一片漆黑，刚开始我们或许会有难以名状的不悦，但只要转念一想，放松心情，那黑暗就会变成在灯光下绝对享受不到的清爽和安宁。

在幽深的黑暗中感受到的这份安宁到底意味着什么？此时此刻所有人都看不到我——此时此刻我已经与无边无际的黑暗融为一体——就是这种感觉吧？

我有很长一段时间在山中疗养。我记得自己就是在那里爱上了黑暗。白天，山谷对侧的枯萱山就像是一只嬉戏的金色兔子，但是一到晚上，那里就变得一团漆黑，让人胆战心惊。白天注意不到的树木会以诡异的姿态出现在半空之中。夜里出门，必须要打灯笼，但是月夜就意味着今天晚上不需要打灯笼。——当一个人忽然从都市进入山区，那么这些发现便是他了解黑暗的初级阶段。

我乐于进入黑暗。站在溪边高大的栲树下面，眺望着远处道旁孤单的路灯。再没有比从幽深的黑暗中眺望渺远的光点更让人伤感的事情了。我知道那些光点不远万里而来，为黑暗中的我的和服增添了一抹光彩。有时我会在某个地方专心致志地向黑暗的溪流扔石头。黑暗之中有一棵柚子树。飞石冲开树叶砸在山崖上，发出当当的响声。不一会儿浓烈的柚子香便扑鼻而来。

这些和疗养时那万箭攒心般的孤独是分不开的。有时我会坐上去位于海角的港口小镇的车，故意把自己遗弃在薄暮冥冥的山顶。眼睁睁地看着深谷没入黑暗。夜色渐浓，群山黑魆魆的山脊恍若古老地球的骨骼。它们不知道我正在聆听着它们的交谈：

"喂，咱还要这样干到何年何月啊？"

我对那里一条漆黑的路记忆犹新。我沿着那条路可以从溪水下游的一家旅馆走回到上游我住的那家旅馆。那是一条毗邻小溪、略有一些坡度的上坡路。那附近好像有三四个街区。路灯极少，如今回想起来都是屈指可数。第一盏路灯位于从旅馆走上那条路的地方。夏天路灯附近会有成群的小飞虫。那里经常会有一只青蛙，它总是把身子紧紧地贴着路灯下面的电线杆上。等一会儿再看它，它一准儿会奇怪地弯着后腿，用它来摩挲后背。可能是从路灯上掉落下来的小虫子粘在了它身上。摩挲的时候，它的模样总像是很烦躁。我经常站在那里观察它。就那么不声不响地看着，能看到很晚。

走不多远就会看到一座桥。站在桥上向小溪的上游望去，漆黑的山将天空遮蔽得严严实实。山腰处有一盏路灯，不知为何它的光亮总会唤醒我的恐惧感。就像是有人在敲铜锣和铜钹。我每次过桥的时候，目光都会下意识地躲开它。

向下游望去，水流湍急，轰隆作响。浪花即使在黑暗里也会显现出一道白光，像尾巴一样越来越细，最后消失在下游的黑暗中。溪岸的杉树林里有一座烧炭用的小屋，白烟在黑暗中会沿着嶙峋的山势向上攀爬。有时这股浓烟会涌上街道。所以街上时而会有那种树脂的臭味，时而有马车过后的牲口味。

过了桥，路便沿着溪水一路向上。左侧是溪谷，右侧是山崖。道路前方有一盏白色的路灯。那里是一家旅馆的后门，到那里之前是一条直路。这时在黑暗中可以放心大胆地走。因为前方有白色的路灯，地势也很平缓，这意味着剩下的就全看体能了。在我抵达那盏白色电灯之前，我总会上气不接下气地在半道上站一站。呼吸困难。不站一会儿根本受不了。虽说是三更半夜，但其实这样干站在路边倒也无所谓，不过我还是会做出眺望田野的样子。过一会儿再继续前进。

路从那里拐向右边。溪畔有一棵高大的栲树。形成一片巨大的黑影。站在树下向上看去，犹如一个深不可测的大洞。有时候洞穴深处还会传出猫头鹰的叫声。道旁有个小村子，从那里投射过来的光映照着路上遮天蔽日的竹丛，发出一片白光。树木当中，竹子最容易反光。漫山遍野的竹丛在黑暗中发出隐隐约约的白光。

走过那里，绕过一道绝壁，眼前豁然开朗。视野就是这样改变着人的心情。一走到这里，我就感到心中难以排遣的瞻前顾后顿时烟消云散。我变得杀伐决断，心中宁静，饱含热情。

黑暗中的景色具有一种纯粹的张力。左手边是延绵不绝的山峦，像一条爬虫的背脊，划开了溪流对面的夜空。黑漆漆的杉树林就像一张铺展开来的全景图,用黑暗笼罩着我前进的道路。右手边的杉树山倾侧到前景之中。这座山有一条依山而建的山路。前方的道路又是一团不可预知的黑暗。我距离它可能有一百米左右。途中仅有一户人家,好像有一棵枫树沐浴在幻灯一样的光亮中。这是铺天盖地的黑暗中唯一的一团光明。前方的道路也渐渐明亮起来。然而黑暗也因为光亮而越发浓重,吞噬了更远处的街道。

一天晚上,我发现一个和我一样没有打着灯笼的男人走在我的前面。我是在那一户的人家门前的亮光中看到了他的身影。他背负着光芒,一步步迈向黑暗。我望着他,心中有一种别样的触动。说得明白一些,这种触动就是"过一会儿我也会像他一样消失在黑暗之中。而那时站在我现在位置的人也终将以同样的方式消失",那个消失在黑暗中的男人的背影竟是那样令人感慨。

经过那户人家之后,就到了临溪生长的杉树林。右手是刀劈斧砍一般的悬崖。它也在黑暗之中。道路是多么昏暗。即使是明月之夜也是如此。走着走着,黑暗越发浓重。心里怦怦直跳。就在要到达某一个极点的时候,脚下突然响起水流激越的声音。原来这里已是杉树林的边缘。浪花翻涌的声音就从那边缘向我猛扑过来。我不由得一阵慌乱。那声音听上去就像是一群木匠、泥瓦匠在溪水之中摆了一桌神奇的酒席,我甚至能听见他们"啊哈哈、啊哈哈"的纵情大笑。我的心都提了起来。正在此时,道路前方赫然出现一盏路灯。黑暗就在那里结束了。

那里离我的住处已经很近了。走到山崖拐角处就能看见路灯，而在那里拐个弯就是我的旅馆了。走在路灯下自然安心许多。这份安宁伴我走完了最后的一段路。不过，在起雾的夜里走在这条路上，雾气氤氲的路灯看上去会比实际距离更远，会让人产生这段路无穷无尽，怎么走也走不完的错觉。往日的那种安宁不复存在，只有一种缥缈无着的感觉。

黑暗里的风景不会随时间的变化而变化。这条路我走过很多次。每次从这里走过，我都在重复着同样的幻想。那些印象已经镌刻在了我的心上。道路的黑暗，还有比那黑暗更加黑暗的树林，如今依然印在我的眼中。每每想起，都不禁让我觉得现而今我所在的城市里那灯火通明的夜晚，仿佛已不再是纯洁之身。

# 温泉

### 第一稿

　　入夜，山谷被伸手不见五指的黑暗吞没。在黑暗的底部是哗哗流淌的溪水。那坐落在溪边的就是我每晚都要光顾的浴池。

　　这是一家大众浴池，由石头和水泥修筑而成，犹如一座地牢。浴池的石墙十分坚固，哪怕天降暴雨溪流泛滥，也能够把洪水拒之门外。墙壁上凿开了一个通向溪边的出口，简直和牢门一模一样。白天泡在温泉里，望向"牢门"外，只见在明媚的阳光的照耀下，湍急的溪水高高泛起，白晃晃的水花与视线齐平。视线中，枫树枝也探过墙头。鸬鹚如同一颗子弹，从这片拱形的风景中飞掠而过。

　　黄昏时分，当走到溪边的人们惊惧于四周的昏暗，想要折返回这道门的时候，一盏快慰的灯光便会点亮——在那牢门里面——迷迷蒙蒙的一片热气之中，男男女女手舞足蹈，这番热闹非凡的景象倏忽间映入眼帘。这一刻，人们便会发自内心地感受到，那曾经在不知不觉间抛到脑后的人际交往所独有的快乐。而这也正是这座拱形牢门独具匠心之处。

我睡前泡温泉的时候，往往已是夜深人静的午夜。那个时候除了我没有别人。耳畔只有溪水潺潺，而那让我惶惶不安的恐惧感又如约而至。虽说是恐惧，但是我感受到的并非是流于表面的恐惧。如果是表面的恐惧感，那么我能感觉到身体里存在着某种抗拒。因此我始终认为，既然要半夜三更去泡温泉，就要有充沛的能量去抗拒恐惧。而我的这种想法给那种迷乱的恐惧感圈定了一个界限。不过，随着我深夜泡温泉的日子越来越久，我发现自己的恐惧感逐渐开始有了一个固定的形态。说起来它是这样的：

这家浴池非常宽敞，从正中间分为两个部分。一边是村里的大众浴池，另一边供旅馆的客人使用。不论我泡在哪个浴池，总会觉得好像有什么东西进入了另一边的池子。当我泡在村子这边的池子里，就会听见客浴那边传来男女窸窸窣窣的说话声。这些声音的来源我一清二楚，其实就是浴池进水口不停喷溅的清水发出的。而且我也知道"男女说话"这个想象从何而来。小溪上游有一间达摩茶屋，那里的女人和客人也有可能深夜来这里泡温泉。可是，道理虽然讲得通，心中依然犯嘀咕。明知道男女说话的声音是入水口的流水声，仍然会不由自主地把它具象化。而在我的想象中，这个实体又离奇地变成了一个幽灵似的东西。一想到这儿，我就忍不住想要窥探一下旁边的浴池。每次我都一边走向两个浴池共用的窗户，一边调整自己的表情，即使万一那里真的有人，自己脸上的神态也不至于太过古怪，然后拉开那里的玻璃窗看一眼。结果自然是不出所料，一个人影也没有。

而当我泡在客浴的时候，同样对村里的浴池放心不下。这次不再是男女的说话声，而是先前提到的通往小溪的出口。我总觉得会从那里进来一个怪人。说到"怪人"，一定有人会问究竟怪在什么地方。那怪人的模样的确令人生厌，印堂发黑，皮肤像溪树蛙一样疙疙瘩瘩。这家伙每天晚上都会在固定时间从小溪那边跑来泡温泉。噗，这幻想确实蠢到家了。但是我依然有一种强烈的感觉，当我窥探隔壁浴池的时候，会和那个几乎每晚都一脸阴沉、从小溪直奔浴池的家伙打个照面。

有一回一个女客人和我聊天时说道：

"有一次我半夜睡不着觉，来这里泡温泉，但是总感觉哪里怪怪的，就好像有什么东西要从小溪跑到隔壁的池子里。"

我对她的话表示赞同，没有刻意问她那是个什么东西。果然我的想法没有错。偶尔我还会透过"牢门"向溪水张望。只见轰鸣作响的激流拖着白蛇一样的尾巴，消失在下游的黑暗里。对岸是越发黑暗的树荫和山影，犹如滚滚浓烟一般升腾夜空。其中只有一棵糙叶树的树干微微发白，在黑暗中若隐若现。

这真是绝佳的铜版画主题。投下黑影、静谧无声的茅草屋，黑暗中泛着银光的竹林，这就是整张画面。这精致纯粹而简单，只有黑白两色，却包含着某种难以名状的情感。这幅铜版画里有人居住，已经关门闭户，安然入梦，在星空之下，在暗夜之中。他们对周遭一无所知，不论是对星空，还是对暗夜。家保护着他们免遭虚无的伤害。看看他那忍辱负重的表情吧，他正在对抗虚无，在恐惧的重压下，默默地守卫着人类可怜的意志。

第一户是从外地迁来的净琉璃艺人。初更时分，拉门映出人影，屋里传来"嗒噔噔"的三味线的琴音和如泣如诉但是并不动听的歌声。

隔壁住着的是一个人称"角屋婆婆"的上了年纪的女人，她原本是达摩茶屋"角屋"的一员，后来只身一人开了一家点心坊。从未见过有客人光顾。角屋婆婆总是坐在另一家名叫"泷屋"的达摩茶屋的围炉边说"角屋"的坏话，然后隔着玻璃窗向外面的行人卖弄风情。

再往旁边的一家是木匠。店主个头很高，待人和气，有些驼背和耳背。他的驼背是长年在刨床上制作锅碗瓢盆造成的。晚上有时能看见他和妻子来泡温泉，弓背塌胸，长长的脖子歪向一边，完完全全像一个病人。但是当他坐在刨床上，看上去又是多么孔武有力。他抵住刨床的姿势，犹如一头捕猎的猛虎。这时人们甚至会忘记他是个有些耳背的绝世好人。因此走在街上的他，就好像是个从机器上脱落的摇把儿,那模样多少有几分无可奈何的滑稽。他不善言辞,脸上却总是笑眯眯的。这或许就是一个友善的耳背者的正常状态吧。生意自然是交由妻子打理。他妻子虽然貌似无盐,但是踏实肯干。她和丈夫的奶奶手脚麻利地给木盘刷漆,再搬进柜子里。每当不知情的温泉客人看到她那总是笑吟吟的丈夫,想要讨价还价的时候,她都会说:

"这家伙已经开始打瞌睡了。"

这一点也不可笑!他们两人着实是一对好夫妻。

他们把家里的一间屋子改成"商人民宿"。有时会住进一些盲人按摩师。其中一个名叫"宗君"的按摩师是净琉璃那家的常客,自己还会吹尺八。如果木匠店里传来了尺八声,就说明宗君这会儿没有活干。

家门口是两家门对门的农户。家门前的院子很开阔,像一块精美的磨刀石。大丽花和蔷薇花点缀了绿意,如同是在街道上搭建的一座舞台。当这家姑娘从屋内探出头来、露出她的面容,那些正在欣赏大丽花和蔷薇花、感慨着这在乡下是多么难得一见的人们,必定会再一次大受震撼。活脱脱一个歌德笔下的纺车旁的格雷琴!她的美丽是公认的。有时,她会在阳光明媚的前院一边熬着蚕茧,一边像真的格雷琴那样摇着纺车。有时,她也会用"背篓"从山上背下足有小房子那么大的一捆干草。夜晚,她会带着弟弟来泡温泉。健美的肉体犹如古希腊的水瓶。速速让曼努埃尔·德·法雅为她写一支恰空舞曲吧！

这个家庭因为有她而显得无比幸福。乃至那群鸡，那几只白兔，还有舔舐着大丽花根部的红狗皆是如此。

然而对面人家的气氛却截然不同，有几分阴郁沉闷。这是因为这家去东京求学的次子客死异乡，最近刚刚移魂故里。那个青年做着送报纸的工作。不知是死于感冒还是肺结核。坐拥如此华美的院落，甚至还安装了带有水管的蓄水池的大户人家，怎会让儿子去干送报纸这种苦差事？难道在这溪涧之中的生活还不足够快乐吗？伐木，育杉，盛夏修剪藤蔓，金秋割草烧山，春暖花开，就去挖蕨菜，择蜂斗菜，夏日炎炎，就去静候逆流而上的香鱼。他们会提早准备潜水镜和鱼钩。潜入急流和深潭。待到他们钻出水面，但见口中一条，手中一条，鱼钩上还有一条！而后在山岩中的温泉暖一暖被溪水冻透的身体。就连马，都有"马温泉"。在田里滚了一身泥的动物洗得干干净净地跑回街道。还有晚秋时节挖野山药。傍晚能看到他们从山上下来，满身的泥土，身上背着十几二十斤野山药，用作拐杖的树枝上缠着已经剥光了皮的蝮蛇。这是一道美食。他们还会一大早进山，跑去四五里开外的山葵湿地，砍倒楢树和栎树，做成用来培育香菇的原木。没有人比他们更了解山葵和香菇生长需要多少水分、空气和阳光了。

不过，即便是在这样田园诗般的生活里，也横亘着不可撼动的原则。他们镰刀用得娴熟可不是为了得到抄手闲人的一句表扬。"没你们的饭吃！"于是村里家家户户的老二、老三就不得不外出打工。有的在半岛上的其他温泉浴场做白案，有的去开了货车，也有些人去大城市做木匠。毕竟这是一片生产杉树和榉树的土地。然而那家的二儿子人在东京却选择去送报纸。听说他是个认真的小伙子。既然是去求学，那想必是被讲谈社之流的招聘广告给骗了。竟然就这样殒命东京！或许在他弥留之际的幻觉里，家中那一尘不染的院落，青苔上滴滴凝结的水珠，还有那水晶般动人的水管蓄水池，都会格外令他悲伤吧。

## 第二稿

想要从街上出发去温泉，就必须沿着有数不清多少道弯的石阶向下走到溪边。街道去往那里有一趟公共汽车，溪水也去往那里——两相对比有几分滑稽——也有香鱼逆流而上。那趟公共汽车的起点就设在这座半岛入口处的温泉，而位于小溪下游的Ｋ川也恰从这里奔流而过，河面宽度约有五十多米。

温泉浴场从溪边开始，就被厚重的石头和水泥构成的墙壁包围得严严实实。这面墙是在天降暴雨时保护这座温泉的堤坝，使其免遭溪水泛滥之灾。浴场一侧是这面墙，另一侧则是崖壁，山崖上有一座面积约有三十张榻榻米大小，供人更衣和休息的木制建筑。而且这也是一座全村人共有的，也是全村人心中的世古瀑布温泉。

浴池被分成两部分。一边是村里人的公共浴池，另一边是供温泉旅馆的客人使用的客浴，较之于能容纳几十名村民的开阔浴池，客浴则极为狭小，不过却贴了白瓷砖。村子公共浴池一侧厚厚的墙壁上凿开了一个通向溪边的拱门形状的出口，泡着温泉向外眺望，穿过那道拱形的空间，在与视线齐平的位置能够看见白浪翻滚的溪水，溪头伸出的枫树枝杈，有时还能看到像子弹一样飞掠而过的鸬鹚。

## 第三稿

想要从街上出发去温泉，就必须沿着曲曲折折的石阶向下走到溪边。然后就能看到一座大煞风景的木制建筑。拾级而下，便是浴场。

温泉浴场从溪边开始，就被一道面朝溪流，由石头和水泥构筑而成、厚得不像话的墙壁包围着。这面墙是为了在暴雨天挡住泛滥的溪水，墙上开出了一个通向溪边的出口，成功地让这座浴场变成了一副地牢的模样。

多年以前，这座温泉还只是顶着薄薄的一层茅草屋顶，动辄受风吹日晒，飘散的樱花会落入池中，溪水的景色也能够尽收眼底。和这座温泉打了多年交道的客人时常会谈起这些昔日的景象。如今通往小溪的出口虽然形似牢门，但是在那拱形的门洞里能看到从溪边探出头来的枫树枝，与视线齐平的高度能看见翻涌高涨的白浪，不时还能看见像子弹一样飞掠而过的鸬鹚。

到了晚上，从天花板和几面支撑着它的石壁之间那一点点的缝隙之中，能够看见星星，也依然会有樱花散落的花瓣飘入浴池，甚至偶尔还会有松鸦美丽的羽毛。

# 交配

## 一

仰望星空,几只蝙蝠悄无声息地飞过。尽管它们来去无踪,但是从星光前闪烁的掠影中,还是能感觉到有令人作呕的畜生在飞。

夜深人静——我站在家中半边行将朽烂的晾衣场上。从这里看去,屋后旁边的小巷一览无余。近旁是一户挨着一户,密密麻麻同样行将朽烂的晾晒场,犹如不计其数系泊在港口的驳船。我想起曾经看到的一幅印刷版的德国画家佩希斯坦的作品——《在街上慨叹的基督》①,所画内容是耶稣在一座巨大的工厂后面的小巷里跪拜祈祷,而这不禁也为我眼前的晾衣场增添了几分受难的气息。不过我不是耶稣。每当深夜来临,疾病缠身的我就会浑身

---

① 未能查找到与此描述相符的同名画作,疑为原文有误,编者注。

燥热，外加精神亢奋。逃到这里，让身体承受夜晚露水的荼毒，总好过于成为"妄想"这只怪兽的盘中餐。

家家户户都是静悄悄的。偶尔能听到虚弱无力的咳嗽声。根据我白天的经验，一听就知道那是小巷里鱼摊老板在咳嗽。他似乎生意惨淡。二楼的男租户让他去大夫那里看看，但他就是不听。总是遮遮掩掩地说这又不是"那种咳嗽"。二楼那个男的把这事到处向街坊四邻宣扬。——在这座鲜有人能租得起房子、没有人能掏得起医药费的城镇，肺结核就是一场隐忍的战斗。突然出现的殡仪车，会唤起人们那依然鲜活的记忆，那关于逝者往日里劳作的点点滴滴。日子，就是这种有今天没明天的日子。这种生活换作是谁又能不绝望？换作是谁又能不去想一死了之呢？

鱼摊老板咳个不停。我心说真是可怜见的。转念一想，或许我咳嗽的时候听起来也是这个样子吧。

从方才开始，就有很多白色物体在小巷中往来穿梭。这并非这条巷子所独有。到了深夜，大马路上也是同样风景。那些白色物体是猫。至于为什么这个镇子上的猫能如此大摇大摆地走在路上，我还做过一番思考。其一是这个镇子几乎看不到狗。只有家境小康的大宅子才养得起狗。路旁的商户大多养猫，以免老鼠糟蹋商品。没有狗，猫又多，自然猫在路上走来走去。不过话说回来，这深夜的风景未免让人觉得有些诡异而肆无忌惮。它们闲庭信步的样子宛如走在林荫道上的贵妇人，又像是市政府的测量员,从这个路口溜达到另一个路口。

隔壁晾衣场阴暗的角落里传来咔嚓咔嚓的声音。是鹦鹉。流行养鸟的时候,这个镇子甚至出现过小鸟伤人的事情。"也不知道究竟是谁第一个说想要这种东西",当人们开始为之纳闷的时候,无人问津的各色小鸟便混杂在麻雀群中觅食。如今它们都已经不知去向。只剩隔壁晾衣场的角落里还有几只蹭了一身煤灰的鹦鹉。白天没人正眼瞧它们一眼。只有在晚上才会弄出些稀奇古怪的声响。

忽然我被吓了一跳。刚才在小巷中你追我赶跑来跑去的两只白猫,这时就在我眼前嘶吼着扭打得不可开交。说是扭打,并不是四脚着地拉开架势,而是在地上滚作一团。我见过猫的交配,可以确定眼前这景象绝非交配。也不是小猫咪闹着玩的追逐打闹。尽管不知道它们因何打斗,但是有一说一,它们的动作确实分外妖娆。我目不转睛地看着。远处传来巡警挥动突棒的声音。除此以外,城镇死寂无声。而我眼前的这两只猫依然没有分开,打得那叫一个专心致志。

它俩扭抱在一起,互相啃咬,但力度并不大。前腿伸开,交叠在一起。我是越看越入迷。眼下它们令人恶心的撕咬方式和抻直了的前腿——不禁让人想起它们踩在人胸口上的那种柔和的力度。抚摸时手指所到之处无不暖意融融的腹部绒毛——这时候正被一个家伙的后腿蹬着。我还从未见过如此可爱妖娆、不可思议的猫的姿态。过了一会儿，它们搂抱着一动不动。看到这一幕我也随之屏住了呼吸。这时，小巷另一头传来了巡警的突棒声。

每当这个巡警巡逻到这里，我都会躲进家中。我不想让他看见自己大半夜的还站在晾衣场上。其实只要靠近晾衣场一侧就不会被看见，但是那边的挡雨板敞开着，一旦让巡警看到，再被大声提醒，更是瓜田李下说不清，因此只要他前脚出现，后脚我就躲到家里。不过今晚我为了看清楚两只猫究竟在干什么，特意从晾衣场探出身去。巡警越来越近。猫仍然抱在一起一动不动。这两只相互纠缠的白猫让我联想到了旁若无人的痴男怨女。从中我能品味到无穷无尽的快乐……

巡警越走越近了。这个巡警白天是一家寿衣店的男老板，身上总有几分阴森。随着他慢慢过来，我不由得想看一看当他发现这两只猫的时候会作何态度。终于，在距离猫三四米远的地方他停下了脚步，似乎是看到了猫，正在端详。看到他这个样子，我夜半的心绪中又多了一分和人一起看热闹的心情。然而猫依然纹丝不动。难道是还没有注意到巡警？还是压根儿就对巡警视若不见？这就是这种动物胆大妄为之处。只要发现人类没有伤害它们的意思，就算在后面撵它们，它们也是无动于衷，连跑也不跑。但实际上它们每时每刻都保持着警惕，一旦发现人们起了歹念，立马拔腿就跑。

巡警见猫没有动静，便又上前了两三步。紧接着出现了滑稽的一幕，两个猫脑袋突然转向了他，但身子依然抱着没动。我倒是觉得巡警的表现更为有趣。只见巡警用他手中的棍子在猫眼前的地上"咚"地杵了一下，随即两只猫便像两道射线一样逃向小巷深处。巡警看着它们跑远，然后一如往常，敲着突棒，离开了小巷，并没有注意到晾衣场上的我。

## 二

有一次，我打定主意要好好地观察一下溪树蛙。

想要看溪树蛙，首先必须要有足够的胆量前往能听到溪树蛙鸣的浅滩，而且唯快不破。如果慢慢腾腾地靠近，溪树蛙早就藏起来了。到溪边以后，自己先行藏好，浑身上下除了一双眼睛炯炯有神，其余都一动不动，同时心中默念"我是一块石头，我是一块石头"。因为溪树蛙的颜色酷似溪水里的石头，所以一定要聚精会神地看。过一会儿，溪树蛙就会从水底或石缝里慢慢探出头来。如果你看得仔细，就会发现其实到处都是——它们就好像是商量好了——小心翼翼地一个个露头。这时候我已经化身为石。经历过惊恐的它们又回到原位，重新开始了方才被迫中断的求爱，而这一切我都尽收眼底。

如此近距离地观察溪树蛙，有时会让人产生一种奇怪的感觉。芥川龙之介的一篇小说描写了人类游历河童世界的故事，但是"溪树蛙的世界"更是唾手可得。有一次，我借助眼前的一只溪树蛙倏忽间进入了它们的世界。这只溪树蛙蹲踞在浅滩石头中间形成的小股水流前，表情古怪地盯着流水，那姿势犹如南宗画派笔下的河童、渔夫之类的点景人物，在我的想象中，它面前的细流忽然变成滔滔江水，顿时心生"天地入孤吟"之感。

这只不过是想象而已。不过，我只有在这种时候才能以最放松的姿态观察溪树蛙。之前我曾有过一次这样的体验。

那次我在溪水里抓住了一只鸣叫的溪树蛙，想把它放在桶里观察。桶用的是浴场的桶。往桶里装满水，又放入从溪水中捡的石头，盖上玻璃板，然后拿进屋子。但是这只溪树蛙怎么也不露头。放进去一只苍蝇，苍蝇漂在水面上，溪树蛙也无动于衷。我觉得无趣，便去泡温泉了。等我回来时已经把这件事抛在了脑后，直到听见桶里"扑通扑通"的声音这我才想起来，赶忙跑到桶旁边去看，结果它还是像之前一样藏着不肯出来。然后我便出门散步去了。回来的时候又听到了"扑通扑通"的声音，再看又是一样不见踪影。于是那天晚上我干脆把桶放在身边，自顾自地看着书。当我无意间身体一动，它就会跳入水中。它在暗中观察着我看书的姿态。就这样直到次日，我唯一的收获只有它的"慌张跳水"，而它则带着在屋里沾的一身土，从我打开的拉门蹦向了溪水潺潺的方向。——从那以后，我再也没有这样做过，想要看到它们自然的状态，就必须要去溪边。

有一天蛙鸣格外响亮。甚至在马路上都听得到。我从路旁穿过杉树林，来到那片浅滩。溪流对面的树丛中，蓝鹟啼音婉转。蓝鹟与溪树蛙一样，都能为这个时节的溪水平添生趣。用村里人的话讲，这种鸟每一片枝繁叶茂的山林中只有一只。如果有其他蓝鹟也来到这片山林，领地的主人就会将入侵者驱逐出去。我每次听到蓝鹟的叫声都会想起这个说法，而且对此深信不疑。蓝鹟似乎十分享受自己的叫声和那叫声的回声。它的叫声清透响亮，回荡在溪涧变幻多姿的日光里。那段时间我在溪涧游逛，终日流连忘返，听到蓝鹟鸣叫，常常随口哼唱：

"我去西平，西平的蓝鹟叫，我去世古瀑布，世古瀑布的蓝鹟叫……"

我所在的这片浅滩也有一只蓝鹟。我听到溪树蛙此起彼伏的叫声，便快步向溪边走去。它们演奏的音乐随之戛然而止。我故技重施，静静地蹲在原地。不一会儿，它们又像之前那样叫了起来。这片浅滩上有着不计其数的溪树蛙。蛙声响彻溪涧。仿佛是一阵风由远及近呼啸而过。声音在近旁溪水的浪尖上拔高，在眼前汇成高潮。这种神奇的声的传播，犹如一个不住颤抖不停摇摆的幻影。根据科学研究，石炭纪的两栖类生物是这个地球上最早能够发出声音的生物。因此一想到这是回响在地球上的第一支生命大合唱，我就抑制不住一种壮怀激烈的感情。这种音乐着实震撼人心，感人肺腑，又催人泪下。

此时，我眼前的是一只雄蛙。当然，它也荡漾在大合唱的波浪中，不时震颤一下自己的喉咙。我四处搜寻它的伴侣。一尺开外隔着流水的石头缝里很安静地蹲着一只溪树蛙，有几分像。观察了一会儿，我发现这边雄蛙一叫，它就会用似乎十分中意的声音"呱呱"回应两声。然后雄蛙的叫声就会更加响亮。我不禁也被雄蛙用情至深的叫声所打动。过了一会儿，雄蛙突然打乱了合唱的节奏，声音越来越急促。雌蛙依然"呱呱"地应和，但或许是声音不够响亮，与雄蛙充满激情的声音相比显得有些漫不经心。但是现在已经是箭在弦上了。我等候着那一刻的到来。果然，雄蛙停下了它热烈的鸣叫，接着爬下石头，向对面游去。这可歌可泣的痴情汉让我万分感动。它凫水直奔雌蛙而去，这场面与人类的小孩子看见妈妈，然后撒娇般哭着扑向妈妈怀中别无二致。"呱，呱，呱，呱"，它边游边叫。世间还有比这更痴情、更惹人怜惜的求爱吗？此情此景看得我感慨万千。

它幸福地抵达了雌蛙的脚边。之后它们便开始交配。沐浴在清澈见底的溪流之中。——不过，它们此时的情意绵绵仍不及凫水时的一片情痴。一时间，我怀揣着欣赏世间佳事的心情，沉浸在溪间撼天动地的溪树蛙鸣之中。

# 悠闲的患者

## 一

吉田的肺不好。数九以后，天气刚刚有些寒意，紧接着他第二天就发起了高烧，咳嗽得厉害，好像要把胸腔里所有器官都咳出来似的。没过四五天就瘦得脱了相。倒也不怎么咳嗽了。但这并不是因为咳嗽好了，而是因为咳嗽需要用到的腹部肌肉已经筋疲力尽，就连它们都已经罢工了。除此以外，他的心脏也变得极为虚弱，一旦咳嗽必定会导致心脏功能紊乱，而要心跳恢复正常，他还要遭一番大罪。也就是说，他之所以不再咳嗽，是因为他元气大伤，身体开始走下坡，而他日渐困难的呼吸，紧一口慢一口地倒着的气，也进一步证明了这一点。

在病情恶化之前，吉田本认为这只是一种普通的流行性感冒，心里还想着"说不定明天早上会好一点"，然而一次次事与愿违。他有时候下决心"今天要去看医生"，但最后又是咬牙强忍病痛。他总是忍受着严重的气喘去上厕所，似乎是出于本能一般任凭疾病摆布。等到医生来的时候，他已经虚弱得脸颊深陷，身体动弹不得，过不了两三天就要长出褥疮了。一天，他几乎从早到晚嘴里都在不停地念叨着"这可怎么办、这可怎么办"。有时也会用细若游丝的声音倾诉"着急啊、着急啊"，说这话的时候往往都是在晚上，不知从何而来的焦虑折磨着他脆弱的神经。

吉田从未有过这样的经历，因此重病卧床之后最让他冥思苦想的就是自己究竟因何焦虑。是因为我的心脏已经脆弱不堪了吗？还是焦虑只是伴随疾病而来的正常现象？抑或是我的神经对这种痛苦太过敏感？——吉田拼命挺起僵直的身子，把空气送入胸腔。他心想，假如突然发生什么意外打破了我现在这种平衡，我将会怎样。吉田认真思考着地震、火灾等这些终其一生也不见得能遇到一次两次的危险。而要想维系这种状态，就必须要保持紧张感，一刻也不能放松，倘若这种走钢丝般的努力被某种焦虑的阴影所笼罩，吉田将会顿时陷入痛苦的深渊。——但是，由于缺乏决定性的知识，吉田再怎么胡思乱想也无济于事。既然他对个中原因的臆测和对是非对错的判断都源于他内心的焦虑，那么结果终将是徒劳，但是这种状态下的吉田又不会就此放弃，因此他只会越来越痛苦。

其次让吉田感到痛苦的是，在他看来这种焦虑其实是有办法解决的。那就是让人请医生来，或是别人晚上不睡觉来陪着他。可是,大伙儿都是忙活了一整天,这会儿正是要睡觉的时候,让别人走半里地的乡间土路去找医生,或是让年逾六旬的母亲彻夜守着自己,这种要求吉田说不出口。吉田心想,就算真到了要这么做的地步,自己又该怎样向理解能力差的母亲解释自己现在的状态呢?——一想到自己费尽口舌,母亲却依然慢条斯理的不当回事,或是跑腿叫医生的人在路上磨磨蹭蹭,那么实际结果对于吉田来说无异于撼动泰山,只是空想而已。但是究竟因何焦虑——说得更确切一点——为什么焦虑会引发新的焦虑?吉田想到很快人们就会渐渐入睡,不可能再找人帮忙去叫医生,而母亲睡下以后自己又会被孤零零地抛弃在夜晚荒凉的时间里,倘若在这时间里,这种莫名其妙的焦虑变为现实,自己只能坐以待毙——因此眼下自己唯一能做的,就只有闭上眼睛,默默地决定是自己独自忍受还是求人帮助。然而即使吉田能够隐隐感知到自己应该如何抉择,他也因为身体和心灵都动弹不得而无法彻底抛却迷惘,其结果只能是挣扎着陷入更加深重、无法忍受的痛苦。他想要下定最后的决心:"既然这么痛苦,不如索性把母亲叫来吧。"可是当母亲坐在他的旁边,那种悠闲的状态又会让他烦躁不堪,可他又无能为力。"明明近在咫尺,可为什么她就是不懂我呢?"吉田气得血往上涌,恨不得把胸膛里的痛苦原模原样地掏出来向对方甩去。

然而这一切注定只能以"着急啊、着急啊"这样虚弱无力而又耿耿于怀的倾诉而告终，不过这种耿耿于怀之中，还包含着他因走投无路而萌生的私心。他期盼着半夜能够发生什么事情，从而让对方幡然醒悟，而也只有这样想，才能让他在孤苦伶仃、难以成眠的夜晚好过一点。

"只要能睡个好觉就行"，吉田不知道这样想过多少次。只要能够睡着，那种焦虑对他而言就不再是痛苦，眼下的痛苦在于无论是白天黑夜，他的睡眠问题根本都无从谈起。因为在他的胸部康复之前，不管他情愿不情愿，他的身体都必须从早到晚保持僵直的姿势。睡眠仿佛是阵雨天气若隐若现的太阳，几乎与自己绝缘。母亲一天的陪护哪怕再累，每到睡觉的时候，总是睡得很香，吉田看在眼里，既有羡慕，也觉得这样的母亲有几分薄情，但是睡觉终归是要靠自己，只能咬紧牙关坚持下去。

那是一天晚上。一只猫突然闯进了吉田的病房。这只猫平时就有溜到吉田床上睡觉的习惯。吉田生病以后嫌它闹腾，于是就想方设法不让它进屋。然而这只猫神出鬼没，不知道什么时候就喵喵叫着出现在屋子里，吉田又急又气，但又无可奈何。吉田想把睡在隔壁的母亲叫来，但是母亲也得了流感，在床上躺了两三天了。对此吉田提议说要请个护士，这样对自己和母亲都好，可是母亲却拒绝了，这个决定对于吉田来说是极为痛苦的，但是母亲则固执地认为"只要自己能坚持就坚持一下"。即便如此，吉田也不忍心为了区区一只猫就把母亲叫醒。吉田心想自己曾经那样狂躁地跟母亲说过猫可能会爬进屋子，但是自己为那种狂躁所付出的痛苦的代价犹如石沉大海，并没有人理会，这让他怒不可遏。但他心中明白，就算自己现在大发雷霆也不会有任何好处，于是乎他不由得开始思索，究竟他得多有耐心，才能在身体动弹不得的状态下把这只没心没肺的猫赶走。

猫爬到吉田的枕边，像往常一样想要从睡衣的领口钻进被窝。吉田的脸颊感觉到了猫冰凉的鼻子，还有被屋外的霜打湿了的毛皮。于是吉田动了动脖子，挡住了睡衣领口的缝隙。之后猫大摇大摆地爬上枕头，在别的缝隙乱拱一气。吉田好不容易抬起一只手，按住了它的鼻子。吉田想要用最为克制的动作把这只除了"惩罚"什么都理解不了的动物赶走，其实此举实属万般无奈，他寄希望于这个不明事理的家伙能够陷入迷惑之中，进而悻悻离去。吉田自以为得计，然而猫调转方向，这次慢慢悠悠地爬上了吉田的被子，在上面蜷成一团开始舔毛。它所在的那个位置，吉田无能为力，只能眼睁睁地看着它。他本就危在旦夕的呼吸突然变得无比粗重。之前还在犹豫要不要把母亲叫醒的吉田此时终于再也控制不住内心的暴怒。现在这种情况使吉田越发忍无可忍。在忍耐的过程中，根本不存在迷迷糊糊昏睡过去的可能性。而且他能够忍耐多久，完全取决于猫，取决于不知道什么时候才会起床的母亲。吉田越想越觉得自己这种忍耐简直是愚蠢透顶。但是如果要喊母亲起来，那么在喊的时候就不得不克制自己这种情绪，甚至有可能还要喊好几遍，母亲才起得来。那种滋味吉田光是想想就觉得麻烦。——片刻之后，吉田开始慢慢抬起自己这段时间一动不动的身体。终于他在床上坐直了身子，随即一把揪住了蜷缩在床上睡觉的猫。仅仅这几个动作就让吉田的身体像海浪一样颤抖。但是这时吉田已经濒临极限了，他一扬手，"一劳永逸地"把猫抛到了它爬进屋子的那个角落。然后他在床上盘腿坐好，等待着即将来临的恐怖的呼吸困难。

## 二

吉田逐渐适应了这种忍受痛苦的日子。如今他终于有了像样的睡眠，也有余暇能够慨叹"这次真是遭了大罪"，而且开始在脑海中回顾之前痛不欲生的两个星期。那番景象之中只有一块又一块堆叠而荒凉的岩石，何谈什么思想。不过吉田回想起在他咳嗽得最厉害的时候，有一个不知所云的词语总会浮现在他的脑海里。这个词语是"希尔卡尼亚的老虎"。这个词或许与他的咳嗽声有几分相似，也可能是在潜意识里他认为自己是"一只希尔卡尼亚的老虎"。然而每次咳嗽完，他的心里都会犯嘀咕，到底这个"希尔卡尼亚的老虎"是个什么东西。吉田心想，它一定是出自之前自己临睡前读过的哪本小说或是什么别的东西，但是他想不起来了。此外，吉田还曾见过"自己的残影"。当他咳得浑身瘫软，头靠在枕头上，这时还会轻微地咳嗽几声，吉田对这一类的咳嗽都是听之任之，不会刻意地绷紧脖子，但是脑袋还是会跟着一颤一颤。此时就能看到好几个"自己的残影"。

但是这些都是已经过去了的、那痛苦的两个星期的回忆。如今即便是夜不能寐，吉田的内心中也能够萌生出某种对快乐的追求。

一天晚上，吉田凝视着香烟。床边的火盆底部能看到烟丝袋和烟管。与其说是能看见，不如说是吉田拼命要看，因为吉田发现凝望香烟会让自己产生一种难以言表的快乐。也正是这种快乐让吉田睡不着觉，如此说来这种快乐有些过于亢奋了。吉田甚至感觉到自己的脸颊都因为这种快乐而变得越来越热。但是吉田并不想看着别的东西入睡。否则那难能可贵的、犹如春风入夜一般的心情就会刹那转入形容枯槁的寒冬。当然，睡不着觉对于吉田而言也是一种痛苦。吉田之前曾听人说起过一个有关失眠的学说，说人失眠的根本原因是患者自己不想睡觉。自从吉田听到这个观点，只要是睡不着觉，他就会彻夜进行自我剖析，想看看到底是内心的哪种欲念不想让自己睡觉。不过现而今就算不进行自我剖析，吉田的心里也跟明镜似的。然而，每当这种隐藏的欲望即将付诸实施时，吉田都会打退堂鼓。吉田也明白，姑且不论抽不抽烟，哪怕只是靠近那些吸烟的工具，自己现在这种春风入夜的心情就会一扫而光。倘若抽上一口烟，势必又要有十天半个月得忍受那可怕而痛苦的咳嗽，这种结局吉田也料想了个八九不离十。最重要的是，母亲只要一看到吉田因为那个人而吃了苦头，当即就会勃然大怒，而如果他趁母亲睡觉偷着动了那个人落下的香烟的话——想到这里，吉田就不得不对他的欲望说不。因此，吉田绝不会有意去表现他的欲望。他只是凝视着那些东西，感受着那有如不眠春夜一般的内心的悸动。

一天，吉田又让人给他拿来一面镜子，利用镜子的反射欣赏隆冬时节萧瑟的庭院风景。这时，吉田的目光总会被南天竹绚烂夺目的红色果实所吸引。他还会用望远镜来观看镜子反射的风景。关于望远镜会不会有效果，他在久病卧床期间曾做过一番思考，觉得没问题。于是他就让人拿来了望远镜，对着镜子一看，果然没问题。

有一天，毗邻院子角落的村里的一棵大栎树上传来一大批候鸟扑棱棱的声音。

"那是什么呀？"

吉田的母亲听见动静之后边说边走向了玻璃拉门，这句话既像是在问吉田，又像是在自言自语，而已经习惯于生闷气的吉田则抱着"随你便"的态度刻意一言不发。因为吉田只有在心情好的时候才会保持沉默，倘若此时心情正糟，他就会按捺不住自己的沉默，开始对母亲发火："你这到底是在问我还是没问？你也不想想我能看得见吗？"要是母亲再回怼他两句，他便会连珠炮似的向母亲开火:"说了多少遍了,你总是想说什么就说什么,说话做事总是不好好想想,难道我还要强撑着拿着镜子和望远镜帮你看看吗,就好像我有这个义务似的,折腾我还折腾得不够吗?"不过这天早上吉田心情舒畅,因此听到母亲这句话时他默不作声,并没有发作。不过母亲似乎没有察觉到吉田脑子里正在想的事,又接着说道:

"那些鸟'哩喔哩喔'地叫。"

"可能是栗耳鹎吧。"

吉田推测,母亲应该认识这种鸟,之所以用这样的拟声词只是确认那是不是鹎鸟,于是他回答了母亲。不过母亲好像依旧没有注意到吉田在想什么。

"羽毛还挺多的。"

吉田觉得母亲想的东西很是滑稽,这让他生不起气来。

"那可能是灰椋鸟吧。"

吉田附和道,忽然感觉很想笑。

一天,在大阪开收音机店的小弟来探望吉田。

几个月前,吉田、吉田母亲和这个弟弟还都一起住在那里。五六年前吉田的父亲为了让不上学的小儿子能做点趁手的买卖,在帮衬这个孩子的同时让老两口的晚年生活有所依靠,买下了一个杂货店。吉田的弟弟把店面的一半改造成了收音机店,杂货店那边则由吉田的母亲打理。那个地方是伴随着大阪市不断向南扩建而发展起来的，十几年前还是荒郊野外的地方逐渐盖起了住宅、学校和医院，其间当地还建起了大量长屋，原来的地名也随着时间的流逝而渐渐消失了。吉田弟弟的店铺位于一条较早兴建的街道，路两边都是带有当地特色、经营各种商品的店铺。

两年多以前，吉田病情恶化，从东京回到了这个家。吉田回来后的第二年，吉田的父亲在家中去世，不久吉田的弟弟退伍回家，踏踏实实地干起了买卖，也娶了媳妇。吉田的哥哥之前已经在别的地方安了家，吉田回来以后，他和母亲一直承蒙哥哥一家关照，后来哥哥在之前住过的城镇的近郊找到了一处很适合养病的独栋房子，于是三个月前，吉田和母亲便搬到了那里。

吉田的弟弟在病房里和母亲聊了聊自己家不疼不痒的闲话，之后就回家去了。送走了弟弟的母亲回到了房间，过了一会儿她突然对吉田说道：

"听你弟弟说，杂货店的那个姑娘死了。"

"唔。"

吉田心里琢磨着弟弟既然要说这事，为什么不在屋里说，偏偏和送他出门的母亲在堂屋里面说。"原来如此"，在弟弟看来，这些话不方便当着我这个病人说。

"为什么这事非要跑到那个屋里说呢？"

吉田问道。

"怕吓着你嘛。"

说这话的时候母亲似乎并不怎么在意，尽管吉田很想马上反问一句"你有没有被吓到"，但他并没有说出口，而是一声不响地想着那个死去的姑娘。

很早以前吉田就知道，那个姑娘因为肺不好而在卧床养病。从弟弟的店铺过了路口，再过去两三家，就是她家的杂货店，门面很不起眼。吉田好几次听人说起那个姑娘就坐在店里，可他没有一点儿印象，倒是经常看见那家的老太太在附近散步。在吉田的印象中，那个老太太是个特别老实巴交的人，甚至让人有种怒其不争的感觉。她又满脸堆笑地出去和附近店铺的老板娘们聊天，结果都是落得一番戏弄——这样的场景吉田见过很多次了。不过，这是吉田多心了，在经历过很多事情之后，吉田终于明白，其实是那个老太太耳背，别人与她聊天必须要连比带画，而且因为她说话鼻音很重，给人一种被戏弄的印象。当然有些人真的是在戏弄她，但终归还是有人比画着与她聊天，倾听含混不清的她的鼻音，即便带有几分戏谑，也能够让她无所顾忌地融入街坊四邻。而这就是这片地方没有任何粉饰的、真实的生活。

就这样，吉田对那家杂货店的了解更多是对那个老太太，而不是那个姑娘。而后来也是因为那个姑娘的身体每况愈下，吉田才渐渐把她和自己联系在了一起。听附近的人说，那家店的老板极其吝啬，也不带那个姑娘看病，也不给她买药。只有那个老太太，也就是姑娘的母亲只身一人照顾她。姑娘一直躺在二楼的一个单间，而那个老头子、他的儿子以及刚过门不久的儿媳妇都对这个病人不闻不问。而且吉田有一次听说那个姑娘每次饭后都要吃五条青鳉鱼，当时他心想"为什么还要吃那个"，就这样他逐渐留意起了那个姑娘，不过对于他来说，说到底那还是素昧平生的旁人家的事。

后来过了一段时间，那家杂货店的儿媳妇来吉田家里取钱，吉田在自己的房间里听到她和家人聊天，说是吃了青鳉鱼之后病情好多了，家里的老爷子每隔十天就去野外抓一次。最后吉田听到她说：

"我家的渔网闲着也是闲着，给你家的病人也抓点鱼回来吃吃看呗。"

听到这话吉田感到一阵狼狈。吉田没想到自己的病情已经尽人皆知到了可以摆在明面上说的程度，不过转念一想也情有可原，现而今这般震惊，都怪自己平时沉溺在自己的幻想之中。不过让吉田觉得新奇的是那个女人居然说让他也吃点青鳉鱼。后来，家里人笑着说起这件事时，吉田看出来家里人也动了这个念头，于是他就说"让那些鱼长大点再说吧"，把话说得很难听。吉田一想到那个一边喝着鱼汤一边渐渐临近死期的姑娘，心中就会蒙上一层无法忍受的晦暗。吉田搬到了这个位于乡下的住处之后，也就失去了那个姑娘的消息，后来过了一段时间，有一次吉田的母亲去他弟弟家，带回了女孩母亲的死讯。吉田很震惊。事情很简单，有一天那位老太太正从前门去拿正厅的火盆，半道突发脑溢血，就这么去世了。吉田的母亲忧心忡忡，害怕老太太这一走，那姑娘也会一下子没了心气儿。母亲对吉田说，有一次那老太太拉住吉田的母亲发牢骚，那时候她才知道，别看那个老太太虽然平时那副样子，她都是瞒着自家老头子偷偷带女儿去市民医院看病，女儿卧床不起以后，她还偷偷去那里拿过药。母亲感慨说，这当妈的都一样。这件事让吉田深有感触，彻底改变了他之前对老太太的看法。吉田的母亲对吉田说，也是那家人的邻居告诉她，说是老太太死后，老爷子代替老太太照看女儿，具体什么情况不得而知，但是老爷子去邻居家的时候曾对邻居这样说道："我家那个老太婆活着的时候干啥啥不行，但是她每天能楼上楼下来回跑三十多遍，唯独这一点，我佩服她。"

那是吉田最近一次听到那个姑娘的消息。吉田回忆着这一桩桩一件件，遥想那姑娘去世时落寞的心情。猛然间他忽然觉得自己有一种无依无靠的感觉。明明自己在明亮的病房里，自己的母亲就在身边，但是为什么会有一种自己孤身一人、坠入深渊万劫不复的感觉呢？

"还是被吓了一跳。"

又过了一会儿，吉田这才开口对母亲说道。

"我就说嘛。"

母亲的口气像是在向吉田求证，不过，她似乎对自己讲的这些事无动于衷，又说了很多那个姑娘的事，最后她感慨道：

"果然那个老太太不在了，那个姑娘也活不长——老太太才走俩月，她也跟着去了。"

## 三

那个姑娘的故事让吉田思绪万千。首先，吉田发现，吉田从那个镇上搬来乡下这个地方才短短的几个月，却收到了很多镇上的人的死讯。吉田的母亲一个月回去一两次，每次必定会带回来这样的消息。而且这些消息的主人公基本都是死于肺病。而且你能从中发现，那些人从患病到死亡间隔的时间都非常短。一个学校老师的女儿大概半年前刚刚过世，如今他的儿子也卧床不起了。街上一家毛线杂货店的老板，直到前几天还在店里的织布机上一织就是一整天，结果突然人就没了，家里人匆匆忙忙地关掉店铺回老家去了，如今那里已经是一家咖啡馆了。——

对此，吉田只能这样说服自己，这是因为自己现在住在乡下，偶尔听到的那些消息给人的印象会变得更加深刻，其实在这里和之前住在那里的时候并没有不同，都是生离死别在每时每刻地产生和消逝。

大约两年前，吉田病情恶化，结束了在东京的学生生活，回到了这个城镇。对吉田来说，这几乎是他第一次主动观察社会。话虽如此，事实上吉田基本上都是待在家里，类似的知识一般都来自于家人的讲述。通过别人推荐给自己的、用于治疗肺病的"药"，譬如杂货店那个姑娘吃的青鳉鱼，吉田就能够觉察到人们在这场与这种疾病的战争中有多么绝望。

最初，那时候吉田还在学校念书。吉田休假回家，结果刚进家门母亲就问他要不要试试"人脑灰"，这让吉田非常反感。吉田发现母亲说这话的时候语气很是奇怪，多少有些吞吞吐吐，他反反复复地看着母亲的脸，想确认真话还是在开玩笑。这是因为吉田坚信自己的母亲从来就不是一个能说出这种话的人，所以一想到母亲现在居然会说出这种话，吉田就觉得有一种不可思议的怪异。当母亲告诉吉田她已经从推荐者那里拿到了一点刚才说的那个东西的时候，吉田内心的厌恶已经达到了顶点。

据母亲说，在她和一个来卖菜的女人聊闲天的时候，那个女人谈起了那种肺病的特效药。她有一个弟弟就是得肺病死的。那女人的弟弟在村里的火葬场火化的时候，寺庙一个和尚凑过来说：

"人脑灰可以治这个病，看你也是个热心肠，不如带一些那个灰回去，再遇到病情严重的人，就分给他们。"

母亲说那女人说着就拿出来交给了她。吉田听母亲讲着，眼前接连浮现出那完全无计可施、只能眼睁睁等死的卖菜女人的弟弟，站在火葬场即将要火化弟弟尸体的姐姐，还有她听信那个自称和尚实则来路不明的家伙的鬼话，在火葬场翻动焚烧后的遗骸的那番情景。那个女人相信那人的话，时时刻刻把亲弟弟那已经烧成灰的大脑带在身边，想要送给那些自己遇到的这种病的重症患者。她的这种憧憬，让吉田如鲠在喉。而且吉田觉得母亲的所作所为既让人生厌又无法收场，她把这东西拿了回来，而且她也知道吉田大概率是不会喝的，那么接下来又该怎么办呢？这时，一直站在旁边的吉田的弟弟开口了。

"妈，以后别再提这事儿了，多讨人厌呀。"

他这么一说，事情忽然变得有些可笑，于是就这么不了了之。

吉田回到这里之后过了没多久，又有人推荐他服用上吊绳，并且跟他说"我知道你觉得这很蠢，不过……"。推荐者是大和地区的一个漆匠，他给吉田讲述了他得到那条绳子的来龙去脉：

那个镇上有一个鳏夫，也是一个肺病患者，那个男人病得很重，华佗难医，于是就被扔在一座破房子里，一直熬到前些日子才上吊死了。那个男人活着的时候欠了一屁股债，人没了之后，一大堆人跑来要债，于是那个男人的房东就把大家召集到了一起，当场拍卖了那个男人的遗物，算是做了一个了结。而其中竞价最高的就是他上吊用的那条绳子，买家们都是一寸两寸地买，房东拿这笔钱不仅给他操办了一个简单的葬礼，还补齐了所有拖欠的房租。

吉田听到这些话，虽然觉得那些迷信之人愚昧无知，但是仔细想想，人的无知其实只是程度上的差别，如果剔除其中的愚昧，那么剩下的就只有两样东西：那些人对肺病无能为力的绝望，以及病人们不顾一切去寻找的、那能够暗示自己会慢慢好转的生的希望。

在此之前的一年，母亲曾因重病住院，那时候是吉田陪母亲一起去的医院。当时吉田刚刚在住院楼的食堂心不在焉地吃完饭，正呆呆地眺望着窗外的风景，突然一个女人凑到他耳边，用非常浑厚的声音问他：

"心脏不舒服吗？"

吓了一跳的吉田看了看那女人，她是被雇用来照顾病人的女护工，一个中年妇女。当然，每天来的女护工都不一样。不过，那女人却是那些这会儿聚集在食堂、正讲着低俗笑话的女护工们的大姐大。

吉田乍一听也不明白是什么意思，盯着对方的脸端详片刻，他恍然大悟。原来是他在眺望庭院之前咳嗽了两声，结果那个女人觉得他咳嗽之后又向院子里张望，所以肯定是来医院"看心脏的"。咳嗽会突然加剧心脏的跳动，这一点吉田也有亲身体会。吉田弄清楚怎么一回事之后便开始向那个女人解释，但她不管三七二十一，一动不动地盯着吉田的脸，像是威胁吉田似的又用浑厚的声音对吉田说道：

"我告诉你一种特效药吧,专治你这种病。"

吉田对自己连续被人当成"这种病"的患者而感到很不高兴,但他还是老老实实地问道:

"到底是什么药?"

接下来女人说的话,让吉田不知道该作何回答。

"就算现在告诉你,在这家医院里也弄不到。"

女人卖了半天关子,她所说的药就是用素胎陶土瓶子烤焦的老鼠幼崽,每次只能服用一丁点儿,"不等一只吃完"就能痊愈。而且在说这句"不等一只吃完"的时候这婆娘还面目狰狞地瞪着吉田。吉田在女人这番做派下表现得服服帖帖,他心想,这女人对我的咳嗽如此敏感,而且竟然还知道这样的"土方子",可见不单单是因为她从事护工的工作,一定是有至亲得过这种病。而自打吉田走进医院,最让他印象深刻的就是这群寂寞的女护工。根据吉田的观察,她们来这里上班并非单纯出于生活需要,每个人的人生还都被打上了不幸的烙印,有的是寡妇失业,有的是膝下无子。吉田此时脑海中一闪念,也许这个女人就是在某位至亲因为这种病去世之后,才来这里做起了护工。

吉田因为生病偶尔要跑医院,而这也是他唯一能够直接接触社会的机会,而他所接触到的社会也都建立在他是一个肺病患者的这个基础之上。在医院待着的约莫一个月的日子里,他还遇到过一件奇事。

那天吉田去医院附近的市场给病人买东西。当他采购完毕往回走的时候，他看见一个女人站在马路上，直勾勾地盯着吉田的脸向他走来，然后向他打招呼。

"您好，打扰您了。"

吉田心中纳闷儿，一脸疑惑地打量女人，当时吉田感觉她有可能是认错人了，这在大街上是常有的事，一般彼此都会很有礼貌，因此吉田也客客气气地等待女人继续往下说。

"请问您是不是肺部有些不适？"

听到这句话，吉田大吃一惊。但是这对吉田来说倒也不算什么稀罕事，而且也确实有些人会出言不逊，但是那个女人一心一意地盯着吉田的脸，从表情来看她这人似乎有些神神叨叨，因此吉田预感这次要碰上人生中的大事了。

"是的，是有些不舒服，不过……"

吉田话音刚落，那个女人突然像打机关枪似的说了起来。她说这种病靠医生和药物是没用的，如果不虔诚的话是不可能有救的，还说她老公就死于这种病，后来她自己也一样病情严重，但因为虔诚，最终捡了一条命，所以你也一定要虔诚，只有这样才能把这种病治好——就这样絮絮叨叨地说了好半天。在女人说话的时候，吉田不由自主地把注意力放在了她说话时的表情上，而不是她所说的内容。而女人则一边说一边揣摩吉田的心理，观察吉田脸上是否出现费解的表情，同时十分执拗地说个不停。当她话锋一转，吉田心想"果不其然"，只见那个女人一边从腰带里掏出一张胶纸印刷的皱皱巴巴的纸片，上面印着门牌号，说那是名片都是抬举它了，一边开始招揽吉田，说她有一个自己的天理教会，请他去那里聊天祷告。就在这时一辆汽车正往这边驶来，嘀嘀嘀地按着喇叭。吉田很早就注意到了，只想让这个女人快点结束，于是向路边靠了靠。然而，女人似乎根本没有注意到汽车的喇叭声，反而因为吉田的目光游离而暴躁起来，嘴里依然不停地说着。最终汽车不得不在街上停了下来。这让吉田感到自己被女人逮住聊天是一件很没有面子的事情，无奈之下只好催促那个女人往路边挪挪，然而女人充耳不闻，说完"你一定要来教会"，紧接着又说"我现在就要回去，你也一起来吧"。吉田以自己有事为由拒绝了她，她马上又问吉田住在什么地方。吉田含含糊糊地对她说"在南边"，想要用这种方式暗示对方自己并不想告诉她，然而那个女人立马跟上一句"南边哪里，××町还是○○町？"吉田没办法，只得把自己所在镇名、街区一一告诉了她。他没想对她撒谎，把自己住处的大致位置都告诉了她。

"噢，二丁目是吧？门牌是几号？"

当那个女人就这样一路穷追不舍问到了家门口，吉田的怒气噌的一下蹿上了脑门。一方面是他突然意识到"这样下去不知道要被她纠缠到什么地步"，另一方面是这女人偏执的、咄咄逼人的态度压得他喘不过气来。于是吉田发火了，怒目圆睁盯着对方，说道：

"差不多得了，到此为止。"

女人一脸错愕，她看见吉田慌慌张张地收回怒色，便说了句"过几天请一定要到教会来"，随后走向吉田方才采购的市场。吉田本想听女人说完再委婉地拒绝她，却不承想被逼入绝境，并因此慌了手脚还发了火，回头想想就觉得很可笑。再一想到自己走在红日初升、阳光明媚的上午的马路上，脸上挂着病恹恹的神情，眼睛里满是苦闷，这又让他大为光火。半是可笑半是愤怒的吉田赶回病房之后急匆匆地拿出镜子照着自己的脸，问道：

"我的脸色真的这么差吗？"

他向躺在床上的母亲讲述了这件事的始末。听罢吉田的母亲说道：

"又不是只有你一个。"

吉田母亲说，她在去市营公共市场的路上也遇到过很多次，这下吉田终于明白过来。那是教会为了发展信徒而有意为之。每天早晨都会有那样的女人在市场、医院等人潮拥挤的地方周边的道路撒网，物色气色不佳的人，然后用与对待吉田一样的手段想方设法把他们拉入教会。吉田感慨着"这都叫什么事"，同时他也感受到了一个远比自己想象的更加现实也更加艰辛的世界。

平日里，吉田经常会想起一个统计数据——肺结核死亡人群比重。据统计，每一百个死于肺结核的人当中有九十人以上为极度贫穷人群，上流阶层人群死亡比重不到百分之一。当然，这个"肺结核死亡人群"统计并不能反映出极度贫穷人群的死亡率和上流阶层人群的死亡率，而且所谓"极度贫穷人群""上流阶层人群"指代的范围也不明确，但已经足够支撑吉田的猜想了。

也就是说，现在有非常多的肺结核患者面临着死亡的威胁。而其中能够得到最妥善治疗的人不足百分之一，另外九十多人则几乎是连药都没有用就迅速走向死亡。

此前吉田只是从这个统计中抽象出这些观点，并将其套用在自己所经历的事情上，但是当他想到那个杂货店姑娘的死，想到自己在过去几个星期里所遭受的痛苦，他无法再像之前那样笼而统之地去思考。试想统计数据里面的九十个人，这其中一定有男有女，也有老有少。有些人能够顽强地与自己、与病魔战斗，也有更多的人无法忍受这些痛苦。但是疾病不会像行军那样把弱者排除在外，不论是英雄好汉还是胆小鬼，不论是否心甘情愿，所有人都会被拖向死亡——那个最后的终点。

# 写给黑暗的书

## 一

昨天，我仰卧在土堤之上，一连几个小时眺望着天空。阳光洒在杂树丛生的山上，峰顶上方悬浮着一片巨大的云彩，那片云的底部呈现出淡紫色的阴翳。那庞大的容积和那淡紫色的阴翳，为这片云平添了几分渺茫的悲哀，仿佛它承载了地球的命运。

从那座山的山麓到我正坐着的土堤，那夹在群山中间的便是村里公认的第一大开阔地。溪流在低处流淌，田野终日沐浴着阳光。午后行走在完全被影子遮蔽的街道上，从房子和房子中间，从幽暗的宅院里敞开的木窗遥望这片平原，会让心灵获得一种无与伦比的平静祥和。

云横亘在这片平地上空。平地尽头的山上，时时刻刻都能听到杜鹃的啼鸣。目力所及之处，一切都是静止的。唯有山麓处的水车闪闪发光。

我的目光沿着小溪向杉树山上眺望。那座山的这一侧完全被午后阳光投下的影子所笼罩。源源不断的雾霭向山上涌来，透过淡淡的雾霭，万里晴空一览无余。

新的云气借助着上升气流，缓缓地在空中旋转，在我的头上飘荡。它像漩涡一样慢慢流动，而又不停地变换着形态，翻卷着融入蓝天之中。

——恰如意识的流动。我在追寻云气的过程中有了一个不可思议的发现。这便是游云的来处。这些云气并不是在山峰与天空交合处直接进入视野之中。它们出现的地方与那条线还有相当远的距离，仿佛是一张在盛放着药水的平盘里正在冲洗的照片，影像渐渐地显现出来。在我看来这实在是太神奇了。

漫天都是紫罗兰色。这种颜色在眼下这个时节不及秋天时通透。我的神思已经飞向了这个颜色所暗示的无垠的天际。最后我的心仿佛遭到了沉闷的一击。这一击让我打消了所有的疑惑，让我眼前豁然开朗。

黑暗，是黑暗！它胜过了这流光溢彩的世界。

入冬以来，我是多么盼望能够沐浴阳光、仰望晴空。来到这个视野被山峦遮挡的村子，我便像观赏大海一样注目天空。翻身朝向太阳，那边便是海角。而迄今为止，我不知道我已经在想象中让多少艘船驶向了那无边无际的大海。

当我凝望着浓郁的紫罗兰色天空，看得越久，我所能感受到的就越只剩下黑暗。与无月无星的夜空相较，我更钟情于真正的黑暗。随后，我回到了住处。

## 二

很久以前，我在散步的路上都会怀揣着一种乐趣。从下方的街道穿过架在深深的溪流上面的吊桥，沿着山路步入杉树林深处。杉树的树冠遮天蔽日，以致这条小路常年阴冷潮湿。如同是在哥特式建筑群中穿行，寂静孤独之感扑面而来。杉树根部生长着紫金牛、没有香味的芒兰、苔藓等等无数低矮幼小的生命。它们让我不禁觉得，一旦我的脚步声渐渐远去，它们便会开口说话，用阴湿的嗓音来占领这片寂静。我的心仿佛触碰到了那在昏暗树梢上歌喉圆润的山斑鸠的心，有时则又变成了那"鸟鸣山更幽"的黄莺。

在这哥特式建筑内部并非完全不见阳光。走在路上，我的影子投射在苗壮的杉树干上，随即弯折过来，显现在比冬日还要微弱的阳光里，或是消失在树丛之中，或是攀附在山白竹上面。贫瘠的阳光那具象化的阴影，时而在我的头顶，时而在我的肩膀。

因此，我觉得这与其说是影子本身，倒不如说是影子的暗示。它无视物质的不可入性，渗透到风景之中，如同在同一个空间展现了两个维度的风景。

而那些从高耸的树冠中偶然穿过无数缝隙投射下来的阳光，则描绘出了一个个巴掌大小的小宇宙。这是世间最反复无常的东西。这些静谧而悲壮的小宇宙宛如磷火，在那一边熊熊燃起，又在这一边黯然消失。

我走在这条小径上，内心无比平静。万籁俱寂。太阳依然在天空中翱翔，大自然承接了它的所有光辉，外面的世界灿烂得如同一个节日。

耳畔传来微微的声响。这个声音不仅渺远，而且听上去像是任何一种声音，响板、车轨以及人说话的声音。即便是健康的人听起来也恍如错觉，远小近大的法则对它也是无效的。而当你环顾四周，你会发现此前的静谧或是茫茫大海，其实都是声音的背景。

这条小径上的这个纤弱的声音同样如此。我猜想它或许是诞生于我心灵之中的某种希望。它也可能来自于远处某条街道。不过，当我慢慢靠近时，我听出那其实是潺潺的流水声。但我的眼睛什么都没有看到。只有盛开在湿漉漉的杉树根部的鸢尾花。什么都看不到。哪里都找不到。但那流水潺潺似乎就在身边。随后，那欺瞒了我的双眼的声音渐渐显现出一种神秘的感情。我真是太马虎了。树丛里有一根引水的竹管，一根已经褪了色的圆竹管道顺着倾斜的地势一直铺就到山树林深处。

与水声齐鸣的神秘感情戛然而止。不过,那个声音是如此美妙,让我有种余音绕梁的感觉。

我还是从这种美妙中听出了经久不绝的神秘感。"为何这美丽如此让人意乱神迷",我想不明白。没过多久,我便离开了。

这竹管里面的潺潺流水,就是前文中我提到的小径的乐趣。自从那一天起,我一次次地伫立在它的旁边,倾听着那流水,可惜我却没有同样美妙的思想可以用来证明这不可思议的美。

我也曾这样想,那声音也许根本就没有在可见的风景里给人们留下任何物证。毕竟就连为那声音之美锦上添花的潺潺流水,我也未能一睹真容。

于是我又回归到了在发现竹管之前、寻找声源时的那种神秘感中,并且有所进展。竹管弥补了视觉上的不足。而且因为那份神秘感还在,所以说明竹管还不是视觉上的证据,充其量是理性层面的证据。如此说来,那种美妙的神秘是存在于理性和视觉之间的吗?

我想起了一首松尾芭蕉的俳句,它曾深深地打动了我:

"富士云游雾升,瞬间变幻百景。"

我的所见所闻或许与芭蕉有着异曲同工之妙吧。

不论我怎样去揣测它,那个声音不可思议的美都未曾有过分毫的改变。凝望着褪色的竹管,我感受到了自己内心那昂扬的激情。该如何是好呢?纵然我用鹤嘴锄砸碎这个竹管,让里面的流水暴露在阳光之下，这种神秘也无从被破解，这份美丽还会被破坏。我感到了深深的绝望。我的激情会让我在这种绝望里越陷越深。该如何是好呢？

渐渐地，我开始能够从那个声音中聆听到自己的命运。于是激情化作恋爱，绝望指引死亡，在我侧耳倾听的时候，憧憬和烦恼会同时在我耳边出现。

我很清楚，任何对它的解释终将是徒劳。这个鸣响的声音是某种象征，而且我越来越深切地感受到了这一点。

## 三（片段）

从你的窗口也能看到紫藤。而从我的窗口看去，能看到紫藤的花正在溪流对面高大的树木上绽放。最近我才刚刚发现这点。这确实是一个发现。因为在你窗前，只能看到搭建在院落里的藤架上的紫藤。在绽放前会先看到花蕾，在花朵前先看到嫩叶。

但是透过我的窗户，在这段时间可以于无意和偶然间发现那已经绽放的花。花开正盛。其实这一切每天都出现在我窗外的风景之中，而我之所以始终没有注意到，是因为我和它相距甚远，远远望去，花色和附近的绿色没有明显的区别。这还只是其一。它绽放的地方，是在那高得令人绝望的树梢。那边高大的山毛榉、橡树、混杂着沙朴的栲树和樱树，郁郁苍苍地覆盖了溪流到山谷一线。而其中有且只有一个枝杈上绽放着一株沐浴着阳光的紫藤花。当晚春午后的阳光懒洋洋地洒向山谷，它便安安静静地在枝头绽放。

不要把这个发现告诉任何人。因为只有用自己的双眼去发现的人，才能体会到那种喜悦。我想，就让紫藤花不为人知地开放，让我静悄悄地欣赏吧。每天我都百看不厌。

有一只白腹蓝鹟总在我窗外的溪涧啼鸣。翠鸟好似一道光，一闪而过。河鸟就像电报投递员，永远飞着直线。三道眉草鹀从不停歇，就好像理发店的剪刀。黄山雀则是一首抑扬顿挫而又嘈杂的诗。那只白腹蓝鹟整日在溪边徘徊，自我陶醉一般在午后的慵懒中唱个不停。

然而，当太阳西斜，日影徐徐变换，溪流对面的山峰便渐渐淹没在黑暗之中。而那在太阳下晒得心满意足的一侧山坡，又该多么畏惧那溪水上弥散开来的苍凉空气。……（注：原稿此处缺失）

# 太郎和街

秋天就像刚洗过的床单一样令人心情舒畅。太郎在第一条街典当了夏天的衣服,在第二条街吃了牛肉。正午钟声响起时,他正微醺着走在街上。

他从那里出发,又走到了第三和第四条街。头顶飞机飞过。路边有新开的蔬菜店,有鱼店、花店。街上菊花飘香四溢。

还有和服店、点心店、日式和欧式烟草店以及罐头店。街景很美,太郎胸口怦怦直跳。眼前有视觉享受,耳畔有听觉享受,鼻子也是个敏感的家伙,贪婪地吸食着风中的香气。

太郎希望自己能有一双巨大的眼睛。街景是一幅变幻莫测的画作。它是一副充满幻想、哄逗孩子的漫画,画着缠着头巾游泳、拿着日之丸的扇子跳舞的茶壶,然而当嘀嘀地按着喇叭的汽车行驶而过,他还是禁不住笑出声来。点心店的糖果和果冻仿佛是印象派的画布，摆着洋酒瓶的货架就像是节日里的巴格达。

飞机又飞了回来，周围是绿树成荫的公园。太郎花了十分钱，买了门票走进动物园。倘若这里的票价涨到十元钱，那么绅士淑女势必蜂拥而至，杂志上也一定都是歌颂动物园的诗。看到水族馆，太郎终于叹了一口气。出来以后，他走进一条陌生的街道。黄昏时分，天色绚烂，仿佛披上了一件绯红色的外衣。太郎走在路上，望着天空。当月亮从他身后升起，他便又向着月亮走去。夜幕渐渐降临，全市的路灯一下子被点亮了。新月初升，随即又落下。无数星辰升升落落，向太郎致意。太郎也想向它们挥一挥帽子。

西式建筑的三楼窗户。从那里能看到什么呢。在散发着涂料味的医疗器械店门前，一个年轻男子正在陶醉地吹奏口琴。女孩子们围成一圈，一边唱歌一边向空中高举双手，看孩子的姑娘站在她们旁边。卖烤鸡的已经出摊了，铺子下面，一条长毛狮子狗已经就位了。

太郎希望自己能有一双巨大的脚。他想，地球可能是最有趣的一个星球。他梦想着能够环绕地球，一圈又一圈地走，就像装饰在皮球表面的红线蓝线。地球自转，让人们看到早中晚的变换，地球公转，给人们送来春夏秋冬的四季交替。人们在这个球形的底座上，有时头冲上，有时头冲下，即使大头朝下脑袋也不会充血，只要脚踏大地，就能永葆健康。这里积聚了从开天辟地那天到有着劳动争议的今天之间的万事万物。伟大的精神说的是将军，我是来自凝岛的大头兵。一二一、一二一，太郎神气活现，昂首阔步地走着。

广告塔、药店、外国商品店、书店。电车和出租车在喧闹的城市里往来穿梭。太郎想起了小时候乘坐的交通工具。他想到了那种运用夸张的透视法的画派，于是他也用此法在眼前重建了街景和交通工具。他看见了新款的冬装，看见了干货店，看见了玩具店，看见了烟草店。太郎顿时精神振奋，恨不得马上施展魔法。

"哟、哟。"

"哟。"

太郎的朋友来了。太郎只剩下五个一分钱的硬币，他用其中一个硬币换了朋友五十钱的纸币，这样一来他又有钱了，饱餐一顿金枪鱼寿司之后，他又走上了街。

他走进一条烟花柳巷。耳边传来三味线和年轻女人的喧闹声：有的女人浓妆艳抹，裸露着肩膀；有的女人一步三摇，卖弄风情。穿过小巷来到昏暗的后街。从挂着柔术指南和正骨招牌的道场里出来的年轻男人又走进了汽车店。中餐馆传来留声机的响声。太郎走到静悄悄的山间小道，四周顿时安静下来。

太郎爬上斜坡，站在坡顶撒尿，同时俯瞰着街景。街上虫鸣阵阵，雾霭沉沉。完事之后，他换了一块干净地方，欣赏着夜景。黑魆魆的森林睡了，瓦房顶也睡了，有几扇窗户还醒着。远处的一扇窗户里站着一个女人。电灯柱长着一只红色的眼睛。太郎不禁深有感触。

之后他走过的街道都很安静，连钢琴的弹奏声也听不到。那边才刚刚入夜，这里就已经是半夜三更了。难道是我跳跃了纬度吗？看来要调表了。太郎感觉脑子里奇奇怪怪。打开木头窗户，喜悦之情便接二连三地跳将出来。"好了！"太郎关上窗，继续向前走。秋天，秋天来了，送来了前所未有的乐趣。待太郎回到住处，他已经累得筋疲力尽了，回来以后他想让这喜悦之情再出来演说一番，哪怕听一整夜也听不过瘾。这时候唱一首摇篮曲，让这个家伙听着歌睡吧。剩下的家伙则打扮起来，制造一个华丽的梦吧。

# 诗两首

**悄悄的快乐**

一个男人把玩着

买来的一颗柠檬

在电车里,在披风上

走在街上,便用手帕包住

端详,再闻一闻

心中充满喜悦

悲伤地告别朋友

一人,孤身一人,我站在丸善书店的外文书架前

塞尚没有了,伦勃朗也被拿走了

马蒂斯,不能抚慰我心

一人,孤身一人,快乐浮上心头

悄悄地寻找柠檬

颜色不错

把柠檬放在一摞摞书上

一人，孤身一人，几步开外

端详它，啊，真漂亮

在丸善的雾霾里，一颗柠檬晴空万里

不禁莞尔，又拿到手中，那温度，刚刚好

它的香气沁入胸膛

真神奇啊，让丸善的书架光彩夺目的，是柠檬

暗暗地从它面前离去

不禁莞尔，并没有看它

秋日之下

秋日之下，沉思的午后，草坪之上。
掏出皱巴巴的敷岛袋子
残存的一个，添进火里，没有点着
残存的火焰，映照着敷岛袋子
秋日之下，沉思的晌午，草坪之上
袋子熊熊燃烧，即将化为灰烬
可怜呐，我的肺也像这袋子
将会被日夜侵蚀吧
秋日之下，徐徐冒烟的烟丝

一九二二年

# 演讲会 其他
# （一九二六年二月刊）

《青空》记事

农历去年的腊月二十三，我们在大津的公会堂举办了《青空》的演讲会。演讲会的直接目的是扩大读者群体。这是目前我们唯一能够向社会阐释我们共同的信仰的正式方法。

筹备工作由外村和浅沼完成。之后淀野和清水于腊月二十二晚上，在伏见先行举办了第一次演讲会。我在二十三日晚上抵达大津。而后五人在大津登上讲台。

首先是浅沼和外村的诗朗诵，清水讲述其关于作画的理念。接下来由淀野宣布未来的发展方针。之后是我朗读发表在一月刊的《过去》。接着是外村、浅沼和我分别朗诵了武者小路实笃的剧作《他的妹妹》，浅沼阐述了武者小路的"精神主义文学"，外村则用了一个小时来表达武者小路的信仰。余兴未已，我又演唱了歌曲。听众虽然寥寥，但是《真画》的同人楢本和浅见从京都前来赴会，令人十分欣喜。

　　表达自己在文学方面的信仰，要比单纯怀揣信仰更上一个台阶。这种表达不但能够让自己的立场更加清晰明了，还能够夯实未来发展的基础。从这个角度而言，我希望以后每次都能发表出好的演讲。

　　二十四日在京都与《真画》的同人们相谈甚欢。因为基尔·马尔舍克斯要在公会堂举办告别演奏会，所以我们所有人都去了，在那里还遇到了外山楷夫和外村完二。那晚天寒地冻，基尔·马尔舍克斯的鼻子都冻红了。


　　〇


　　从二月刊开始，饭岛正也加入同人。饭岛目前正在逗子疗养。三高时代，饭岛曾是中谷和我的室友。友谊一直保持至今。在向读者引介饭岛的同时，也希望饭岛早日恢复健康，不断奉献佳作。

# 编辑后记（一九二六年三月刊）

《青空》记事

试验期的编辑工作稍许有些棘手，页数虽然不多，但终归是顺利结束了。

京都的清水和《真素木》的作品一并为本期增添了新意。

从一月刊便开始使用的封面其实是由本庄俊一君通过清水提供给《青空》的。在此再次表示感谢。

# 编辑后记
## （一九二六年四月刊）

《青空》记事

忽那提议说三个人一起来写后记，我表示赞同，但没有找到值得一写的题材。不过《青空》这次被划归为第三类邮寄品①，是我去办理的相关手续，这件事倒可以一写。并没有什么可干的工作，整日在屋中闲坐，心中所想却是快些回去，写一篇让大家为之咋舌的佳作。仅此而已。

---

① 第三类邮寄品制度是日本邮件制度之一，始于 1885 年。其目的是降低定期刊物的邮费、减轻购买者的负担、提高国民文化水平。

# 青空同人印象记

## 忽那

"忽那"读作 kutsuna，是一个奇怪的姓氏。在他身上曾发生过这样一件趣事。读高中时，一些人趿拉着木屐穿行教室，他也是其中之一。有一天，一名德国老师问他：

"为什么穿着木屐进教室？"

"因为没有鞋子。"

于是赫夫里希老师评价道：

"忽那，真是个讲理的人。"

忽那的家乡在伊予。犬神的传说他是信手拈来。还有斗鸡的故事、海上婚礼的故事、石头鱼的故事——也正是那方水土诞生了那般充满乡土气息的"偷肥料的贼"。

他曾在高中时打过橄榄球，也是学校应援团的一员，还练得一手书法，是个实实在在的多面手。不论是在高中还是大学，德国人都称赞他是"笔杆子"。

他性格多愁善感，与人为善，但另一面又很孤独——有时他会像蜗牛一样缩进壳里。

他对于我而言，就好比是在画一条龙，到了点睛的时候，我便会叫上他，忽那，我一个人做不来，你我二人用友谊的力量，一起为龙点上眼睛吧。

## 饭岛

饭岛从外国邮来的电影杂志在寄宿楼的门房堆积如山。高年级的学生会随手拆开，乱翻一通。这最让饭岛反感。每逢活动归来，他都会扑在笔记本上，又是角色，又是脚本，总之写个不停——痴迷到如此程度。进入法国文学系后，作为他的室友我也深受影响。在京都度过三年，饭岛的名字渐渐为人所知。小方又星、伊吹武彦、浅野晃，饭岛同这些人一起在《新思潮》上发表了一部又一部戏剧作品。后来，他患上了病，犹记得是在前年冬天，至今他仍然抱恙在身。

饭岛为人爽朗坦荡，正直而淡泊。而且他身上还有一种与生俱来的内敛含蓄。

饭岛开始作诗也是在患病前后。在高轮的家中，我第一次读到了你的小说。你的创作能力令我等身强体健之人为之五体投地。每天必写两三页。近来还送来大部头的初稿，让我不禁目瞪口呆。你疾病缠身，饱受折磨，精神却已然达到我们无法企及的境界。你一路走来的心灵旅程，令人钦佩有加，热泪盈眶。

向你的博闻强识致敬。期待你的才华能够大放异彩。由衷盼望你早日康复。

# 编辑后记
# （一九二六年九月刊）

《青空》记事

大部分同人尚在归省，故由我担任编辑，本打算全盘负责，然而忽然收到十七日要参加部队点名的消息，于是我便将剩下的事务托付给了中谷、外村和小林，自己则在十六日清晨离开了东京。

今年夏天酷暑难耐。平常游手好闲的我竟然诸事缠身，行走在被炙烤得软塌塌的柏油路上。有些时候，这种酷热会吸引我走上街道，尽管这样多少有损健康。我从松住町出发，一路上坡走到汤岛台，站在左手边的棚屋屋檐下，茫茫然地眺望那四五棵矗立在半空之中的银杏树——对我而言这实在是一种赤裸裸的诱惑。而在艳阳高照的大热天里，我则会感受到蕴藏在我自己身体里的一种炽烈而锐利的精神。

当知了开始在黎明雾霭沉沉的空气中鸣叫，有时我会起床推开窗户。窗外，雾气氤氲着尚未熄灭的路灯。沾满露水的蜘蛛在高高的空中结网。而我会深吸一口盛夏时节雪白的茉莉花那醇厚的芬芳。

"卧听蝉鸣。"我在《三田文学》上读罢葛木君的短篇《亡母与蝉》，对这句话感慨尤甚。枕边又传来了雨鞋走下石阶时的轻快的脚步声。——我又睡了一两个小时的回笼觉。

报晓的是鸣蝉，唱晚的亦是鸣蝉。杂草丛中的打碗花开始凋零，洒过水的墙壁上，水滴啪嗒啪嗒地落在地上。饭仓，种满行道树的坡路。当它们映入眼帘，我的心灵仿佛又焕发了生气，走在街上的疲劳感荡然无存。

四日，住在逗子的饭岛因为肾病又一次突然恶化而来到了东京。去年入冬以来一直身强体壮的外村也在这个夏天生了病。中谷和小林却在绿意盎然的郊外一边享受盛夏的愉悦生活，一边专心致志地创作了这次关于席勒和利勒亚当的作品。这让我万分欣喜。曾给予我帮助的忽那也在六日启程返乡。归省中的同人们在他们各自的家乡忠实地履行着同人的义务，送来一个个好消息，也送来他们的关怀和祝福。我深切地感受到了《青空》同人们是多么的优秀。而当我和一直帮我忙里忙外的外村探讨了未来的发展之后，内心更是感到充满了活力。

明年三月应该会有五位同人毕业。因此编辑工作的状态会有所变化，策划也会越来越纯熟。十五日，东京的同人们齐聚一堂的时候，还提议说十一月刊应该不设篇幅限制，出一期特别版。未来《青空》必将突飞猛进，所向披靡。

我回到大阪接受部队点名。时隔一年，军人们的话题也出现了一些变化。日常生活几乎听不到的那些词句，从他们嘴里说出来是那么自然，让我格外惊讶。——明天我计划去伏见拜访淀野和清水。清水正在为展览会做准备，因而九月刊没有他的作品。淀野则是因为作品篇幅较长，而他又秉持着字斟句酌的创作态度，所以他作品的刊登顺延至十月刊。很久没有见过他们了，非常期待。

我自东京启程之时，尚余两件事没有做。其一就是这篇编辑后记，其二是我曾答应饭岛去看他的时候会给他带上一份冰激凌。然而，饭岛啊，十五日那晚秋凉正甚，我最终未能成行，想必你也不曾久等吧。

离开东京的三两天之前，我曾为紫薇花所惊艳。旅途中，所到之处尽是紫薇和莲花。盛夏实乃紫薇花的知己。而大阪既无鲜花也无绿意，不觉令人疲惫，以致编辑后记的撰写进度迁延时日。

○

《青空》从八月二日起获批为"第三种邮件"。因此从八月刊开始，重量不超过二两的，邮费是五厘，重量每增加二两，邮费就会增加五厘。敬请注意。

八月十八日于大阪

# 《新潮》十月新人专刊小说评论

### 失去孩子的故事（木村庄三郎）

他笔下没有一个非凡的个体，所描绘的每一个个体都是普通人。写的是普通人的本能被非自然的关系所压抑而无法释放的痛苦。作者以客观的态度刻画每个人物，塑造各种情景，从而推进情节发展。这位作者以放大人物的情绪、将场景拉近到读者眼前而见长，而这部作品则摆脱了这种方式。但恰恰是这种写法的调整，更加凸显了"人的悲剧色彩"。读来有一种绝望之感，让人不觉有种这部作品已是无可挽回的感觉，但显然这部作品尚未完结。此外，文中"悭吝的放浪"这种包含着情感价值的词语损害了整部作品的连贯性。从这部作品我看到了作者新的努力，而且也取得了一定的成果。不过这依然是对过往作品的融合和完善，并没有超越自己。时至今日，作者尚未让我满意。或许当他完成这部作品之后会有新的突破吧。我十分期待。

## N监狱惩罚日志（林房雄）

我对林君知之甚少。此前仅在《新小说》上读到过他的作品。而且我也是最近才刚刚开始关注文艺战线和他们的文学观点。姑且谈一谈我的所思所感。

"伯父突然转身对应着画了一个圆"，暂且不论这个圆是否妥当，我并不认为这是个问题。我认可这个圆本身表现出来的卓越的象征意义，但是如果想要让这个圆具有更强烈的冲击力，还需要再进行一些加工。虽然从结尾能看出作者也认同这一点，但可能是作者对流浪者美丽的心灵、怀疑者的心灵和金矿的描写过于含糊不清导致欠缺冲击力的问题。

在《惩罚日志》中，囚徒凄惨的命运被包裹上了一层诙谐幽默的外衣。幽默元素之一就是"心都锈住了的"狱警这一戏剧性的角色。另一个幽默之处就是罪犯的罪行。而当这种幽默的效果渐渐消散，那种直击人心的苦闷压抑是如此真实。我是被惩罚日志打动了。文中自然科学的专有名词比比皆是，同时使用回环反复的表达手法加深了效果，体现了作者严谨的文风。许多地方表现出杰出的正统性，没有刻意出新出奇，而这也与作者的文学理念相吻合。

## 相册（浅见渊）

尽管语言有些许平淡，但文风落落大方，可以想见他还有着很大的提升空间。这部作品仿佛是进行了某些删减，像是抄录下来的。所幸抛却那些晦暗的效果之后，从那些摘录的部分反而能品出余韵。这就是奥丽佳给人的感觉，一个在那样的生活背景下依然怀揣着那般情趣的俄罗斯女主人公的形象。文末的拨奏曲也为这余韵添色几分。这是一部让人颇有好感的作品。

## 锁定奇怪的人（八木东作）

起初，我认为这部作品"描写的是那种感觉"，就将其束之高阁了。此次是重读。重读一遍之后，我又读了一遍。每读一遍，我都会更加深刻地领会作者在前言部分表达的含义。

这个低调的故事让人只一眼就能看出它的与众不同，行文非常严谨细致。全篇岂止是"没有半句废话"，简直是字字珠玑。例如第六十七页的"我从兜里拿出联票。那个女人看见，随即也从衣带中拿出了联票，然后撕下一张。我把剩下的票放回兜里，把撕下来的那张票夹在指间，而后看向女人的手，只见她也用指头夹着票。难道她要这么一直模仿下去不成"，不仅使得主人公的紧张情绪在一瞬间跃然纸上，而且起到了很好的吸引读者的效果。作者用这种方式让读者在字里行间感受到了主人公在面对女人时情绪的变化以及阴沉但不失纯真的性格。整个故事讲述得合情合理。我很认同作者这种文风。最近我也获赠了八木君等人创办的《麒麟》同人杂志,我还没有读,但是想必一如这部小说——外表貌不惊人,内容却引人入胜。

### 晴朗的富士(崎山猷逸)

我认为这部作品未能达到这位作家的正常水准,读罢让我毫无感觉。在[二]当中,马车上,姐姐的肩膀触碰到晓的手臂,让人倍感清寂——这部作品的重要部分反而缺少了这种真实的感觉。

### 姐姐的死和他(中山信一郎)

这个作家让人觉得他有一种奇怪的倔强。这部作品距离成型还有很长的路要走。

### 桃色的象牙塔(久野丰彦)

这部作品我就不予评价了。

### 结婚的花（藤泽桓夫）

对于这位作家的作品，我向来都是持负面看法，但是这部作品转变了我的看法。[三]展现出了这部作品完整的形制。反观作品中虚无缥缈的戏谑文风，堪称是传递强烈的真情实感的新手段。当然也有不尽如人意之处，不过这是我和作者兴趣各异、我的阅读方法尚有不足以及作者的技巧略显稚嫩等多种原因共同造成的，况且这些不如意处都只是细枝末节，并没有妨碍我从这部作品中感受到作者贯穿始终的认真态度。而且我又重读了《冬的切线》和《明日》，本想更加深入细致地分析一下，但怎奈时间有限，择机再叙。

### 早春的蜜蜂（尾崎一雄）

通篇笔触清新。尤其是对蜜蜂的描写，以及对八年前的某个早晨的追忆，都格外优秀。然而读罢却有些许遗憾。每一部分单拿出来都是极佳的描写，但是相互之间嵌合得不够紧密。在两年前的短篇版本里，他对蜜蜂和妹妹之死的关联性就交代得不够清楚。此次写出了两年来心态上的变化，后半段追忆部分过渡得也很自然，但是并没有起到推动情节的积极意义。不过，从叙述K子之死写到了不祥的二月，并以此再次将话题带向蜜蜂，实现了首尾呼应，盘活了蜜蜂的象征意义。另一个遗憾之处是主人公的性格塑造得有些过于纯真，当然，我认为这一点算不上是败笔，但是夸张的真善美会影响这部作品的深度。

对于这两点我并没有特别的方案去解决，只是觉得有所遗憾，所以在这里简单剖析一下其中的原因。

我对他唯一的了解就是《小事件》，但是通过这部作品，我认识了一位名副其实的优秀作家。

批评栏目本应由中谷撰写，但是，由于他忙于小说创作分身乏术，负责编辑的浅沼便把这个任务托付给了我。一来这非我专长，二来要陪同从京都来到东京的清水同人，一拖再拖，临近截稿方才完成，故而胸中之感未能言尽，万望作家诸君和编辑者多多包涵。

最后我想说，《新潮》推出新人专刊并邀请同人杂志作家撰稿是一个适逢其时的好主意。

这对文坛和同人杂志作家都是一个鼓舞。新人专刊如果能够闯出一片新天地，那么对于新潮社乃至同人杂志作家而言都是一件可喜可贺之事。在此祝愿下一期新人专刊获得成功。

一九二六年十一月

# 编辑后记
## （一九二七年一月刊）

《青空》记事

本月刊登的作品数量少于平时，一方面是《青空》的经济方针变动所致，一方面也是我作为责编未能如愿以偿地发挥作用的缘故。我的朋友三好在这方面给了我许多帮助，在此表示感谢。

《青空》创办已满两年。想必读者也能感受到它一步一个脚印的成长。编辑部也为未来新的发展做好了准备。我衷心期盼它今年能够再创辉煌。生活方面也会伴随着今年三月几位同人的大学毕业而有所变化。

很遗憾没能在本月刊刊登同人浅沼的评论和金斗熔的作品。同人阿部忙于毕业论文，未能来稿，我想下个月他一定会补上。

赠刊已收到，衷心感谢！

# 寄"青空"语

在《文艺时代》十二月刊的小说中，林房雄的作品一枝独秀。《牢狱的五月祭》的魅力让其他小说黯然失色。然而他作品散发的光辉，并不等同于全世界无产者志在当家做主的光辉，也不能视为有望一统作家战线的光辉。这是一种他独一无二的文学性的光辉。

×

叶山嘉树的上一篇作品犹如易燃的木炭，但是刊登于《改造》十二月刊的《无产者之乳》的文风却为之一变，像一块潮湿的薪柴。情节主线刚刚推上高潮，随即又陷入作者的自我亢奋。这让这部作品读起来十分痛苦（从情节而言，感受不到作者有想要打动读者的意图）。不过，其中也有一些难能可贵的语句，譬如"今天再混他一天"。这些创造性的表达实属不易。此外，这部作品也表现出了无产者庄严有力的感觉。

　　✕

　　《文艺城》《新思潮》《真书》《葡萄园》《山茧》《驴马》等可圈可点的同人杂志的十二月刊为什么仍未面世？

　　✕

　　同人杂志，正是新艺术的苗圃和花房。然而时至今日，倘若众多同人杂志、同人杂志作家不去再三尝试、求新求变，那么新艺术永远也不会发芽。

　　✕

　　漠然不知所措的新人简直是不可理喻。

# 《亚》的回想

  于我而言,《亚》就是每个月的一方清清爽爽的餐桌。书页如同桌上陈设的餐盘,配以玲珑考究的即兴文章。在椅子上与之对面而坐,既是我闲雅的趣味,也带有几分得意。来伊豆已经一年有余,而这段时间北川送来的《亚》就放在书桌旁,已有厚厚的一叠。其中的诗和散文,我熟悉得能够脱口而出。近来,即便村中书店进了杂志新品,我也常常是只看不买。对于现如今的我来说,拾一片秋色浸染的柿子树叶回家,要比买一本流行文学更加快乐。然而,我等待《亚》的新刊,尤其是最近北川和三好开始为它撰文之后,不亚于盼望候鸟北归。

  安西君。以我的能力,我无法给《亚》一个诗一般的回想。我能告诉你的,唯有封面上的四条鱼和放在甲板上的龛灯灯光消逝后的寂寥。

一九二七年十二月

# 浅见渊君

我和浅见君仅有几面之缘。因此我对浅见君知之甚少。反倒是在高中时候与浅见君的弟弟浅见笃（老版《真画》同人）是同学，关系十分亲密。第一次与浅见君相遇，也是经他弟弟介绍而促成的。

记得初次相见应该是在红屋的二楼，浅见兄弟二人像是一个模子里刻出来的，而且长得多少有些像西方人，神似波德莱尔的肖像。他说话很有分寸，略带一点吞音，从中能够窥见浅见君温文尔雅的个性。那时候我们可能才刚刚创办《青空》，也可能还没有，但是流年飞逝，这个第一印象至今依然分毫未变。

第二次见面是他和弟弟笃君一同造访我位于池袋乡下的新居。那时浅见兄弟的同人杂志已经由《朝》发展为《文艺城》。记得当时我们关于同人杂志有着说不完的话。说到尾崎一雄大手一挥让《文艺城》销量猛增的趣事，时至今日，犹在眼前。

当笃君将我引荐给他依赖而尊敬的兄长渊君时，我的快乐至今难以忘怀。在京都时，我和笃君是亲密无间的挚友同志。渊君作为笃君的哥哥，也顺其自然地接纳了我，这同样让我很是高兴。总之我和浅见君都给对方留下了很好的第一印象，都认为我们会成为要好的伙伴。

我只见过浅见君这两次，后来便是通过他发表的多篇小说，通过他平实朴素的文风与之神交。

浅见君的小说下笔精炼，大多平铺直叙自己的身边事。他写的评论文章同样如此，所用语言都扎根于生活，简明扼要，有理有据。因此凡是他的点评，人们也都乐于接受。就这一点而言，我认为浅见君是《文艺都市》中原则性最强的人。对于这种大道至简的自由坦荡，我想说我的内心十分妒忌，甚至有几分不满。或许是因为近来我总是在压抑自我的情绪，所以我是想要把浅见君驱赶到更加遭受桎梏、更加饱受折磨的境地之一的人。

当初百田宗治曾当面对我说过这么一句话，我深有感触。他说："艺术家之所以忧郁，是因为他们总有高于自身能力的追求，普通人则始终是量力而行，因而不会有这种烦忧，或许这才是真正的生活——"

不知道百田这句话是正话还是反话，无论如何，这都是他的肺腑之言。但是他的这句话让我深陷忧郁之中。我每时每刻都慑服于这种其实并不纯粹的忧郁。这种忧郁反映在生活中，反映在作品中，然后又再度反映到生活中，每当想起，总让我怅然若失。这种心情需要更加尖锐的分析，而我并没有做。然而我的这种强求的心情再三折射在作品里，却是不争的事实。这就是我。每当我接触到浅见君平实坦荡的文风，在妒忌的同时还会有一种抓心挠肝的焦躁，这种心情想必浅见君也能够理解。再冒险一点。这是我当下唯一想要对浅见君说的话。——而这也是我想对最近发表在《文艺都市》、刺激到了我的短篇《三人》的作者所提出的建议。

关于浅见君的作品，我个人还有许多更为详细的回忆与思考。暂且搁笔，择日再叙吧。

# 《战旗》《文艺战线》七月刊作品评论

《战旗》

她们的对话（洼川稻子）

这是本月读过的专业作品中的佳作。

选取的题材是在一家名叫杉善的"气势恢宏、大名鼎鼎"的书店所发生的争执。作者用直白的笔触，刻画了女店员心中所反映的争执——她们在这起争执当中的感受。

一位名不见经传的女性作家，用"她们把头发向后梳起，身材瘦削，瘦得从和服下摆和袜子之间都能看见小腿""美智代在土屋里扔得乱七八糟、沾满泥巴的男式鞋子里发现了朋友红色鞋带的木屐鞋，立刻脱下自己的鞋，和它摆在一起"描写十五岁的女店员。细致入微地描绘了女店员的内心活动，可见作者是典型的女性作家，具有女人独到的眼光，可谓是印下了女性作家的鲜明足迹。

文笔娴熟，描写没有半句冗余。没有冗余，也就是说她笔下的每一句话都是鲜活而富有用意的，所有的铺垫融合在一起，便让整部作品无比生动。小说从生搬硬套的论文风格和堆叠罗列辞藻必然"死得其所"的类型，自然而然发展演变为如今这样。描写应该为想象而服务。——那么，这部作品究竟引发了我怎样的想象呢？

一言以蔽之，"世故"。——这里的世故即"人情世故"的世故，但是我能够强烈地感受到，而且这无关乎作者的阶级立场。作者选取了一个遭遇经济斗争的少女，而在描写时令人震惊地将"老爷"换成了"他"，因此，在题材有限的情况下，这部作品缺乏对现实的揭露、缺乏主观看法的问题反而被放大了，这是不争的事实。对于把这种对世故的描写视为一种新的"浮世绘"，作者必定怀揣着极大的不满。

不过，不论如何，这部作品里的是活生生的生活，其中对感情的描写也都十分生动，绝非根据定式写就的剧本。值得推荐。

### 他移居的家（本庄陆男）

这部作品读来令人费解。

例如"河对岸的熟人，都带着孩子体会同居之情""在学校，斜视"等等，这些叙述读起来完全不知所云。令人费解的另一个原因是他使用了方言，我想不明白为什么作者要把叙述部分写得如此晦涩难懂。我也能够感受到他试图把方言和叙述部分紧密结合在一起而做出的努力，但这只是一种"自卖自夸"的表现。作者想要实现一种纯粹的东西，但是毫无效果。整体平淡无奇，选取的细节毫无意义。即便是对于推动情节发展极为重要的部分，也常常被埋没其中，实在是极为不当。

题材主要讲的是佃户一家要离开世代耕种的土地移居到库页岛，然而，好不容易才能读懂的晦涩描写却都极为平庸，并没有刻画出真实的农民生活。

当然，作者使用方言来塑造这部作品现实性的这一点，还是值得称道和认可的。

## 《文艺战线》

### 归还的包（细田源吉）

平庸之作。同样都是小店员的对话，但是六月刊的文章俱乐部的那篇作品要比这篇好得多。背景设定在近江商人的店铺，来自新潟一带的小伙计日复一日地打工，只为有朝一日能当上领班，而后到了一定的年纪，又因为酒色把店铺搞砸，最后被店铺赶了出去。这类故事实在是俗套。在文章俱乐部的那篇作品中，领班成了资本家丑恶的牺牲品，这种悲惨的境遇感人至深。相比而言这部作品过于平庸。当然，平凡的事物也可以作为题材，但如果不能从立意上重新挖掘，那么结果必然是一篇毫无意义的无聊之作。

## 荒疗治（山本胜治）

一个共产主义者想要把某个港口的苦力们组织起来，但是大任当前，他忽然意识到自己的决心动摇了。以前每当遇到这种情况，他都会用激烈的手段干预——那时他在咖啡馆和地痞发生了口角——再次恢复斗志。作者还加入了拳击比赛的情节。姑且不论斗志这种东西是否需要粗暴的过激干预，也不讨论它是不是主人公言之凿凿的唯物论性质的东西，对于这部作品而言，它就像一部武打片似的把重心放在了打斗上，让人感觉有些愚蠢。但也算是一种文采。

## 暴风雪（岩藤雪夫）

描写的是北海道的一座监狱。是一部力作。难点在于描写中有太多专业用语。这从整体上赋予了整部作品一种来自于描写层面——文学层面，而非生活层面的咏叹。但是读起来确实发人深省。

不断遭受皮鞭棍棒的威胁，因过劳、潮湿和猪狗食一样的食物而患病——没有了反抗的气力，甚至个性都遭到泯灭的劳工们，最后从在被释放时走向暴风雪之中，到调转回头视死如归地复仇，这些描写令人印象深刻。

一九二八年八月

# 《青空》轶事

　　文艺部邀请我为狱水会杂志第一百期纪念版写一篇稿子,奈何人在病中,手无提笔之力,写不出一气呵成的文章,姑且东拉西扯几段《青空》轶事,来应付这强加于我的这份差事。

　　《青空》这本杂志发行于一九二五年一月至一九二七年年中。是由我们这些旧制第三高等学校的毕业生创办的同人杂志。因为大家离开三高之后都来到了东京,如果追忆往事,背景理当是东京。然而我想讲的,却是三高时代的回忆。三高时代,我们有一个名叫"戏剧研究会"的社团,这便是青空的前身。诚然,在戏剧方面也念台本、办演出,但与其说是在像模像样地研究戏剧,倒不如说是对浩如烟海的文学艺术那份永不满足的渴求把我们凝聚在一起。回想戏剧作品,有外村茂的数篇,至于演出——一谈及这个演出,就要长篇大论了。原本应该由我们举行的试演会被校长禁止了，这一禁演就到了公演的前一天，把我们逼到了不得不放弃的窘境。如今写这件事的时候云淡风轻，但是当时那种打击彻彻底底地压垮了我们的生活。校长或许是出于补偿，拿出了一些钱，然而这点钱还不够支付登报声明中止演出的广告费。更何况还有大大小小道具的花费，练习场、会场的场租，节目单和门票的印制费，会员们数月以来积攒下来的准备金掏光了也不够填补空缺。因为演出中止而心灰意冷的大家伙不得不强打精神，默不作声地着手打理那些无论是从经济上还是从体力上而言都毫无价值的善后工作，时至今日，一想起当年的那种心情，还禁不住扑簌簌落下泪来。这还不算完——不久以后渐渐地有些闲言碎语传到了我们耳朵里——一些支持我们公演的朋友遭到了诋毁，虽然不知道校方作何评论，但是这在学生中间引发了轩然大波。那种委屈让人的胸口好似火烧火燎。可恶，太可恶了！这些人实在是太卑劣了！粉骨碎身浑不怕，要留清白在人间，这是我们的信条，可那些人又何尝明白，着实令人心寒。多年以后，一个当年的旁观者无意间在我面前提及往事。对话地点历历在目，就在大学的池塘边——那一刻，长久以来封存在记忆中的那段屈辱的记忆又突如其来地涌上心头。看着我慢慢晦暗下去的脸色，那个无辜的人惊讶不已。这种屈辱是永远也擦不去也抹不掉的。

回想起了当时的剧目，顺便写在这里。

契诃夫《熊》　　　　　一幕

辛格《补锅匠的婚礼》　　　一幕
山本有三《海彦山彦》　　　一幕

《熊》里面的老听差由后来的《青空》同人小林馨扮演。小林虽然生在东北，操着一口东北话，但是把这个角色演得惟妙惟肖。讨债者的扮演者是后来创办《真画》的楢本盟夫，楢本原本就是个性如烈火的汉子，是演绎暴躁台词的绝佳人选，那份妙趣如今回想起来依然忍俊不禁。如今从戏剧层面而言，辛格的《补锅匠的婚礼》是这三部戏剧中最棒的一部，但是当时是在反复练习之中，自然而然地体会到了这一点，而就这一点微乎其微的领悟，也让我们感受到了不懈努力、亲身摸索所带来的无可比拟的快乐。《青空》的中谷孝雄扮演了乡下的老牧师。《真画》的浅见笃也饰演了一个角色。中谷扮演的老牧师被套上了一个口袋之类的东西、挨了一顿胖揍的场面同样滑稽。台本根据片山广子女士的译本改编而成，当我们研讨这部已有公论的翻译作品时，从中发现了语句不通的台词和标注错误的舞台提示，这让我们颇为得意。其中有英国的民谣，于是我们便从埃尔德老师那里借来了Fisher Women 的曲谱。《海彦山彦》由《青空》的外村茂和浅沼喜实共同出演。有一段情节是兄弟争执，两人互殴，外村演得很投入，俩人像是真的厮打在了一起，以至于每天彩排这一段的时候，排练房对面鱼店的人都会出来看热闹。这样的故事三天三夜也写不完。总之当我们精心筹备，并且孜孜不倦地努力了几个月，就在三高的首场试演会即将登台亮相的前一天，我们学生时代最后的成就迫于威胁停演了。

从戏剧研究会的角度而言，头等大事自然非这次试演莫属，不过，我们在这个社团里也不是一门心思钻研戏剧。我和中谷就没怎么写过戏，而是创作小说。而且在《青空》临近问世之时，更是再没有一个人去写剧本。当时我们创办的杂志叫作《真素木》，由大家的原稿合订成册，在内部传阅。记得一共只办过三期。狱水会杂志征集不到稿件时，还曾从这本杂志上转载过我和中谷的作品。"真素木"这个名字后来成了《青空》随笔栏的名称。

就这样，我们形成了一个虽然规模不大，却十分稳固的文学团体。大家也默契地立下了共同的志向，那就是未来去东京攻读文学系，然后在东京创办我们自己的杂志。然而这个志向却是一拖再拖，原打算一到东京立刻发行的杂志至少推迟了半年，直到次年一月创刊号才面世。同人一共五人，包括之前戏剧研究会的中谷、外村、小林和我，以及中谷带来的德国文学系的忽那吉之助，另外还有来自早稻田大学的一人，也是中谷的朋友，他就是目前大名鼎鼎的新锐诗人稻森宗太郎。当时的同人杂志寥寥无几。在大学圈子里，当小方又星、伊吹武彦、浅野晃、饭岛正、大宅壮一以及一高的同学们创办的《新思潮》逐渐崭露头角时，庆应大学也出现了《青铜时代》《葡萄园》——如果我没记错的话，庆应的《辻马车》和早稻田的《主潮》都晚于《青空》。现如今的《新思潮》脱生于当时停刊的《新思潮》，自然也在《青空》之后。回头想想，那个时候正是同人杂志泛滥的开端。

之后不久，在我们毕业后负责三高戏剧研究会的淀野隆三、浅沼喜实、北神正三人来到东京加入了我们，接下来参加的是饭岛正和两位诗人——三好达治和北川冬彦，第三年龙村谦加入，他同样是戏剧研究会的一员，《青空》的成员一年多过一年。除了个别人之外，大家基本都是三高的师兄弟，也都来自戏剧研究会。如若不列举同人，则《青空》的全貌语焉不详，然而也没有就《青空》长篇大论的打算，姑且简单介绍一下。《青空》始终坚持不懈地每月发行，直至去年七月，很多同人忙于毕业论文才停止了编辑。既没有想要去左右这五彩斑斓的世界的视听，也没有刻意推出流行的新人，但是在那个时候，它背后的影响力无人不知，我们自己对此也是信心十足。纵然是现在，大部分同人已经因为毕业和参军入伍而各奔东西，我也依然信心十足。我们怀揣着拳拳之心，没有半分戏谑，甚至一本正经得有些死脑筋，而《青空》汇聚的恰恰就是这样的一群人。当我们步入天高海阔的社会之后，再回顾当初质朴的热忱，心中唯有敬意而已。后来，从《青空》走向新人会、从文学投身到解放运动的我们当中的一个人常把这句话挂在嘴边："在《青空》热血沸腾的日子真是太棒了。"所言极是，《青空》就是我们最棒的成就。

室生犀星先生曾点评我们刊登的中谷孝雄的作品，称这些作品表达独树一帜，有"一流水准的创作方式"。这个评价可谓是一语中的。外村茂在《青空》发表的文章以其百折不挠、正义凛然的文风引起了人们的关注，赢得了读者的崇敬。他们二人，以及厚积薄发的淀野隆三未来都是前途无量，让我们充满期待。北川冬彦、三好达治两人也都成了赫赫有名的诗人。如此想来，《青空》实在是群英荟萃。

无论是作为戏剧研究会的追忆，还是作为《青空》的札记，这篇文章的内容都未及十分之一。相关人名和故事不胜枚举，不堪烦恼，遂就此搁笔。再者，这篇文章似乎有将成员同人诸君共同的回忆据为己有之嫌。对此道一声抱歉。

每每忆起京都，念起三高时代，总会回想起尚贤馆的北屋，佛教青年会馆，以及丸山的黎明。这些屋舍就是我们众乐乐的场所，我们或是聚在一起彻夜读书叙话，或是迎接旅法归国的折竹先生，聆听科波的故事。那段时光的快乐是东京时期所不能比拟的。东京的回忆给我的感觉就好似顶着烈烈干风。而在京都，包围着我们的永远是温情和快乐。不仅仅是温情和快乐，我还能从中感受到一份给我勇气的鼓励。

# 诗集《战争》

在我身边，从未有任何一位艺术家像北川冬彦那样胸怀着伟大的意志。

这种意志贯穿了他的诗人生涯。

这种意志也规定了他的诗井然有序的形式。

人们必须要从"意志"的层面来理解北川冬彦。倘若没有这把钥匙，理解无从谈起。

他始终顽强战斗，直至"短诗运动""新散文诗运动"取得胜利。是他让如今的新诗坛面貌一新，是他推翻了韵律诗，韵律诗——酸腐的气息——荡然无存，新精神风起云涌。"他提出的表现的单纯化"和"效果构成"甚至对旧诗人的诗体产生了影响。今天，当我们回顾那些曾经耳熟能详的歌咏型的旧体诗，竟惊讶地发现这些诗已经全然入不了眼。"说教"让我们索然无味，读来全然没有一丝感触。无疑，新时代已经到来。

　　北川冬彦始终站在运动的风口浪尖英勇奋战。他以身作则，堂堂正正地战斗，绝不像他人那样披着旧式的外衣。他用"诗是非理性的"这一最新颖的口号冲锋在前。他威风凛凛，屹立不倒，人们的闲言碎语反而坚定了他的立场。他总是用最浅显易懂的语言来阐释自己的理念。而且是重复重复再重复。这是只有孤胆英雄才能实现的成就。——他就是这样，凭借钢铁般的意志，一路披荆斩棘。

　　既然说他的"意志"规定了他井然有序的诗体，那么理应需要大量论证。但同时似乎也并不需要太多论证。这不过是我个人的观点而已。接下来我将展开对《战争》的评论。号称"评论"，但其实我只是一个小说家，充其量是表达一下我平庸至极的所思所想罢了。

　　《战争》共分为三个部分——战争、关于光、体温计和花。最后一部分是重新收录的他的第二部诗集《体温计和花》，我想先从这里开始浅谈几句，而后再进入真正的第三部诗集的部分。

　　北川冬彦是一位对日本本土文学拒不接受、有着严重洁癖的诗人。他钟情于法国诗，尤其是后达达主义派的诗作。而且他的热爱方式非比寻常。为此我屡屡感到不可思议。他对那些诗人所表现出来的"亲近感"，无论是对前辈的尊敬还是对同仁的友情，都好像他们就住在东京似的。阿波利奈尔、雅各布·格林、考克多、布勒东、保罗·艾吕雅——对于马蒂斯、毕加索、夏加尔、阿尔西品科等诸位画家也同样如此。《体温计和花》在表达作者和这些人的亲近感方面无出其右者。

他在《体温计和花》的后记里写到，他有意创作了让·考克多所说的"消化对象，逐渐成为它的主宰并将其带入自己的世界的诗"。当然并不是所有作品都是这一类，但这一类诗构成了整部诗集的精华。其中的代表作有《山茶》《马》《爬虫类》《秋》等诗。

"山茶"原本是一种静态素材，他却首次将其引入动态之中。

马

把军港包在肚子里

来谈一谈北川冬彦的这首诗。"军港"二字已经塑造了军港的印象。然后用"包"，让人联想到过去人们相信南蛮舶来的人体解剖图这种奇闻怪谈，然后不由得对马"包住"军港信以为真。这首诗最为短小，却具有最明显的暗示。另一个值得关注的地方是这首诗创作的基础是对"物质的不可入性"的无视。这种无视常常是立体主义画家的创作动机。我想聊一聊这种天然的密切关系。

他的第一部诗集《三半规管丧失》里面有这样一首诗。

> 俯瞰的风景
> 站在大厦顶上向下看
> 电车、汽车、人，蠢蠢而动
> 眼球几乎要粘在地上了

还从未有人如此生动地表现出从高处向下俯瞰时的感觉。这种生动从何而来？来自于"眼球粘在地上"这种无视空间的表现手法。通过这一手法，他得以表现出知觉、感觉的速度感。我认为这首诗是后续《马》等诗歌的发端。实感高于幻想，实感的表现手法又高于实感——而最高层次则是利用表现手法形成能够召唤本不存在于人类脑海中的"实感"的作品。"主宰对象并将其带入自己的世界"这一类型的诗说的正是这种层次的作品。北川冬彦的《马》能够让人联想到立体主义画派。而且这种联想绝非"无缘无故"。

在他的《体温计和花》中还有许多作品都能够让人联想到立体派画家。例如《水兵》《女人和云》当中明丽的风景。又如《薄暮》《墙》当中晦暗的风景。而且他在其中展现的手法堪称完美。

北川冬彦也曾是一个器物爱好者。他爱好的器物是什么？是体温计。是因为他抱恙在身吗？非也。《乐园》《落日》——从这些恬静的抒情诗中，能够感受到他对这些事物的喜爱。

《花中花》是诗集的名称，《体温计和花》，或许就是《乐园》

和《落日》中的体温计和这首诗组合而成的吧。这部作品会让人想到小说领域的横光利一。北川冬彦一定很喜爱这首诗。

情长纸短，接下来不得不进入到诗集的其他部分。

《战争》和《关于光》是《体温计和花》问世三年后的力作。

回想起他这三年，我不禁感慨良多。这三年他可是经历了生不如死的折磨。

《绝望的歌》是一首不朽之作。这篇令人毛骨悚然的作品深刻表现了他不可自拔的绝望。或许再没有一首作品会让他如此爱恨交织。幸而他闯过了鬼门关，也创作了这首刻骨铭心的诗作。

《绝望的歌》和《至亲之章》标志着他在第二部诗集之后的一个转变。人们评价他的诗"变得像小说"。他开始用这种形式来表达自己的愁肠百转。

《腕》（第26页）的痴笑、《无题》（第18页）以及《无题》（第27页）的梦魇，让人们从这些诗里同样能够读到他的苦闷。这篇《腕》所采用的大胆手法令人啧啧称奇。

这些作品以及《机械》《关于空腹》等共同构成了他第二部诗集之后的诗作的主流。接下来我们来看看《关于光》里面那些难以理解的诗作。在介绍之前，我必须要调查整理一些处于过渡阶段的零散作品。

《干瘪的竹筒》《剃刀》等作品带有一些《三半规管丧失》的

风格。前者的污秽，后者麻木的痛感，都可以追溯到他的第一部诗集。如今我也爱上了这种污秽之感。

《高峰时间》《风景》都是《体温计和花》的风格。

《O 型腿》《砂埃》《花》等三篇《中国风景》是可以与《关于光》并驾齐驱的作品。或许在创作时他沉浸在休憩的愉悦之中吧。这些都是能够让人会心一笑的优秀作品。透过 O 型腿看到风景，掩盖女人身姿的砂埃，着实令人钦佩有加。

接下来我就要介绍《关于光》了。

通过这些诗，可以发现他经历了远比《绝望的歌》更为深重的精神压抑。他的诗变得令人费解。这暗示着他已经濒临极限。窃以为这些诗是他表现自己主观苦难的最后姿态。

《关于光》充斥着我们难以理解的象征和隐喻。譬如受伤的鱼深深地沉入水底，它饱受折磨的躯体所在的位置不时闪闪发光。很多灵动的象征都有关生命、死亡和光明。

《皮肤的经营》《恋爱的结果》《灰》目前我仍未读懂。

《关于光》的六段诗我也仅能领会其中的只言片语。

> 墙上的蚂蚁冻死了，火焰的冰柱

这一行诗让我想起了波德莱尔《秋歌》中的一节。

　　　　整个冬天将窜入我的身。——痛苦，憎恶，战栗，
　　苦役与恐怖
　　　　有如北极以北的太阳
　　　　我的心旋即灼烧着冻结成一块石头

　　当然，北川冬彦并没有参考这首诗。这让我惊异于他们的不谋而合。而且这首诗展现了最终的凝结。

　　《花》《人类》《关于光》（第 50 页）这三首诗同样难懂。对于这些谜语一样的诗歌，我将它们总结在一起并像前文那样做出个人论断。这个论断就是：这种难以理解的形式是他主观意志的一种极端表现。这种极端的表现也是最终的表现，也就是他用这些诗，来为自己主观上的苦难画上一个句号。

　　《战争》《大军叱咤》《毁灭的铁路》《鲸》《腕》等作品证明了他豁然开朗，发现了新的角度，这便是阶级视角。他找到了自身苦难的根源，并且开始认识这个根源。而这就是诗集《战争》所具有的最伟大的意义。未来，希望他的"意志"在这条道路上再创辉煌，这是我个人的期望，也是我们所有人由衷的期许。

　　　　不得不，把剑藏进眼中。
　　　　不得不，忍受脊背上的刺猬。

不得不，不停地把枪掷向太阳。

(《腕》节选)

甚是美妙！在病床上收到诗集《战争》，让我激动万分。

一九二九年十二月

# "亲切"与"拒绝"

### "在斯万家那边"出版纪念会

拜读佐藤和淀野的译本后的第一感觉,就是普鲁斯特这位作家在这部小说中实现了"回忆"。可以说从形而上学到最为细致入微的记叙都被囊括其中。但普鲁斯特并没有平铺直叙,而是运用了他独有的方法,让我们反复体验。普鲁斯特撰写的"回忆"绝非意志性的回忆、理性的回忆。譬如普鲁斯特这样写道:

"往事也是如此。有意去回想,只能是徒劳,智力的一切努力都是没用的。往事隐匿在智力范围之外,在智力所不能及的地方,在某个我们根本意想不到的物质对象(对这个物体所激起的反应)之中。"

普鲁斯特就是这样描写往事。

而前文是这样的:

"我觉得凯尔特人的信仰很合情理。他们相信,我们的亲人死去之后，灵魂会被拘禁在一些下等物种的躯壳内。例如一头野兽，一株草木，或者一件无生命物体，将成为他们灵魂的归宿，我们确实以为他们已死，直到有一天——不少人碰不到这一天——我们赶巧经过某一棵树，而树里偏偏拘禁着他们的灵魂。于是灵魂颤动起来，呼唤我们，我们倘若听出他们的叫唤，禁术也就随之破解。他们的灵魂得以解脱，他们战胜了死亡，又回来同我们一起生活。"

这便是普鲁斯特心中的往事。而从这种思考中引申出来的方法贯穿了小说全篇，他能够利用一切细腻的感情来奏以生命的乐章，也让我们体味至深。

"追忆似水年华"这一标题同样昭示了普鲁斯特的思维方式，逝去的记忆能够死而复生完全依靠外力和偶然，而这种偶然性是可遇而不可求的，我们不能守株待兔一样坐等这种偶然降临，与此同时我们又时刻都要面对死亡这个偶然，普鲁斯特这种为回忆而生活的方法让我们感慨万千。从另一个角度而言，这部作品的题材并不宽泛，仅限于人的内心世界，却以此创作了洋洋洒洒的几大卷，一方面源于普鲁斯特的毅力，另一方面则得益于他的方法。普鲁斯特的叙事手法十分高明，譬如当他写到"我走向叔叔以前住过的房间"，自然而然就将话题引向叔叔，接着便是戏剧、女演员，当我们即将忘却之前的人物关系的时候，又在偶然间回到了这间屋子，如果读者在阅读中不够细致，那么就体会不到作品的连续性，以致感到乏味无趣。通篇采用这种写法，对于描写"回忆"而言最为自然，就好比是一个乡下老太太来医院对医生讲述自己的病情，也显得格外亲切。事实上，普鲁斯特这种亲切的表达方式，比以往我们读到的法国小说更为真实、更为传神地让我们走近法国人的生活和情感，我们不仅能够从其中的生活细节里找到亲近感，也能体会到前所未有的一种拒绝的感觉。我曾现场聆听过弗里茨·克莱斯勒的提琴演奏，那是一种别样的异域风情，而这部作品给我的感觉很相似，普鲁斯特将他的祖父祖母描写得如此生动，那番异域色彩跃然纸上。而那些我们生活中从未接触过，但是在法国人的信仰中不可或缺的至圣先师的名字，还有教堂建筑那一砖一瓦的名称，都会让我们感受到同样的风情。

  普鲁斯特的作品不仅表达方式略显晦涩，而且前文谈到的他独有的叙述方式更是造就了大量难懂的长句，这些都对翻译工作造成了困难。加之文中常常会罗列三两行我们闻所未闻的圣人的名字、糕点的名字，令人摸不着头脑。为了出席此次出版纪念会，我曾想将这部作品通读一遍，怎奈大段大段的这类词汇用语，让我望而却步。而我又不想草草读完了事，每当为甜美的回忆而难以自抑，想到自己阅读了这位大师的作品之后，自己那平淡无奇的世界不知会遭到怎样沉重的打击，我都会毫不犹豫地合上书页。

关于普鲁斯特已有人给出了伟大的评价，接下来还会有更加精彩的评说。因此我很乐于将我仅读了半部作品之后的感想与大家分享。最后衷心期望译者佐藤、淀野能够再接再厉，奉献更多好的作品。

一九三一年九月

# 译后记

### 乏味是永恒的困境,生命与绝望如影随形

对于一名 16 岁患上肺结核、24 岁发表第一部作品、31 岁便告别人世的作家而言,"病人"或许是一个更贴切的身份。面对着无法完成的学业、无法步入的社会、无法治愈的疾病,梶井基次郎似乎从一开始便感受到了周遭天然的排斥,感受到了那种在现实生活中无可避免的格格不入。然而,在他的字里行间,一个在今天看来人生刚刚起步的小伙子,却没有太多的焦虑不安,更没有怨天尤人,有的只是他这个年龄本该褪去的真诚和热忱,还有不属于这个年龄的包容和坦然。

一个文思敏锐的青年作家,一个行动不便的病人,当他们合二为一,幸福的门槛倏忽间变得很低,常人的谈笑风生显得是那样弥足珍贵,竟可以变成笔下的洋洋洒洒。疗养病情,让这位作家更加宁静而广远,更加关注倾诉和倾听,而表达的冲动又撩拨

着这位病人纤弱敏感的神经，让他因祸得福一般获得一种矛盾的惬意。他的双眼眺望着必定难以真正触碰的世界，而他的双脚却可以自由地走向人最本真的心性，无论那是盛夏一颗透着凉意的《柠檬》，还是薄暮冥冥中的《冬日》。

　　类似的意象几乎出现在他的每一篇作品之中，譬如《冬蝇》那些时日无多的苍蝇，颓丧无言地等候某个命运之神的安排；《山崖上的感情》中试图窥见世间百态的窗户，那是他偶尔难以启齿的渴望。至于出现最多的"路"，会让你穿越百年，朦胧之中看到一个不知疲倦、不停行走、不敢停下的青年，他穿过《交配》里小巷，走在《过去》的夜路，钻出《引水竹管的故事》的林间小路，登上《写给黑暗的书》的土堤，在梶井基次郎的笔下，也似乎是在他的人生旅途中，他的"路"的启程永远都是黑暗的、不可预测的，充满了一个身体孱弱的人彷徨无所依的心情，但是他又近乎偏执地赋予每一条"路"一个明亮的终点（至少有一个"终点"）。显然，这是他对自己那未卜却又注定的前途的忐忑，却也是对炽热、美好人生的希冀，对人间烟火的向往。

　　于是，梶井基次郎终于在无产阶级文学、新感觉派的夹缝中，在侦探小说与历史小说的围堵下，在二战结束后的昭和初年，成为了众星捧月一般的纯文学"神器"。当无产阶级文学衰退，政治放开了对文学领域的禁锢，抒发个人情感和心灵的纯文学迎来了"文艺复兴",不知不觉来到了"私小说"的全盛时代。对于彼时彼刻的日本文坛而言,也许唯一遗憾的就是斯人已逝吧。

川端康成曾说,梶井基次郎的作品"奔溢着生命的野性,颓废而又健康,稳重而又炽烈……拥有着不灭的光辉,唤醒了读者对自然人生的爱",对这位帮助他完成《伊豆的舞女》的同仁大加赞赏。横光利一盛赞在梶井笔下,"穷尽了'静'之美"。小林秀雄称其写出了"近代知识群体的颓废和虚弱",每一部作品都有如"邂逅一个陌生人"。而同时代的诗人们更是不吝夸赞,宇野浩二称其"用短歌一样的语言,带领读者进入一个象征的世界"。丸山薫称赞他的作品完美融合了小说与诗的灵魂,"感怀,却又不失风趣地叙说自己孤独的境遇"。萩原朔太郎更是干脆地表示,梶井与其说是一个小说家,不如说更像是一位诗人,"他的作品有着小品文和散文诗的风貌"。

而今跨越百年,或许与我们在书中相遇的梶井基次郎并不像是一个引领时代、却又令人扼腕的日本作家,而更像是我们身边一个浅尝人世辛劳,却又不断找寻生活光彩的再寻常不过的青年。毕竟他在群星闪耀的文学世界里,只是恍若一颗流星,在他灿烂的余迹中,没有广博深邃的思想,没有世事洞察的老练。他只是想要向我们敞开心扉,讲述他的人生、他的故事,在那随时随地可能到来的结局之前,像《黑暗之画卷》当中那样,用他的

笔发出呐喊:

"我们必须要有直面绝望的热情!"

姚奕崴

图书在版编目（CIP）数据

柠檬炸弹：梶井基次郎作品集 /（日）梶井基次郎著；姚奕崴译 . -- 南京：江苏凤凰文艺出版社，2022.10

ISBN 978-7-5594-7012-6

Ⅰ.①柠… Ⅱ.①梶…②姚… Ⅲ.①日本文学—现代文学—作品综合集 Ⅳ.① I313.15

中国版本图书馆 CIP 数据核字 (2022) 第 125117 号

## 柠檬炸弹：梶井基次郎作品集

［日］梶井基次郎 著　姚奕崴 译

| | |
|---|---|
| 责任编辑 | 曹　波 |
| 特约编辑 | 沈凌波　许明珠 |
| 装帧设计 | 墨白空间·李易 |
| 出版发行 | 江苏凤凰文艺出版社 |
| | 南京市中央路 165 号，邮编：210009 |
| 网　　址 | http://www.jswenyi.com |
| 印　　刷 | 河北中科印刷科技发展有限公司 |
| 开　　本 | 889 毫米 ×1194 毫米　1/32 |
| 印　　张 | 10.5 |
| 字　　数 | 140 千字 |
| 版　　次 | 2022 年 10 月第 1 版 |
| 印　　次 | 2022 年 10 月第 1 次印刷 |
| 书　　号 | ISBN 978-7-5594-7012-6 |
| 定　　价 | 68.00 元 |

江苏凤凰文艺版图书凡印刷、装订错误，可向出版社调换，联系电话 025－83280257